明
室
Lucida

照 亮 阅 读 的 人

Meddelande
关于春天
Tove Jansson

[芬兰] 托芙·扬松 著

王梦达 译

托芙·扬松短篇自选集

北京联合出版公司
Beijing United Publishing Co.,Ltd.

献给我的同事海伦·斯文松

序

对一些人来说，托芙·扬松就是姆明一家的代名词，我为他们感到深深的遗憾和惋惜。诚然，从时间顺序上来说，姆明的出现的确比较早。但如果没有读过她的小说，尤其是短篇小说，你就不算真正读懂托芙·扬松。真的。从另一个角度来看，你不妨将此当作一份惊喜：托芙·扬松的作品呈现出截然不同的面貌，等待你去阅读、去体会！

读高中时的一年冬天，我从雅各布斯塔德的市立图书馆借来了《倾听者》，一部她写于 1971 年的短篇小说集。我几乎每天都将这本书揣在兜里。我记得一次聚会上，窗外大雪纷飞，我站在楼梯上，掏出这本书，为朋友们朗读了其中的一个故事。我压抑不住分享的冲动，我想和所有认识的人分享这些充满生活质感的文字。那些对日常场景的描述栩栩如生，不过，真正令我着迷的地方并非在此，而恰恰相反：托芙·扬松笔下蕴藏着一种力量，仿佛能直接触及我们内心深处所有的梦想和渴望。这一点体验，我只从她的作品中获得过。

冲击我心灵的，除了她的文字外，还伴随着那些属于青春期的艺术：地下丝绒摇滚乐团，以及大卫·鲍伊的唱片，伍迪·艾伦的电影，卡夫卡和陀思妥耶夫斯基的小说。

但于我而言，托芙·扬松之所以是特别的存在，是因为她来自芬兰。短篇小说《狼》中，赫格霍尔蒙冬日的凛冽和忧伤，正是我心情的写照。《爱情故事》中，爱上臀部雕塑的艺术家同样来自芬兰。而《船和我》一文中，那个乘船探险的孩子眼中的大海和礁石，我也真真切切地见过。

1998 年，《来信》* 一书出版之际，芬兰发行量最大的瑞典语报纸《首都日报》曾在周末副刊上刊登了《船和我》一文。我将它剪下来贴在了床头，并且保留至今。

---

* 本书瑞典语版书名。——本书脚注均为译者注

* * *

托芙·扬松一生都致力于以自己为摹本撰写小说。这部名为《来信》的短篇小说集，尽管是她应出版商要求所编撰，但仍可看作是她的一幅自画像，或许也是最后的作品。当时她已经八十四岁高龄，该小说集出版的两年后，她溘然长逝。

作为小说家和散文家而言，托芙·扬松可谓大器晚成。但究其原因，她的作品涵盖领域之广，涉猎题材之多实在令人惊叹。她既是画家、漫画家、插画家，也是小说家和儿童文学作家。扬松的成就哪怕摊派在好几个人头上，每个人也足以成为著作等身的大家。况且，有哪一位瑞典语作家的作品，能够拥有如此广泛的知名度和认可度？谁能在为马克杯、日本漫画、各种玩具带来灵感的同时，又贡献出一大批令人印象深刻的现代主义艺术作品，同时还是一位笔法成熟的小说家？除了托芙·扬松外，我想不出第二个人。

由于过人的自律性，她成功地平衡了所有的这些角色，但可以想见，她一定为此付出了相当多的努力。

为了《来信》一书的出版，扬松写了八篇新的故事。如果说一开始，在《写给康妮科娃的信》中，我们见证的是一位年轻艺术家向朋友倾诉了思念之情的话，那么在结尾，《来信》一文中，我们看到的，则是一位年逾古稀的艺术家，自己也成为被想念以及被指责的对象。（“是您谋杀了卡琳·博耶。”“期待收到您的宝贵回复，请务必写在印有姆明图案的粉色图画纸上。”）

这部短篇小说集收录了她最具感染力的一些故事。其中几篇非常精彩，让人忍不住一气读完。在我阅读《狼》的时候，甚至忘记了呼吸。尽管这已经算是重温，但它的魅力丝毫不减半分。

理查德·福特在谈及爱丽丝·门罗的短篇小说时，曾有过如此评价：它们都属于大师级的作品。但掩卷而思，你很难回忆起具体细节。关于托芙·扬松的作品，学界也有类似的说法：她的作品注重意境而非情节，注重语言胜于肢体动作。

这一说法或许有一定道理。可如若不然，又该怎样呢？短篇小说的艺术魅力恰恰就在于此：立足于文本本身的框架，紧扣重点，不断留下让读者解读的余地和空间，同时保证紧凑性和完整性。在这些短篇小说的创作过程中，托芙·扬松所怀有的几乎偏执的雄心，怕是丝毫不亚于《捕获灵感》

里那位中国画家：坚持反复描摹同一棵树，直到满意为止。

阅读托芙·扬松的作品，不仅仅是对语言的欣赏和品鉴，也是对她所生活成长背景的窥探。她的作品，仿佛是一张张来自那个年代的赫尔辛基风景画。就好比《毕业日》这样简单的故事，你不妨当成小小的明信片，属于20世纪30年代的那个学生圈子。当时，芬兰刚刚经历完一场沉重而黑暗的战争。而短篇小说《娃娃屋》情节紧凑，情感张力十足，可谓是早期芬兰同性恋文学的先锋之作。

与此同时，我必须指出，无论是姆明系列作品，还是这些短篇小说，托芙·扬松首先展现出的是对人性的认识和刻画。这些故事，让人联想起20世纪40年代，她为赫尔辛基市政厅绘制的一系列壁画。她笔下出现了各式各样的人物：滑稽的、受伤的、善良的、傲慢的、恐惧的、虚荣的。她的笔调总是同样地温柔和幽默。姆明系列的图书拥有统一的主题，短篇小说显然做不到这一点，它们的重点在于冲突和融合。但更重要的是，它们强调了艺术的理念。

* * *

时隔多年，当我再次从头到尾地翻看这部短篇小说集，我发现了许多初看时并未留意的细节。以书信体小说《写给康妮科娃的信》为例，乍一看，这是一个关于青春、关于可以一起喝酒的朋友之间的友谊、关于远距离交流的故事。但现在我反而认为，真正有趣的部分其实隐藏于字里行间。

伊娃于 1941 年去了美国，托芙在信中是这么责备她的朋友的：“对了，沉下心来想想，你为什么要离开，你认为的理由真的站得住脚吗？我觉得，你只是归咎于战争的逼近，想要再一次抛开现实。毕竟，不断奋进是你不变的愿望——当然，对放弃和摆脱的一切，你也会适当表示哀悼。对吗？”

对于当时世界局势的严峻性，年轻的托芙·扬松又了解多少呢？

这篇小说取材于托芙·扬松写给她的犹太朋友伊娃·康妮科娃的真实信件。时隔多年后，扬松才将这些旧日信件整理出来，并改编成小说。彼时已经年迈的作者，在故事中最大限度地保留了年轻人面对世界政治局势时的天真。

《写给康妮科娃的信》的另一有趣之处在于，

托芙·扬松在文字中淋漓尽致地阐述了自己的艺术观点。

扬松是一位前卫而大胆的艺术家，在很多方面都极具开拓性。20 世纪 30 年代，她始终坚决反对希特勒和法西斯主义，反抗父亲的亲德主义和爱国主义。她憎恨战争，是一名和平主义者。不过，如果所谓的“政治艺术”指的是遵循某些意识形态选择的艺术，那她并不是一名政治艺术家。

“我不相信那种具有社会倾向性的艺术，我崇尚的是‘为艺术而艺术’！”在写给朋友伊娃的信里，她是这么说的。之后，她在文中进一步表明了自己的态度：“在我看来，每一幅画，无论是静物画还是风景画，本质上来说都是画家的自画像！”这种旗帜鲜明的态度，在其他小说中也可见一斑。她笔下的艺术家们，总是痴迷于寻找完美的表达方式，就像《黑与白》的插画家主人公一样。充溢他们思想的纯粹是光影和技艺，而非社会或周围崇尚的各种主义。

* * *

这本书出版的那年冬天，我给托芙·扬松写了一封信。那时我是否已经读完她最后一篇短篇小说了呢？我不知道，我想应该没有，否则我或许不会贸然提笔。在生命的最后阶段，托芙·扬松每年要回复多达两千封信件。在阅读本书的最后一段文字时，我们或许能够有所体会。当然这恰恰说明，在她生命的最后阶段，人们对她的要求变得多么不合乎情理。其中一个原因在于，20世纪90年代日本动画片《姆明一族》的热播，在世界范围内掀起了一股姆明的狂潮。

对我来说，我非常想要通过某种方式联系上她。这一点，我猜想很多托芙·扬松的读者——尤其是年轻读者——在阅读她的书时，都会有同样的感受和愿望。

我们会好奇，作者这么写的意图是什么？有时我们感觉，她仿佛在对我们娓娓道来，她和读者之间的这种信任感，又是如何建立起来的？

那感觉就好像，她冲我伸出手来，说道：事情就是这样的，你明白我在说什么吧？

鲜少有作家，能够保持如此坦诚和直接的交流。在第一句话开始之后，她的小说就已经不再是小说——或许正因如此，我们会希望在文本之外，仍然保有人与人之间的信任。而为了这个目的，我们往往会自欺欺人，一如《姆明爸爸海上探险记》里，在沙滩上追逐着海马的姆明。

写给托芙·扬松的信寄出后几周，我收到了一封回信。有很长一段时间，我都不好意思拿出来看。身为居住在雅各布斯塔德的一位寂寂无名的十七岁少年，居然要求一位享誉世界的耄耋老人为自己挤出时间，未免有些可耻。在信中，我写下了当时自己思考的一切，关于上帝，关于忧郁，关于绘画的尝试，关于她书中我喜欢的那些词语——包括短篇小说《来自克拉拉的信》里，那个有趣的小词——快活。

但读到托芙·扬松回信的那一刻，我还是庆幸自己莽撞的决定。

菲利普·泰尔

亲爱的菲利普：

感谢你的来信。

你对我写的故事评价甚高，这让我甚是欣慰。

关于绘画这一点，我要感谢同事和朋友给我的鼓励。也希望你能坚持下去，哪怕每天只画一点点也好。

当然了，我也会有忧郁的时候。当我们情绪低落，整个人就很容易失控。

说起“快活”这个词，你真的觉得，我写的故事洋溢着快活吗？

太可爱了……

你说得对，有些时候，我们踌躇、犹豫，甚至感到无能为力。

我也熟悉那种感觉。

不过，我还在坚持工作，我会一直做到做不动那一天。

希望你一切都好！

托芙·扬松

1998 年 3 月 11 日

目录

我亲爱的舅舅

对牧师弗雷德里克·哈马斯滕家的孩子——四个男孩和两个女孩——而言，无论有时多么厌倦彼此，他们之间都维系着紧密的联系。女孩很快远嫁他乡，由于距离遥远，大家在想到她们的时候无须烦忧，也不会产生任何愠怒的情绪。不过托尔斯滕、埃纳尔、奥洛夫和哈拉尔德依然住在斯德哥尔摩。外公就在市中心的圣雅各堂布道。或许因为彼此太过亲密，定期碰面反而显得尴尬多余，不过，他们仍然忍不住打探对方的消息，多多少少还掺杂着毫无头绪的看法。

姐姐艾尔莎嫁给了牧师，搬去了德国。妈妈和一名雕塑家结了婚，移居到芬兰。她画作中的签名都是哈姆，可埃纳尔舅舅坚持说是西格纳。

我知道，在他们年轻的时候，埃纳尔舅舅最为埋头苦读的那段时间，是哈姆督促他的学习，确保他不浪费一点一滴的精力，不挫败一丝一毫的信心。在此过程中，她始终雄心勃勃，孜孜不倦。

后来她就走了。当得知埃纳尔舅舅成为卡罗林斯卡医学院教授时，她简直就像大获全胜一般！当时我们家还没有电话机，所以他一定是写信告知的。

妈妈绝口不提想家的事，可她总是尽可能地帮我向学校请假，将我送回斯德哥尔摩见她的兄弟，了解他们的生活近况，分享我们自己的境遇。当然最重要的是见到埃纳尔舅舅，设法对他科研工作的最新进展一探究竟。

“应该没问题，谁这么说的，你可以告诉西格纳，我个人认为研究方向是对的，但进展非常慢就是了。”

“怎么说？”我追问了一句，拿起纸和笔等待着答案。

埃纳尔舅舅看了我一会儿，非常和蔼地解释说，不妨把癌症想象成一条珍珠项链，要想将珍珠颗颗分离，却又不损坏整条项链，基本不可能做到。

我对他的回答十分失望，而他或许只觉得我天真幼稚。不过第二天，埃尔纳舅舅还是把全部内容用图示绘制了出来。

十五岁的时候，我的生活起了天翻地覆的变化。妈妈终于同意我中断学业，搬去斯德哥尔摩，同埃纳尔舅舅和安娜·丽莎舅妈一起生活，同时为未来的职业生涯铺路。我和奥伊霍纳一起，开始向一段新的人生过渡。渐渐地，我开始感受到紧凑而密集的思乡之情，可这并不妨碍我无忧无虑的快乐，那感觉就好像是一只挣脱了绳索的气球。

埃纳尔舅舅自带一种上帝视角的光辉气场。他整个人会发散出喜欢或厌恶的光芒，尽管一言不发，也可以将对方整个照亮，或是投下无尽的阴影。对他而言，只有一件事不可撼动，那就是拼尽所能完成本职工作，将全部的精力、时间和注意力倾注其中，当然还有属于自己的兴趣和激情。有些时候，从卡罗林斯卡医学院下班回家后，埃纳尔舅舅会大失所望：某些同事品行不端，流露出野心勃勃的迹象，无论在哪个领域都想要不劳而获地博得关注，而且——最糟糕的是——受到酬劳的诱惑而撰写学术论文。年轻不该成为借口，尤其是，这群可怜虫还对埃纳尔舅舅崇拜有加！他们也不想想，埃纳尔舅舅是如何勇于对诺贝尔奖嗤之以鼻——尽管他本人也出席了颁奖仪式。

我继续努力，每次凑出来一点东西，我就会跑去找埃纳尔舅舅，骄傲地向他展示。

“很好。”他说，“再接再厉。这个过程你应该很清楚：只有任劳任怨，勤勤恳恳地不懈努力，才能回家帮到西格纳。”

于是我埋头苦干，干得越来越多，似乎永远没个完。

埃纳尔舅舅和安娜·丽莎舅妈住在国王岛上的北梅拉滩路，那是一条非常漂亮的街道。家里的每个房间里都只陈列了寥寥几件家具。美好的新生活让一种仓促的优越感在我身上油然而生，但我总在提醒自己，一个人纵使再才华横溢，别人也不会因为这过人的天赋而原谅他的无所作为。这样我才能沉下心来，保持脚踏实地。

有时，我坐火车去韦灵比探望托尔斯滕舅舅一大家子。进门后，我要在堆满滑雪板和靴子的门厅里跺两下脚，甩掉外套上的积雪。屋里总是暖暖和和，收音机的音量总是调到最大，托尔斯滕舅舅也总会扯开嗓门儿招呼说：“我亲爱的外甥女，高纬度的生活还好吗？快进来，过过普通人的日子。对了，你妈妈怎么样？”

托尔斯滕舅舅觉得，我没必要瞻前顾后地瞎操心，反正事情的发展往往出乎意料，结果和预期相去甚远。再说了，我们应该像提防瘟疫一样，当心良心受到谴责。那种良心不安的罪恶感会迅速咬噬你的内心，甚至让你忘记你的初衷。对于他的谆谆教诲，我一一记了下来。

试图模仿崇拜的偶像总是困难重重，不过，托尔斯滕舅舅是如此独一无二，以至于根本不会有人动模仿的念头！少年时代，他就已经明确立志成为一名矿业工程师。他热爱引爆炸药。

他渴望一鸣惊人，并且多少带有恶作剧的心态。你能想象吗？他曾给磨刀石钻了几个孔，往里面填上火药，扔进外公的壁炉，点上火，磨刀石从窗户飞了出去，直接炸烂了邻居的温室！类似的故事还不止一个。

安娜·丽莎舅妈说，他曾叫嚣着要写本回忆录，但我看希望不大。

要说这辈子的辉煌岁月，最成功的一段莫过于身为浪子的他，被送往美国，在阿拉斯加狩猎捕鱼，还和当地的印第安人做起了生意，那可是格外精彩的人生。

就在成年之前，我还收到过一次托尔斯滕舅舅的礼物。那是一枚戒指，上面镶嵌了一粒货真价实的小碎钻。托尔斯滕舅舅成功瞒过了赫尔辛基的海关（虽然当时并非战争时期）——他想出了一个绝妙的点子：在赞美诗的书里挖空一小块，将钻戒藏了进去。

你要是以为，托尔斯滕舅舅是家族里唯一个冒险家，那可就大错特错了！埃纳尔舅舅也是那种不惜打破所有规矩的人，比如某个普普通通的晚上，他会敲开我住的阁楼房门，大声宣布说："别干活了，我们看马戏去吧。出租车就在楼下等着呢！"

安娜·丽莎舅妈每次都会跟着，可她究竟喜不喜欢看马戏，我也说不上来。她鼓掌时从不摘掉手套，而且速度很慢，一下一下地，我也只好照着做。

我对安娜·丽莎舅妈究竟抱有怎样的好感，其实很难形容清楚。可能到不了爱慕的程度，但肯定比钦佩和尊敬要多。她真名叫莉莉霍克，有时开玩笑，她会叫自己莉莉虎克，埃纳尔舅舅觉得很有趣，我却觉得挺傻。

总之吧，安娜·丽莎舅妈称得上是位淑女。无论是衣着打扮，还是言行举止，她都能做到得体合宜。她佩戴的珍珠个头虽然不大，却货真价实。

有时我会浮想起每当我在错误的时间、错误的地点，选择了错误的措辞时，她的内心一定像刀割一样痛苦。而那时，她往往会闭上眼睛，挤出一个疲惫的微笑，但嘴上什么都没说，一次都没有。

成为淑女可绝对不简单，这事从一出生就已经决定了。存心捣乱的时候，我会买大朵大朵的杜鹃花回来，还专挑白色或粉色的那种，然后摆在客厅中央的地板上。有一次，我躲在窗帘后面等埃纳尔舅舅回家。他突然停下脚步，双手抱头，低声说："不——别再来这一套了……"

那都是在客厅大变样之前的事。后来，埃纳尔舅舅将客厅"改造"成了一间巨大的热带鱼水族馆，加上我画的一面颇具戏剧效果的背景墙，显得格外惊艳。不过当家里没人的时候，一切信念都崩塌瓦解了。托尔斯滕舅舅再也没有借口打电话过来，问我们大家是不是在忙着吃热带鱼——太傻了。

对了，埃纳尔舅舅对客厅真正的改造采用的完全是另一种风格：客厅俨然成为电动小火车穿行其间的绝佳景观，甚至还有一条真正的瀑布，日夜无休，流水淙淙！他赶在表妹乌拉出生前完成了这一切，而当乌拉诞生在这个世界的那一刻，埃纳尔舅舅恨不得将整个花店搬去了医院——他冲进花店大喊："把你们这儿所有的花都送过去，特别是兰花！"

之后就是乌拉这个乌拉那个的，家里的话题从早到晚都围绕着乌拉表妹。乌拉渐渐长大了，出落成一个彬彬有礼的小姑娘。不过她算是个挑剔的孩子，既不喜欢电动小火车，也不喜欢看马戏——鼓掌这些基本礼仪倒还是照做的。

在对可能的不公产生隐忧之前，我还是一如既往地爱着他们，不光是我的舅舅，从某种程度上说还包括他们的妻子——后来，突然发生了一件事，将整个大家族划分为“支持”和“反对”两个阵营，而对于不喜欢埃纳尔舅舅的那些人，我自然只能表示出讨厌和反感。事情的起因是，他决定在南非和家人共度圣诞，暂时抛却圣诞树和其他传统习俗。

另外几个舅妈对此颇有微词，认为这有悖瑞典模式，而且纯粹是玩噱头——但对于一个公开声称瑞典国旗丑不堪言的人，你还能指望什么呢?

托尔斯滕舅舅跳出来说:“这话不是他说的，是我说的！不过南非过圣诞这事听着不错，简直就是摆脱节日焦虑和礼物交换的最佳办法——能走多远就走多远！”

奥洛夫舅舅对此不感兴趣，哈拉尔德舅舅当时正在玩高山滑雪。事情本不至于发展到这么严重的地步，坏就坏在埃纳尔舅舅从南非带回了一卷八毫米胶片，兴致勃勃地要给亲戚们展示。效果并不理想，大家不怎么买账。我真挺替他们难为情的。看和观赏是有很大区别的（至于品鉴，完全是另一码事，我还没琢磨清楚）。总之，尽管面前呈现的是一部原汁原味的南非影片，他们的态度就像翻看相册一样漫不经心。

埃纳尔舅舅一边操纵手柄，一边娓娓道来，但他们并未因此获得更好的观影体验。我是说，他们根本看不到画面之外的东西，比如埃纳尔舅舅差点被鲨鱼吃掉，而安娜·丽莎舅妈只能无助地站在岸边沙滩上，还有小表妹乌拉在沙漠里中暑，差点被烤成爆米花！

顺便提一句，以当时的技术条件来说，埃纳尔舅舅的拍摄水平还真是相当高明。

不管怎么说，好在奥洛夫舅舅对长颈鹿的奔跑方式还比较感兴趣。放映结束后，他和埃纳尔舅舅站在门厅里，嘀嘀咕咕聊了好久。

据我所知，奥洛夫舅舅花了大半辈子时间找寻一种昆虫，一旦找到，就可以证实他论文中的重要结论。奥洛夫舅舅是一名生物学讲师，和家人定居在埃佩尔维肯。他家是独栋别墅，地下室挖得又大又深，充当他的工作室，他一下班就会钻进去，打造他的小船，或是用木头雕刻各种小动物。有一年圣诞节，他还雕了一整套的木头神像，不过他自己是名无神论者（倒也从没起过什么冲突）。

至少在表面上，奥洛夫舅舅相当反感偶像崇拜，我们也不知道是不是真的——或许他暗地里很享受被追捧的感觉。奥洛夫舅舅总会避免使用激烈的措辞，就算碰到再美好的事，他也只会说“不错”，如果事情很糟糕的话，他会说“不太令人愉快”。

这话有时听起来让人心里堵得慌。不过这种说话方式我偶尔也模仿过几次，只是效果不理想罢了。

如果船上的发动机运转起来的话，到了星期天，我们就会开着船，驶入埃佩尔维肯附近的湿地。奥洛夫舅舅在那儿寻找对他至关重要的昆虫。我一直不知道，他后来究竟找到了没有。偶尔我会想，或许我认识奥洛夫舅舅的时间太早了，未免有些遗憾。

唯一让人担心的，是他不相信上帝的存在。就宗教信仰这件事而言，在外公所有的儿子里，奥洛夫舅舅是唯一一个完全漠不关心的人。其他人要么赞成，要么反对，总会陷入激烈的讨论；埃纳尔舅舅总是语带讽刺，托尔斯滕舅舅一副挑衅和不敬的态度，可奥洛夫舅舅只是面露尴尬地默默走开。

当时，为了坚定信念，我正在重读《圣经》，但因为在学校里的功课并不理想，所以我也不知道该相信什么。后来，埃纳尔舅舅在床垫下发现了我读的《圣经》，他让我等等，说里面都是危险的内容。这话让我颇松了一口气，可我还是将自己锁在浴室里，痛哭失声。安娜·丽莎舅妈站在门外，答应给我买一件真皮的新冬衣，我这才渐渐止住了哭，走了出来。

那件大衣漂亮极了，还镶了一圈兔毛领子。

不知道舅舅们在安格斯马恩过夏天的时候，有没有讨论过上帝。我猜不太会。他们应该会选择一些共同话题：桥梁、水井、醋栗灌木丛、堆肥，等等。

安格斯马恩是外公在19世纪时发现的，那是一片狭长的绿草地，在山峦和森林的庇护下，一直延伸到大海和岬角。哈马斯滕家族在安格斯马恩建起了大房子，并且迅速发展壮大，每一处海湾，每一个岬角，每一片礁岩，只要能找到地方，他们都会为后代大兴土木。每个人建的房子都不一样，非常独立、自我，而且尽量远离气势恢宏的祖宅。抱歉这么说，不过那些房子花坛周围，连镶边的贝壳都没有。

托尔斯滕舅舅的房子是自己动手盖的。由于不断地改造和加盖，包括鼓励孩子们参与建设，所以他的房子多少有点大杂烩的感觉。

奥洛夫舅舅的房子是委托安德松建的，那是一幢设计精巧、传统而典型的瑞典小木屋。里面的装饰低调而有品位，都是本土设计品牌的摆设，几乎看不见他自己的锅碗瓢盆。

哈拉尔德舅舅根本不想建房子，他喜欢在旧洗衣房里过夜，那儿紧挨着蔚蓝的大西洋，门房里刚好能放得下一只睡袋。哈拉尔德舅舅有一副好嗓子，还会唱埃弗特·陶布的所有歌谣。他在洗衣房里泡澡的时候，我就坐在门外，一边听他唱歌，一边写下歌词。

埃纳尔舅舅的独栋别墅值得详细说一说。他从没想过自己的房子会建成现在这样。他们说，事情不如人愿并不是谁的错，反正结果也不可能变好了。独栋别墅也是安德松建的。埃纳尔舅舅对他很有信心，随便他怎么大动干戈，也懒得出去看一眼。所以最后一堆问题：窗户太窄、楼梯太陡——总之，整幢房子在花岗岩山顶上显得大而无当。

埃纳尔舅舅应该并没留意到有什么不对劲。那段时间，他一心想要把安格斯马恩的所有道路和小径都铺上大理石碎屑，一直铺到牧场草地那里。安德松的活儿干得很漂亮，可惜的是，大理石碎屑一铺上去就沉入地下，不见了踪影。白色大理石路面想必高贵华丽，令人惊叹。遗憾的是，在它们消失之前，埃纳尔舅舅都没来得及出去看上一眼。

埃纳尔舅舅对安格斯马恩的造访，仿佛已经成为一条不成文的规矩：要么趁着乍暖还寒的初春时节，一个人都没有的时候，要么等到深秋时分，哪儿哪儿都关了。他管安格斯马恩叫“野生动物园”。他先是买了龙虾和雏鸡，放进病理学家专用的冷藏箱，再把野外生存的所有必需品都带回家。接着就开始打包整理——井井有条，动作迅速。等所有行李都装车完毕后，埃纳尔舅舅会说：“来，上车。出发去野生动物园！”

他帮安娜·丽莎舅妈裹上貂皮大衣，乌拉表妹哇啦哇啦叫得震天响，我们就这样上了路。我坐在埃纳尔舅舅身旁的副驾驶位置上。他开得既娴熟又从容，速度也不慢。

等一直开过了牧场草地，埃纳尔舅舅才开口问我，打算怎样度过这个特别的日子。我回答说，复习透视学考试。他问我，这么看重考试，是出于职业生涯的考虑，还是仅仅为了成绩。我回答说，就是为了成绩。对话就此结束。

现在情况变得非常棘手。埃纳尔舅舅的房子整个被冻住了，冷冰冰的。安德松答应过会劈柴生火，可他食言了。

“你们先待在车里。”埃纳尔舅舅说完，走到柴堆旁边。过了一会儿，外面传来劈柴的声音。我知道他喜欢劈柴。

这真是绝佳的野生动物园。

埃纳尔舅舅在壁炉里生了堆火，给我们倒了加生姜和黄油的热朗姆酒（乌拉表妹喝的是热果汁），然后走进厨房，准备烤雉鸡。

但整个过程中，我都忍不住替渎职的安德松担心。他知道自己做了什么吗？他知道因为他对工作的不上心，埃纳尔舅舅会永远地鄙视他吗？从另一个方面来说，安德松的食言误打误撞造就了一个更让人信服的野生动物园，如果埃纳尔舅舅意识到这一点，是否能在不牺牲自尊的前提下，将轻蔑之情暂搁一旁呢？我努力让自己相信，一个人即使再不切实际，也不该有一丝一毫偏离所坚守的原则。话虽如此，但如果从道德层面审视整件事——我是说从自然规律的角度来看——是不是可以这么理解：因为埃纳尔舅舅热爱劈柴，所以安德松的失职反而是尽职的一种表现？

我确实想了很多。

那是一个美丽的春日傍晚，万籁俱寂，只有长尾鸭在远处的海面上啼鸣。我决定就睡在外面。柴堆旁边有一棵大松树，树冠洋洋洒洒地铺展开来，漂亮极了。埃纳尔舅舅觉得，我的想法不错。“那你就睡这儿吧，”他说，“反正到了凌晨四点左右，大多数人都会回屋的。”

等我哆嗦着回到暖和的屋内时，却发现没有自己的床位。我只好随便找了个地方凑合了一宿。第二天早上，大家也都没说什么。虽然一整夜天都亮着，天气却是寒冷刺骨。我去了海湾，在满是浮冰的海水里游了个泳。埃纳尔舅舅肯定知道得一清二楚，可却装没看见。

抛开这个小插曲不谈，那段时间算是我人生的低谷。我的学业不太顺利，自己经常为一些鸡毛蒜皮的小事耿耿于怀，毫无来由地陷入沮丧和悲伤。

那年春天，哈拉尔德舅舅就住在阁楼里，和我的房间挨着。我们在楼梯上碰面的时候，他会主动和我打招呼：“我亲爱的小外甥女，最近还好吗？”我会照搬托尔斯滕舅舅的话回答说：“和屎一样！”哈拉尔德舅舅则引用埃弗特·陶布的歌词，说道：“季风中的擦肩而过。”然后吹着口哨下了楼，消失在街角。

从某种程度上说，在我所有的舅舅里，哈拉尔德舅舅算是最出名的一个。或许作为数学老师来说平平无奇，但他是一名出色的水手、一名优秀的高山滑雪选手，还是一名杰出的登山运动员——总而言之，他是一个冒险家。哈拉尔德舅舅是外婆最小的孩子。他出生的时候，哥哥姐姐们都已经满地乱跑，所以他总觉得自己既渺小又胆怯，况且还总被哥哥姐姐取笑!

哈拉尔德舅舅让我为他的航海日志画插图。我用船帆和北欧高山的彩色图案设计了他的花体签名，寓意着他的足迹从海洋延伸到高山。

哈拉尔德舅舅的船员们很爱戴他，也都和他一样年轻。但随着年龄的增长，他们陆续结婚生子，再没有时间扬帆远航。那个忧郁的春天里，一天，哈拉尔德舅舅来了，不经意地问我，关于从海洋到高山的立场。

他想要带我一起去。尽管他明知我不擅长航海或滑雪，对登山怕得要命，可他还是想让我和他一起！我拒绝了。骄傲和绝望仿佛榔头似的，将我的一颗心砸得粉碎。

在那里度过的最后一个春天，我拿到了奖学金。

我跑到埃纳尔舅舅面前，哭着说：“看，我拿到了什么！”

“很好。”他说。他就说了这一句。很好。

我跑到银行，将奖学金兑换成最小面额的钞票，然后回到家，往天花板上一抛，任由它们像金色雨点一样洒落在身上。但这感觉太傻了，于是我又跑到埃纳尔舅舅面前，大声问：“你当时是怎么做的？第一次领到钱的时候，你都做了什么？”

埃纳尔舅舅说：“我把钱揣在口袋里，感觉像揣了块烧红的烙铁，一刻都留不住。我得赶紧买一样最重要的东西，把钱花掉，越快越好。”

然后他出门买了一罐小得可怜的玫瑰香膏。

我觉得他做出了正确的选择。

有人说埃纳尔舅舅是个势利小人，而我打心眼里希望，自己能走他那条路。

捕获灵感

爸爸从不谈论雕塑，这话题重要到难以启齿。只有一次，爸爸从甘巴里尼回家，我们恰好在门厅外碰面。爸爸开口说：“这将会是一种全新的创作——它既不是坐着的，也不是躺着或站着的，更不是走着的。”

我当时对自己充满信心，连想都没想就脱口而出：“它是爬着的！”

很显然，爸爸从没完成那个雕塑。

灵感这东西相当特别，就像画画的草图一样。如果笔下的草图足够自由潇洒，美丽绝伦，画家会忍不住公之于众，收获别人的肯定和赞美。而当观众欣赏完毕后，画家又会对草图心生畏惧——它已经无法从专业角度进行润色或修改，只能装裱起来。最终以草图的形式呈现。

同样的道理，写作的时候，你会按捺不住地想要给别人看，或者更有甚者，想要读给别人听——作品只是暂时的，你必须经过不断试探，才知道哪些会持久留存，哪些应由其自由发展，还有哪些最好无声无息地湮没消逝。

或许坠入爱河的感觉也是如此。你会情不自禁跑上屋顶，向全世界宣布奇迹的诞生！遗憾的是，奇迹无法持续太久，或许只有短短一个星期，而且极其隐秘，不可触碰，一如创作中的草图。

我偶尔会想起那位中国画家，他画的是一棵树，而且总是同一棵树，他一直没有画出满意的作品，但从没因此绝望过。后来，等到了两鬓斑白的年纪，在一个美丽的清晨，他终于捕捉到树的神韵，并且因此画出了中国历史上最美丽动人、最栩栩如生的树。

不知道他后来有没有继续画树，还是尝试画了别的。

有的时候，我还会想到另一位画家。他拥有惊人的直觉，那一瞬间的感触仿佛天赐的礼物——而且发生得那么随心所欲、漫不经心，仿佛火车车窗外掠过的风景定格。我觉得这也太不公平了！

我问爸爸，他怎么想。

可他只反问了一句："最后和最终有区别吗？"

写给康妮科娃的信

伊娃，你就这么走了。

房间里堆满了垃圾，怎么还是显得空荡荡的？老实说，伊娃·康妮科娃，你留下了个烂摊子，我都不知道什么东西要交给什么人。鲍里斯还是阿布拉夏，你妈妈还是艾达·因杜尔斯基？钥匙该交给农场的工人，还是暂时由我保管？最底下一格抽屉里的文件该如何处理？还有那只绿盒子，你是忘了拿还是不要了——盒子还是锁着的！你都来不及给出任何理性的建议，因为你将所有时间都留给了没完没了的告别派对，你哼唱着苏联浪漫歌曲，你的朋友只要不谈论政治，就会泪流满面，那真是太犹太化，太悲情了……

对不起，你知道，我是你的朋友不假，可我的确很生气。看在上帝的分上，为什么所有殖民者都要赶上那趟戏剧性的火车，最后一班驶往佩琴加的火车。我都还没来得及给你看一眼列出的清单，你的崇拜者都是些不切实际的人，所以对上面的问题毫无头绪。

到了发车的时刻，火车仍然停在原地一动不动，你听见了吗，一群人站在那里嚷嚷说，这事也太可怕了。大家啰里啰唆说了一堆，却和什么都没说一样，他们不可能没注意到，只是避而不谈罢了！

你妈妈一直打电话来问情况，听语气很伤心。

你亲爱的朋友

1941 年，星期五

又及：对了，沉下心来想想，你为什么要离开，你认为的理由真的站得住脚吗？我觉得，你只是归咎于战争的逼近，想要再一次抛开现实。毕竟，不断奋进是你不变的愿望——当然，对放弃和摆脱的一切，你也会适当表示哀悼。对吗？

现在，你应该自诩为勇敢的先驱者了吧？抱歉这么说。我会很快再写信给你的。

你体会到了自由的滋味，是吧？

如若不然，我是无法原谅你的。

又是一天。

你应该已经在船上了。

你曾说过，感觉自己就好像一只信天翁，当时我觉得这话未免有些夸张，可现在我有了更深刻的理解。你就仿佛变成了一架滑翔机，掠过悬崖，俯瞰下面的世界——你知道尼采曾经写过：我看着下面的世界，这里的空气自由而纯净，我的内心溢满了快乐的憧憬——原话不记得了，反正意思差不多。想必你也是如此！

你的三十岁生日派对非常隆重，也很成功。可为什么，事后你哭得那么伤心呢，你的年纪，还算不上老吧？你也没碰上过什么事——当然了，周围有那么多人帮衬你，事情根本不会落到你头上！始终占据绝对中心的感觉难道不好吗？你身边发生的一切，要么精彩绝伦，要么凄惨悲切，我们的悲伤和烦恼在你面前是那么微不足道，甚至不值一提——可你什么都没解释，只是秉承自己的风格，特立独行地决然而过……

等到我三十岁的时候，我应该会泰然处之，就将它当作人生的一座里程碑吧。这样的里程碑，一辈子还会有好多座。最重要的肯定是举办一次个人艺术展。

她现在肯定已经在大西洋上了。

如果她在这儿的话，我会直截了当地问：当我们逐渐成熟，如果努力想要过上体面的生活，最重要的因素是什么？是工作还是爱情？我们的生活应该建立在怎样的基础之上？我首先想到的是工作，也就是艺术创作，这是存在的唯一理由（虽然这么说未免有些太绝对了）。接下来当然是爱情。我会问你，友情是否和爱情一样重要，它们是否能够相互制衡，彼此融合——你能明白我这话的意思吗？因为身边总有太多的朋友，我们从没有机会讨论过这个问题。哦，还有对荣誉的渴望，你对此又是如何看待的？！你觉得这会带来危险，还是必要的——这样你才不至于因为别人的优秀而放弃自我的进步。试想一下，如果不用言语表达，而却试图给别人留下深刻印象，那将会怎样——真是麻烦事！那种感觉，应该和摄影差不多吧。

我在准备画布。我找到一个可以便宜买到糖粉袋和面粉袋的地方，那是间旧仓库。工作室的天花板墙壁往往会刷成白色，看着颇具威胁色彩。所以这一次，我准备的画布吸水性稍弱，吸油性更强。

又及：过一种体面的生活，换言之，就是有尊严地活着——萨姆里曾说过，所有的一切都是为了有尊严地活着。当时我不理解。现在想来，他的意思应该是坚持自己的理念，完成自己的任务，能够相信和信赖，永不放弃。他说，唯一让人真正陷入险境的，就是动摇做人的基本原则。所以，永远不要违背自己的天性。

我猜，他说的应该是绘画。因为他从不提及其他话题。

你知道，我们在街上碰见的时候，他是怎么评价你的吗？他说，你是个勇敢的女孩，但做事有点操之过急。他说，如果我给你写信的话，一定替他问候一声。

深夜时分，塔普萨来了。你不觉得，他也在暗示做人的道理吗（只不过他表现得拙笨了一些）。他说：你努力走上一条正确的道路，而我只是想过丰富的人生。就好比一片开满鲜花的草地，我随心所欲地这儿采采，那儿摘摘，可你只是径直往前走，因为没有找到你想要花朵，所以等走到草地另一边时，你仍然两手空空。我当然会有顾虑，但还是故意摆出居高临下的态度，对象征主义表示了鄙视，甚至对他说，你什么时候看见我两手空空的样子——我没有能力将一切拥在怀中，但这不是重点。

昨天夜里，我梦见自己抵达了纽约，可你并不在，哪里都找不到你。街道空荡荡，阴森森，一如梦里的情景再现。我突然意识到，你根本不想要我，你就这样从我身边逃离开来，什么都不愿知道！

我替你感到难过。

再见。

星期二

亲爱的伊娃：

想必你们已经到了。我在脑海中设想过你们抵达时的画面：你们全都站在甲板上，冷飕飕的风呼呼刮着，船经过自由女神像，可你们懒得拍照留念。你们焦急地等待下船的那一刻，尽量让行李挨在身边——生怕它们被汹涌的人潮挤丢，这事谁说得好呢。相机被你紧紧抱在怀里。你们蜂拥着上了岸，相互挤着下了船，然后四散而去……海关大楼气势恢宏！人们的脸上写满了释然、恐惧或困惑！

你的叔叔，他去那儿接你了吗？他人好吗？你们是怎么认出彼此的——凭一张照片，还是插在扣洞里的一朵花——我忘记问了。

你那么有亲和力，旅途中有没有结交新的朋

友？或许他们一心想去纽约，其他什么事都不在乎。他们只顾着自己，根本顾不上别人。

但这一切已成定局，无法更改。

大家都打来电话，问我是否有你的消息。这多少让我有些自豪，感觉你的朋友遍天下。在阿泰克，在牛奶铺和街角的小店，在邮局，楼梯上和马路边，我遇到的每一个人都会问，伊娃·康妮科娃过得怎么样，我总是说很好，她即将征服曼哈顿！他们都对你赞不绝口！还有人问，有没有收到过署名“克劳斯”寄来的信？清洁女工想知道该如何处理那些地垫和毯子，我说没事，你自己留着吧。还有上了锁的绿色盒子，我应该交给谁？艾达向你问好。我没敢问她是否付清了客房的租金。她说得模棱两可。眼下，她正忙着画灯罩。她画肖像画的功力见长。我本想把你的东西留给她，但想想又觉得不妥。况且，她一直在琢磨着，万一情况急转直下，她必须第一时间逃去瑞典。

我把所有问题都列成了清单，麻烦你把自己留下的烂摊子收拾一下，好吗？

你妈妈一直打电话过来。

有件事让我颇感欣慰：你在那边一定会交到新朋友，他们也一定都会喜欢你！可他们能理解你的工作吗？比如说，伊娃·康妮科娃拍摄暴风雪中的摩天大厦，他们能明白你的意图吗？那些摩天大厦从未以这种方式呈现在画面上，如此震撼，如此宏伟！我知道，关于工作的问题往往很敏感——可我还是忍不住要问，你有机会为自己工作吗？让那些美国人开开眼界，见识见识！顺便说一句，在我看来，那些摩天大厦完全没有压迫感，反而让天空显得更加高远！

当然了，还没等到你的回信就写信给你，这种做法显然欠妥，所以现在我要耐心等待。当你一下子收到好多信的时候，就像那个生活在丛林里的英国人,阅读《泰晤士报》前必须先按日期进行排序！这样你就会更清楚地了解我的心路历程，比方说，什么时候表现得过于草率，什么时候还没犯浑就已经后悔，还有，在被遗弃的那一刻，我就爱上了孤独——跳过！

至于跳过工作这部分，对我来说是不可能的。那又怎样？（英文应该说 and so what ？）

托芙

亲爱的伊娃：

鲍里斯来过，说想聊聊关于你的事。他说你算是他的老师。他说你会讲故事，大家都在场，这是有目共睹的事。在圣彼得堡的时候，邻居偶尔会凑钱买一张电影票，然后坐在家里等我姐姐从电影院回来。姐姐会把整部电影从头到尾描述一遍，变身各种角色娓娓道来。她就是他们的孩子，他们的房子，他们眼中的风景！

我说，这些我都知道。

鲍里斯说，她一直很照顾我。奶奶让我们去后院找吃的，相当曲折刺激的经历。我们两个都喜欢猫。

接着就是戏剧性的一幕：这些孩子在暴风雪中穿过边界，在国境的另一端一连等待数日，除了哭就是哭（苏联人哭起来怎么这么可怕），然后有意思的来了：你带他去看医生，说我弟弟在外面总不肯说话，该怎么办？医生问，你们在家里都说什么，你回答说意第绪语、俄语、法语和德语，医生说，那还是让这个小家伙自己拿主意吧。（没错，这是个老掉牙的段子了。）

伊娃，鲍里斯掌握了那么多门语言，你完全不用担心他会被送上前线。

他在想的是，他是不是应该和你一样去往美国，那会不会是更好的选择？伊娃会怎么看？

那个曾经的小家伙说：现在，我已经知道自己拥有什么，可我该如何知道自己能得到什么？

伊娃，你为那么多人做了决定，在他们犹豫着去或不去的关键节点上，给了他们临门一脚。不过现在，决定不决定的，都不在你操心的范围内。给我们点时间，好吗？也给你自己放一个长长的假。

这里的生活一切如常，大家讨论的话题都差不多：关于即将到来却尚未开始的那场战争。

据说一封信要辗转好几个月才能寄到美国，可我还是给你写了信。

托芙

嘿，星期天到了。

昨天艾达来了，她说，如果我想要完成她的肖像画，最好抓紧点时间。她拿到了签证，还在斯德哥尔摩找到了工作。她和我寒暄了好一阵子。于是我支好画布，效果大为出彩。我特别强调了那件漂亮花卉图案的白色外套，让背景变得更为中性一些，并且试着在她脸上画出慵懒却无可奈何的平静神情，你懂的，就是那种世代遭受苦难的特征——不过她说看着像是闹肚子疼。哈哈。

农场工人送来洗好的衣服，全都是她的，一件你的都没有。

工作间隙，我拿出你的肖像画，周围的背景立刻生动起来。哪怕是休息的时候，我也丝毫不能倦怠，我必须保持随时投入的状态，时刻做好准备！

我把顶灯调成了冷色调。说不定它能在青年画展上展出。毕竟大家都走了，博览会也变得冷冷清清。

我们还在等。

或许是我想得太多，不，我在这幅画上已经花了太多的时间，我必须知道自己想要什么，或者说，我能从中悟出什么，然后才能慢慢地扼杀掉那幅画面，对吗？

或许只是出于恐惧，害怕将一块新的空白画布放在画架上。

你知道阿布拉夏对肖像画有什么评价吗；我的妹妹只穿了衬裙，这个样子谁都不许画！

你想过吗，“静物画”（nature morte）这个词，在法语里的意思是“死去的自然”？

这种感觉，我以前从未有过。可现在，就这么说吧，我们一直认为蓝色占据主导地位是稀松平常的事，一如画面正中的蓝色茶壶、几只苹果，还有无可规避的窗帘，而突然之间，这一切却变得多余起来！

伊娃，最重要的东西成了累赘！他们把它变成了另一个世界。不，是我们让它成了另一个世界，并且在其中再也找不到自己的位置。当然了，用画笔描摹从来都不容易，可现在，因为战争的缘故，连期待都成了奢望！

见信好！

秋季展取消了，青年画展和艺术周也取消了。除了为《嘉姆》杂志撰稿外，我也揽了其他活儿，包括和阿斯特拉、圣诞星公司合作，为《瑞典底色》周刊画政治插画。

你在哪儿？为什么不回信？！

大块的橡胶嵌花图案如今很受追捧，艺术家将失败归咎于这个时代，他们要么卖力兜售森林里长满的烂蘑菇，要么为了争夺七楼一幅挂画的位置而大打出手。

人们口中谈论的只有战争。

我希望能在罗伯特街的艺术画廊里卖出一张奥兰岛的大幅油画，画廊能拿到百分之二十的提成。

一天，我在港口写生的时候，几个流浪汉走过来说，现在随时可能发生战争，像我这样的小姐应该赶紧回家生孩子。

我没有申请到任何奖学金。我猜，要么他们觉得我靠着插图能赚得盆满钵满，要么他们根本就不喜欢我的画。

有的时候，我会觉得迄今为止，我所有的作品都是垃圾，画面拙劣，全然陌生。我必须追求更为宽广、更为静谧的空间，减少线条的使用。

有些时候，日子就这么波澜不惊地度过，什么都没发生，仿佛我从没拿起过画笔一样。人们说，这种时期往往意味着你在蓄积力量，准备好随时前进，可我不信！

时间只是被无谓荒废了而已，我的生活依然一团糟。

我思考过所谓的欲望和责任，却一无所获。至于所谓的野心和目标，我深表怀疑！

康妮，我现在还画得不好，但每参加一次画展，我的技艺就会精进一些，至少会有所起色。或许吧，其他的我也管不了。他们说，我画画太费脑子，可他们怎么知道，每次拿起画笔，我的心都几乎要碎掉。还有，要我说的话，那些所谓的天才画画时根本就不动脑子！

我的自画像肯定会展出的，你就等着看吧！

写一些暂时到不了的信，这感觉实在太怪了。等到这些信寄到之后，一切就都改变了。

感觉就像是有人怂恿你夸夸其谈。

如果这些信最终还是到了——算起来应该有一大捆——那我也不知道她会不会高兴。或许我的种种思念会惹怒到她，毕竟她太忙了，根本没有时间思念。

对，就是这样。末了她还得写一封信，既要诉说自己的近况，又要安慰我的情绪，还要关心大家过得好不好。想想都替她觉得累。算了，就饶过她吧。

我再等等。要么干脆不寄了。但那封关于你抵达纽约的信，我是一定会寄出去的，那封写得不错。我跟你说，这儿已经没有人有心情开派对了。

康妮科娃来了！她故意在门口逗留了一会儿，我们打量着她，知道现在才算是真正的派对。她把葡萄酒和皮罗格放在桌上，拍手哈哈大笑！谁都不如她笑得这么爽朗，这么开怀。

你怎么会有时间和我们混在一起，你怎么能毫无顾忌地浪费自己的精力，你让我们尽可能做到最好，而我们像抛撒花瓣一般，将所有的秘密和盘托出。一切都是那么自由，完全不受良心的谴责，我至今都不明白，究竟是如何走到这一步的！

如今，我们要是再见面的话，彼此都会觉得尴尬吧。

这都怪你！

早上好！

塔普萨告诉我，为了追一个女孩，他跑了半条亚历山大街，因为他还以为那个女孩是你（好傻）。他说，在你们就神圣的政治问题进行讨论后，他觉得很伤心。

我必须重申一遍，关于社会责任和社会意识的长篇大论，还有伟大的弥撒等等，我已经听得够多的了，我不相信那种具有社会倾向性的艺术，我崇尚的是“为艺术而艺术”！

塔普萨说，我在艺术方面是个势利小人，我画的都是反社会的作品。难道有苹果的静物画是反社会的吗？！那么对于塞尚笔下的苹果，你们又如何解释？塞尚关于苹果静物画的理念，已经是艺术界最权威的观点之一！

塔普萨说，达利只为自己创作。那我倒想问问，他还应该为谁创作？画画的时候，你根本无暇顾及他人，也不应该心有杂念！在我看来，每一幅画，无论是静物画还是风景画，本质上来说都是画家的自画像！

那么，你摄影的时候呢？我很熟悉你的那些照片，温柔或残酷瞬间的定格，但从某种意义上说，每一张照片不都是你自己的形象吗？

这和个人倾向性无关，换言之，它既不偏向于这边，也不偏向于那边。你的照片之所以充满说服力，恰恰因为它的真实，只为言说自我，不代表任何其他。

你为什么总能喋喋不休，说个不停？

你的工作要求安静。我们工作的方式大相径庭。你捕捉瞬间的画面，这一刻发生的事情，以后再也不会重演，而我的工作进程则十分缓慢——现在你是不是要告诉我，我们的所见迥然不同？说吧！

塔普萨问候的话讲了很多，萨穆里也是。他们总要通过我带话给你，这不免让我沾沾自喜。

但愿我惹你生气了。

再见。

托芙

又及：对不起，或许我不该这么啰唆。

康妮：

我一直在思考孤独的问题。或许我并没有真正体验过，只是浅尝了些微孤独的滋味。比如遭人拒绝，或某个重要的人离开的时刻——又或者，更糟的是，无法工作的时候。

我觉得，只要态度足够敬畏，孤独也可以是美好的。不妨想象一下，如果我们及时做出选择，事态会有怎样的走向，但我真的不知道。

面对这类问题，你总能给出答案吗？

说到底，较之于出手相助的义务感，这种强烈的创造欲究竟算什么？

我不知道。事情发生得太快，我们都忘记聊这个话题了。

还是我

又一个早晨。

你能想到吗，漫画协会购买了我的三幅画作作为收藏，总价高达九千芬兰马克！简直让人喜出望外，我付清了拖欠的所有会费，还有在口袋里意外发现的一张税单。所以现在我已经偿清了所有债务，还收到一笔退还的贷款——政府良心发现，把多收的四千芬兰马克寄给了我。你知道今天《首都日报》上是怎么说的吗？“永远不能相信艺术家”。报道上称，政府正强制特定人群履行劳动义务——对，他们在追捕流浪汉、吉卜赛人、艺术家以及“其他不可控因素”。可笑吧！

我仔细研究了世界地图，将一些地方标注出来，光是这些城市的名字，就足以给人以憧憬、以梦想，让人迫不及待要和同游此地的旅人分享。

不要用感性来形容我，我从来都不是多愁善感的人！

如今你身处曼哈顿，想必越来越睿智，越来越聪明。

可你为什么不写信给我！

再见——

托芙

我失去了她的面孔，我再也记不起她的模样。太可怕了。我不敢再看肖像画，唯恐她距离我越来越遥远。于是我干脆将画布翻过来，靠在墙上。

我不会再写信给你了。

就算要写的话，至少也要等战争结束以后吧。

战争马上就要开始了。

我也不会写信给她，让她心存愧疚，我也不会再聊关于思念、艺术政治等等这些话题，对，我必须照顾她的感受。

又或者，我会一股脑把这一切都写下来，砰！仅是为了我自己（就像达利那样），彻彻底底、完完全全地，不带一丝一毫的感情！

船和我

十二岁那年，我拥有了自己的划艇。它长 2.3 米，采用传统的北欧式鳞状木壳船工艺。别人问我船名是什么，我就管它叫船。我为自己和船制订了一个计划：划船环佩灵厄群岛一周，里里外外都要去到，相当于绕每个小岛都要转一圈，才算完成行程。我也不知道，为什么自己特别看重这件事。整个行程大概需要一天一夜，所以最好带上睡袋，另外就是烤面包片和果汁。就像爸爸说的，船上不能有一样多余的东西。

我把起航时间定在八月二十日，并且守口如瓶。

至于妈妈是如何知晓的，我也不清楚。或许她看见我从帐篷里拿走了睡袋。虽然她什么都没说，可还是设法让我知道，她已经全然洞悉了我的秘密计划。而且她也帮着我瞒过了爸爸。爸爸要是知道的话，肯定不会放我走。说起来，我敢肯定，妈妈从来不敢欺瞒自己的爸爸。她的爸爸都不许她搭帐篷露营，也不许她穿水手服。上个世纪的生活真是太可怕了。

总之不管怎么说，船和我已经做好了出发的准备。一连几天都刮西南风，海面泛起了长长的涟漪。海水水位涨得很高，漫过了青草地，我推船出去的时候，感觉像滑过天鹅绒地毯一样丝滑。船一入海就触礁靠了岸，但我只是牢牢撑住船舷，耐心等待。日出前的天空泛着鱼肚白，格外空旷，只有海鸥在翱翔。妈妈匆匆赶了过来，睡衣外披了件羊毛开衫，手里还拿着三明治和一瓶坡马克。“快点，”她说，“趁他还没醒，赶紧出发！”

航海这件事，往往无法像计划中那么顺利。

我们离了岸，一阵劲风从后面吹来，实在难以保持平衡。我伸直双腿，蹬住船底的木板，任由其来回晃悠。妈妈站在海滩边，一直冲我挥手。

爸爸出海航行的时候从来不挥手，他说这是遇险时的手势。

我本想顺着风，让浪头推着船往前走，但很快意识到不对劲；我必须兜一大圈，才能避开汹涌袭来的海浪。等到浪头过去，船暂时处于波谷时，我迅速划动左侧船桨，同时将右侧船桨往回拉，只一瞬间，就完全调整了方向。

当驶向最后一个岬角的时候，我的脑海里突然掠过一个念头：其实大海真的需要一艘船，才能衬托出自己的浩瀚宏伟、气势恢宏。如果岛屿足够小的话，应该也能发挥同样的作用。如果是晴空万里的时候，天空又何尝不需要一只海鸥呢？

然后太阳出来了，直射进眼睛，将浪花激起的泡沫变成一朵朵玫红色的玫瑰，我们继续前进，绕过岬角，突然变得风平浪静。周围一片静谧，虽然仍能听见大海的声音，但感觉十分遥远，风只在森林间呼啸着。而森林一直向着海岸边的潟湖蔓延，甚至爬上了岸边的石头。小小的岛屿零星分布在周围，一切都是郁郁葱葱的——这感觉太熟悉了，我以前曾经来过。

船几乎没有进水，可我还是象征性地舀了几瓢出去，然后划着船，在海上漂了一小会儿。

有不少年轻人，一到夏天就聚居于此，他们总是生活得无忧无虑，惹爸爸讨厌。每天，他们都要睡到很晚才起床，从小木屋里走出来，踩着刷着白漆、摇摇晃晃的浮桥来到海边，跳进铁皮做的快艇里。

爸爸最烦那些铁皮船了。

他说，这些年轻人的行为简直就是犯罪，他们开着 20 马力的船横冲直撞，纯粹为了找乐子，危及大家的生命安全不说，对渔民的渔网也会造成破坏。

我当然有印象。有个女孩总是坐在船头，皮肤晒成小麦色，飞扬着头发，兴致勃勃地享受着速度带来的快感！快艇经过的时候，她还会冲我挥手——但那都是很久以前的事了。

我继续往前划。看样子，这将是闷热的一天，空中传来阵阵雷声。

潟湖边渐渐聚满了人，有的在散步，有的在钓鱼，还有的在泡海水澡。这是独属于夏日的欢乐景象，孩子们划着独木舟，撑着小木筏，在海滩旁边嬉闹玩耍——突然，一艘快艇径直朝这里驶来，船头的桅杆上还挂着彩虹旗，开船的那个大声招呼说："喂！想让我们拖着你开一段吗？"

我懒得搭理，看都没看一眼。

又来了一艘。我继续朝前划着船，快艇呼啸着和我擦身而过。船头上坐着一个头发飞扬的女孩，正冲我挥手。

我继续往前划。

我知道，那不是同一个人。可我还是可以冲她挥挥手的——还是算了吧。快艇里的这些年轻人，知道自己表现得很蠢吗——应该不知道。我对他们是不是太苛刻了？可能吧。

不管怎么说吧，我划我的。我渐渐划出了潟湖，进入开阔的大海。岛屿越发稀疏，天气也越发凉爽。

现在，我已经进入最重要的阶段，是反思的时候了。我让碇石沉入海底，将缆绳固定在桨架上。看样子是没必要睡觉了，不过我还是拿出了妈妈做的三明治。三明治用烘焙纸包着，每一只外面分别写着奶酪、香肠等等，还有一只上面写着“生而自由”。真可笑。还是吃烤面包片算了，我一边吃，一边拧开她给我的那瓶坡马克，看着月亮缓缓升起。月亮很大，看着像只腌杏子。皎洁的月光洒在船上，大海的声音又一次真切地响彻在耳畔。

这里就是转折点，也是返程的起点，如此一来，我就可以沿着海岸线画出我的旅程，就好像一个个抛向群岛的套索。如今，我来到面向大海的海湾，这个无人居住的角落是我的秘密领地，我比任何人都了解它，都深爱它。

每当感到孤独，我就会去那里。最好还是在起风的时候，当然大多数情况都是如此。我一共要经过五个海湾和六个岬角，目光所及之处没有一幢房子（领航员的小屋不包括在内）。之前，我总会沿着海岸线慢慢往前走，仔仔细细地绕进每一个海湾，绕过每一个岬角，为了遵循所谓的仪式感，我不能忽略掉任何细节。当然，我也会忍不住捡起冲上岸的漂流物，用石头固定放好，但这并不属于仪式的一部分，而是一种本能行为。无论是谁，都会不假思索地这么做。而现在，我第一次得以从海上眺望我的领地。对我而言，这很重要。

我拉起碇石，顺着月光的倒影往前划去。平静如镜的海面上，月光仿佛画一样沉静而美丽。但在狂风暴雨来临之际，月光被揉碎成璀璨的碎钻，洋洋洒洒地铺满了大海，显得更为壮美。

就在这时，爸爸出现了。我一眼认出了他驾驶的“潘塔号”，所以很肯定来的人就是他。想必爸爸已经发现了我的行踪，就看他的态度了——是勃然大怒还是如释重负，或者两者兼有。或许我应该让他先开口——我这么想着，爸爸关闭了发动机，走到靠我这一侧的栏杆边，和我打了声招呼。

我也回应了一句。

“跨过来，上船，”爸爸命令道，“你的船就拖在后面。我要问你一件事，而且只问这一次：为什么要让你妈妈担心？！”他整理了一下缆绳，补充道：“你的行为几乎等于犯罪。”说完，他发动了“潘塔号”，发动机轰鸣起来，断绝了我们交谈的可能。

我坐在船尾。我的船跟随着“潘塔号”在海面上翩翩起舞，一丁点儿水都没溅进去。

我知道爸爸喜欢在海上驾驶“潘塔号”的感觉，所以我任由他纵情发挥，而将注意力集中在自己的领地上。距离我的领地越远，我就越发清楚地意识到，从公开海域看过去，我引以为豪的领地不过是一片乏善可陈的芬兰海滩，但凡头脑正常的人，都不会因为好奇而上岸一窥究竟。这样也好，既然大家都追求美感，自然不会打扰属于我的私密。

我摘下帽子，任由头发在风中飞扬，脑海里不由琢磨起其他事情。

爸爸找到了妈妈做的三明治，正在津津有味地品尝。

这是一个非常美丽的夜晚。爸爸驾驶着“潘塔号”，乘风破浪地勇往直前，他时不时会朝我这里瞄一眼，我只装看不见。

天色亮了起来，家所在的海湾近在眼前，爸爸在海面上甩出一个漂亮的弧线，同时降低速度，让“潘塔号”从容地靠了岸。

我们爬上山顶的时候，爸爸说：“你以后再也别这么做了，你自己知道就好。”

我们互道了晚安。天色越来越亮，天空又一次泛起了鱼肚白，显得格外空旷，一如日出之前。

毕业日

时值五月，一个晴朗而寒冷的日子，大团大团的云朵像风暴中鼓胀的风帆一样，在空中翻涌着。与此同时，阿黛浓美术馆的绘画课堂上，气氛炽热而浓烈，阿兰科正向我们所有人发表告别演说。他语速缓慢，就好像必须认真擦拭掉每个词语的灰尘，才能坦然地呈现在我们眼前。我们大家服装整齐，目光直勾勾地盯着地板。

宣布解散后，当意识到这已经是最后一天，大家于是蜂拥着冲下楼梯，汇入街上的人潮，冲彼此大声呼喊着。我们一路跑到埃卡拉，将所有桌子在咖啡馆中央排成一排，本维努托站起身，严肃地宣布“米莉亚姆的花在哪里”*，然后我们齐声高歌《没

* 原文为芬兰语。

有衬衫的日子》*。就在这时，达尔贝格斯卡穿着刺绣披风走了进来，歌声戛然而止，大家纷纷欢呼起来。达尔贝格斯卡是我们最资深的模特，自然应该被隆重对待，而她自己显然也很享受这样的待遇。

我们哼唱起《图奥内拉的天鹅》的伤感旋律。塞罗一边说着“这杯敬你”，一边绕过整排咖啡桌，跑来和我握手。韦尔塔宁朝我挥了挥手，咧开嘴，笑得比圣诞节拆礼物时还要灿烂。共产主义者塔普萨冲我大声宣布，自己画了一幅不带任何政治宣传意味的纯粹的画作，还问我，难道就不能做个标记，然后互换艺术作品吗?

女服务生第一次露出了笑容。

然后有人大声提议：去芬兰堡!

这的确是坐船去芬兰堡的好日子。暴风雨掠过城堡上空，直逼海面而来。我们被风推着往前跑，眺望着远处的岬角，肆意起舞。原本翠绿葱郁的灌木丛，在狂风中也变成了灰色。

我们伫立良久，凝视着大理石板上镌刻的奥古斯丁·厄伦施瓦德的格言：后人们，凭你自己的实力站在这里，不要依靠外国人的帮助。另外，今天还

---

* 原文为芬兰语。

是空军飞行日，到处都是猎猎飘扬的旗帜，虽然云影变幻莫测，空军飞行舰队仍然在海面上盘旋翱翔。

来自斯德哥尔摩的船只缓缓驶过，仿佛白色的庞然大物。我在水边走来走去，寻找灵感，只觉得头绪纷杂。塔普萨找到一朵顶冰花，摘下来递给我。

我们回到城里已是黄昏时分，霓虹灯的广告牌早已纷纷亮起，三三两两的人们，脚步慵懒地穿过埃斯普拉纳迪公园。

我们中间有那么几个有钱人，于是大家决定去芬尼亚挥霍一把。

狂野的爵士乐响彻芬尼亚里，蓝色和绿色的光束投射在舞池的镶木地板上，跳动着，闪烁着。

我们一共十个人，除了八个男孩外，就是伊娃·塞德斯特伦和我了。伊娃对派对上的一切都充满兴致，她用手帕擦了擦自己那双原本就锃光发亮的皮鞋，还问我借了粉扑。我们占了一张大桌子，点了啤酒。经过两年客气而礼貌的相处，我们突然发现，佩塔亚和索科宁原来是两位乔装打扮的王子，他们的真名是乌尔班努斯和伊曼纽尔！

“现在我知道了，”伊娃脱口而出，“我非常肯定，啤酒杯是用不上了！今晚我要喝真正的酒，其他什么都不要！”然后她自顾自喝掉了半瓶的斯卡帕威士忌。那可是伊娃，整个冬天她都对着丢弃在楼梯上的空酒瓶摇头叹息。

塔普萨和我疯狂地跳着华尔兹，满场转着圈，以至于其他人都没地方可跳了。跳完后，他给我买了一枝玫瑰。等我们回到桌边，伊娃跑过来说，她想跳瑞典传统的汉伯舞（hambo），可那种舞太难学了，我们谁都不会跳。

曼蒂宁一整天都非常安静，我们跳舞的时候，他变得满脸通红，整个人开始颤抖起来。我从没认真考虑过曼蒂宁的心情，但当他颤抖的时候，我的身体仿佛被电流击中了一般。那是前所未有的美妙感受。只可惜，缔造者是曼蒂宁，而非他人。现在，伊娃突然说自己反胃，想回家了。

韦尔塔宁将伊娃点的酒水一饮而尽，然后把玻璃杯砸个粉碎。（曼蒂宁买的单。）

我们投身于凛冽的幽蓝夜色之中，伊曼纽尔、韦尔塔宁、曼蒂宁和我哼着歌，在整座城市里游荡。我们来到漆黑一片的赫斯佩里亚公园，在蝶略湾边睡下。整个海湾仿佛一面绯红色的镜子，一直延伸到索尔奈宁地区。我们将外套扔进灌木丛，从树下钻过去。我跑上山坡时，晨起的鸟儿已经开始叽叽喳喳叫个不停，东方泛起一丝微弱的红光，我的心情兴奋到了极点，每一个骨关节都在隐隐作痛。我舒展开双臂，让双脚肆意舞动。然后，我听见山坡上传来匆忙的脚步声，是奥利·曼蒂宁循着我的踪迹追了上来。我不由得哈哈大笑，他那模样，活脱脱就是爸爸的一尊雕塑——一头年轻矫健的驼鹿。我们来来回回地追逐着，嬉戏打闹，最后我故意被他抓住的时候，忍不住放声大叫起来！

可他只是想好好解释一番，于是我跑开了。尽管有一瞬间，我能感觉到他的绝望，可是当下那一刻，我对言语交谈根本提不起兴趣。

我找到自己的外套。伊曼纽尔在枯叶堆里睡着了。韦尔塔宁也已经回家。我将外套搭在胳膊上，用很慢很慢的步调穿过大街小巷。清晨的微风透着凉意，轻拂过我的脸颊。整座城市空空荡荡。

他们都说，快乐难以寻觅。可我觉得好玩极了。

和塞缪尔的对话

我们坐在一家餐馆里，我听不太清楚塞缪尔在说什么。那里挂着一只四四方方的大音响喇叭，里面全是人，音乐声和烟熏味让我阵阵头痛。我一直盯着塞缪尔，努力捕捉他的意思。

他的嗓音很低，但很有辨识度，而且有种磁性，会立刻吸引听众的注意。

塞缪尔想要向我坦诚地剖析自己的内心，他是这么说的："冥想就是当下的沉思。大多数的冥想都是无意识的。比方说，在目光接触这张餐巾纸的一瞬间，你就会立刻联想到切割它的机器、制造它的纸浆等等。你的思绪会不断回溯，直到落在孕育出餐巾纸的那棵树上。"

我看着餐巾纸，脑海里没有产生任何其他的念头。我不由得替自己可悲起来。

塞缪尔继续说道："分析完全是另一回事。它必须深入过去，探究曾经发生的一切，逐一剖析和定义，切分成碎片进行解释。比如说我为什么会喜欢你，这事你肯定问不出口，只有通过分析得到答案。如果天王星和木星相撞，你也不必刨根问底，究其原因，早已积累了数万亿年之久。诸位神明对我们的死活并不关心，他们只是保持微笑，笑容中透着善意和宽容，那感觉就好像面对一个孩子，这个孩子凭借自己的努力琢磨出了一个道理，虽然不尽正确，但仍值得骄傲。神明们希望我们能够综合思考，换言之，并不是有意列出计划，一一完成目标。别误会我的意思。思想是行动的蓝图。但你必须站在更宏观的角度，打开格局，明白吧。”

我没完全明白他的意思，但重点在于，他真心想要向我阐述些大道理，而不是扯些情情爱爱的。

塞缪尔说：“如果方式方法正确，综合性思维应该能够证明上帝的存在。但你千万别以为上帝就是智慧的化身，你可以把他想象成一条线段、一种力量，或是一个几何图形。对那些罪孽深重的人来说，最大的恩典只有天性。无论你是否愿意，生命的力量恩威并施，既是宽恕，也是惩罚，就好像一位称职的母亲，每一次的责罚都会更严厉一些。你要知道，这是警告，我们如果一错再错下去，所遭到的惩罚就会越来越厉害，越来越厉害。”

塞缪尔皱着眉头，看着我，然后重复了一遍：“越来越厉害，越来越厉害。”

我等着他继续发话，可他只是继续看着我。于是我小心翼翼地问：“你指的是我们吗？”

塞缪尔不耐烦地说：“我就是笼统地一说，没有针对任何人。我只是想从宏观的角度看问题！”

我们彻底陷入了沉默。

他将餐巾纸折成尽可能小的小块，最后才开口说道：“好吧。我承认，这一点当然也适用于我们。事实上，我们两个就是很好的例子。如果你想的话……”

他往前倾了倾身子，趴在桌子上，对自己的话题重新产生了兴趣。他解释说：“你知道吧，是这样的，一开始我对你的喜欢，完全出于情欲，后来渐渐不一样了。和你在一起，我有种回家的感觉，既温馨又平静。我还从没在一个女人身上有过这种体会。从那时起，我就爱上你了。”

我点了点头。我们总算从综合性思维的话题里解脱出来。太好了。

塞缪尔继续说道：“但是现在，我对你完全没有了欲望。我和你的亲近并不在身体层面，反而在精神层面。我希望将你的友谊作为一种超越友谊的至高无上的存在保留下来，你明白吗？”

“可这是一样的吗？”我终于开口问了一句。

“等一下，”塞缪尔说，“现在就要说到最重要的部分了。警告。去年春天发生的事，那就是一个警告——我们会升华，在精神层面融为一体。”

“你说的去年春天是什么意思？”我问。

塞缪尔打了个模棱两可的手势，然后说道：“你应该知道的吧？那次你简直气疯了，就是因为行不通嘛。你知道吗，那是上帝的暗示，也是他最后一次表明态度，这并非他的本意。当然了，我们还会遭到很多次的警告。但既然他的意思已经传达清楚，对我们自然也会提出更高的要求。未来的警告会越发晦涩，但我们终究会想明白的。”

我用手指在玻璃杯口划了一圈又一圈，音响喇叭要是能关上就好了。周围的气氛怪怪的。

塞缪尔兴致勃勃地继续往下说：“如果扪心自问，真正的东西是什么，难道不是违背我们本心，违背自然天性的一切吗？我们当然可以说，天性就是自我惩罚——如果做了有违天性的事，我们的良心就会备受谴责。按照一些东方人的观点来看，如果有什么让你感觉不爽，那就是罪恶。就好比说吧，一个人执意想要成为一名艺术家，却拒绝承认自己缺乏天赋——他拼命努力，假设他每天工作十个小时，持续了十年之久。他就这么一直奋斗到了四五十岁，兢兢业业，任劳任怨，却没有取得任何艺术成就。然后某一天，他突然洞悉了一切，意识到自己的工作违反了天性，必须就此打住。但是否还有退路可走，或者说是否就此放弃，完全取决于他自己。你知道的，放弃有很多方式，有些属于浑浑噩噩打发日子，有些则靠药物和日夜颠倒的生活麻痹自己。”

塞缪尔手一摊，眼神阴郁地看着我。他说：“绘画是最符合我天性的事业吗？我完全不能确定，可能音乐也差不多吧。”他接着说：“你无须担心，只要睁大眼睛耐心等待，我们周围发生着太多太多的事情，你不可能事事关注，精准地抓住重点。别难过，只要试着去理解就行。我们必须时刻保持警醒，过好每一个十字路口。你知道，人生道路上充满了各种分岔和支路，也充满了无限的可能。有的时候，来自不同方向的两个人偶遇在一起，并肩同行了一段，从而影响了彼此的人生轨迹。”

我严肃而郑重地说：“我希望我们能长长久久地并肩走下去。”这句话说完后，我们沉默了许久，揣摩着对方的心思。

塞缪尔又一次开了口，言语的激昂程度，着实吓了我一跳——他说：“我希望成为一名艺术家，我希望自己具备综合思考的能力。机器人总能缜密而系统地进行思考。我希望能尽情地去看，去观察，而不去顾虑眼部构造如何。我们永远无法通过分析取得进展，对于阳光之下发生的一切，我们根本毫无头绪，找不到解释。”

我认为他的理论完全正确。我也这么说了。

塞缪尔用充满威胁的口吻说：“科学家最擅长分析，但我会进行综合性思考。如果我有六个孩子的话，会将其中五个培养成艺术家，剩下最笨的那一个，可以考虑当个银行经理、生物学家或者医生之类的。”

他沉思片刻，然后语重心长地说：“最重要的是有尊严地活着。对吧？”

还没等我回答，塞缪尔立刻接着话头往下说：“生活不该只是纵情享乐，也不必坚持走最正确的道路，更没必要追求快节奏。我们应该活得真实。任由天性引导我们找寻自我。活着的过程，也是我们找寻同伴的过程——那些能给予我们灵感，助我们一臂之力的同伴。

我点了点头，自豪感溢满了胸膛。

塞缪尔说：“你可以假设这么一个例子，对我而言，生存所需的物质包括碳水化合物、氮、水和氧气。和你在一起，我可能会获得氧气、碳水化合物和水。和——比方说博伊尔在一起吧，我能获得的只有水。那么显然，你对我而言更有必要，因为你有三种物质成分，而博伊尔只有一种。当然了，水，我也是需要的。没有了水，什么都是白搭。”

我说：“我听着只觉得博伊尔喝多了。”

塞缪尔马上接着说：“所以啊，我爱所有的人，他们或多或少都帮助过我。如果可以研究他们、学习他们、模仿他们，消化吸收成为自己的一部分——或者说，如果你愿意的话，我们可以求同存异，选择和你一致的那些全盘接受，化为己有。和画画一个道理。”

我说：“是这样的。感觉我一直在消化吸收新东西……”

“真的吗？”塞缪尔看着我问道。我不知道该如何接话，只好胡乱敷衍了两句。我也不知道自己都说了什么，只觉得有些头疼。

等出了餐馆，走到街上后，塞缪尔精神焕发，兴致高昂，而我却蔫蔫的，打不起精神。

他说：“现在轮到你说了。”

我答道：“可我说的，和你说完全是两码事。你大多数时间都在解释原因，而我偏重于讲清楚事情的来龙去脉。”话一说出口，我又觉得语气有些生硬，于是赶紧补充了一句：“我是说不排除这种可能。”

塞缪尔说：“怎么会，是你想多了。没准儿你会变得冰雪聪明，令我刮目相看！”

就很多方面而言，这都是一个极其重要的夜晚。可无论如何我都觉得，精神层面的交流并不适合我。至少目前不行。

罗伯特

在美术学院的时候，班里有一个名叫罗伯特的同学。罗伯特高高瘦瘦的，大大的脑袋总是微微侧向一边，像是在思考，又像是不胜疲倦。他向来非常安静，在班里几乎没有朋友。

罗伯特画画总是特别慢，几乎从未完成过任何一幅画布的创作。大多数时候，他画了一半就用白色颜料全部刷满，然后再画，再刷。

偶尔几次，他会在画布右下角签上自己的名字。罗伯特签名的时候，我们都会刻意回避开目光，但大家也知道他在做什么。签名完成的过程同样极其缓慢，他一次又一次地为字母涂上新的颜色，然后一次又一次地刷掉重来。任何不属于绘画本身有机组成部分的因素，都不能干扰到他的创作。等罗伯特终于大功告成后，我们才悄悄松了口气，得以继续自己手头的工作。那时，我们都还没有设计自己的签名。

一天，我收到罗伯特写的一封信。他把信搁在了我的画架上，并且使用了敬语“您”。

> 您是那么地快乐，您拥有轻松而从容的喜悦。在我看来，这世间就没有您讨厌的人，因为对您而言，喜欢比反感更容易实现。我仔细观察过您；您总是保持轻盈飞翔的状态，而非攀爬或钻营——您也从不束手等待。
>
> 我希望您一切顺遂，请您一定要相信我的诚意——但我必须告诉您，出于我自身的种种原因，我不得不就此终结和您的相识。
>
> 致以最崇高的敬意。
>
> 罗伯特

我彻底蒙了。这封信让我很不安，倒不是担心他。老实说，我近乎有种被冒犯的不适感。我和他说过话吗？几乎没有。

后来有一天，全班一起走去听艺术史的讲座，穿过美术学院中庭的时候，他追上来问我：“您明白我的意思吗？”我说：“可能不是很明白……”我当时只觉得尴尬。罗伯特从我身边走过，径直穿过了中庭。

那我应该怎么说呢？他能解释一下吗，或者说，他想解释吗——总之，他这种做法未免太唐突了吧！可不管怎么说，我还是应该问一句才对。

渐渐我才知道，罗伯特给班里每个人都写了信，每封信的结尾都一样：以非常礼貌的方式为彼此的相识画上句点。我们其他人并没有交换过信件传阅，也没有讨论过这个话题。或许我们都觉得怪怪的：对于原本就没存在过的东西，何谈割舍和放弃呢？不过大家只是心照不宣。生活一切照旧。

再后来，我们都到了在画布上设计签名的阶段。不久之后，战争就爆发了。

战争结束后，我和美术学院的一个同学碰巧遇见，然后一起去了咖啡馆。聊着聊着，我就问起了罗伯特，我问对方，是否知道他现在在哪儿。

"不知道。他走了。过了边境。"

"什么意思？"

"很像他会做的事啊。"我那个同学是这么解释的，"他就是走错路了嘛。那段时间正好休战，什么事都没有，大家都只能等着，用木头雕刻雕刻东西打发时间。罗伯特带着素描本，本想去森林里兜一圈再回食堂的。我猜他是要去食堂的。可他搞错了方向。他这个人没什么方向感。”

我想了很多关于罗伯特的事，主要是关于他的告别信。现在我明白了，那些信是他在强大的不可抗力作用下被迫写的，他也因此获得了释然和解脱。他还用同样的方式，给象牙塔外的其他人写过信吗？比如写给他的父母？嗯，他肯定给父母写过。

敢于和周围的一切疏远距离——无论是形同陌路的同窗，还是亲密无间的家人——而且无论出于何种原因，只能归咎于自己，光是想一想，就已经令我感到压抑……

更别说真的这么做了。

猴子

报纸会在五点准时送到，每天早上都是如此。他拧亮夜灯，穿上拖鞋，一如既往地在光滑的水泥地板上慢悠悠踱着步子，穿行于一个个黑影般的雕像支架之间。石膏模型完成后，他将地板重新打磨过一遍。风呼呼刮着，工作室外的路灯投射出路人的影子，揉捏成一团，又迅速拉扯开来，就好像徜徉于月光下的森林里一般。他喜欢这种意境。猴子从笼子里醒了过来，扒在栅栏上，轻轻呻吟了两声。“嘿，猴儿。”雕塑家冲它打了声招呼，然后走到门厅捡起了报纸。折返回来的时候，他打开笼子的门，猴子立刻蹿上他的肩膀，紧紧搂着他的脖子。它冷得发抖。他给它套上项圈，将绳子的一头系在自己的手腕上。它是一只来自丹吉尔的长尾猴，最普通的那种，被人低价收购过来，又高价兜售出去，时不时会得肺炎，必须用青霉素治疗。街坊邻居的孩子都会给它织毛衣。雕塑家回到床上，翻开报纸。猴子静静躺在一旁，用胳膊钩住他的脖子取暖。过了一会儿，它挪到他面前坐下，双手交叉放在肚子上，直勾勾盯着他的眼睛，一张窄窄的灰色小脸上，烙印着持续而沉闷的耐心。雕塑家说："你这只蠢货，盯着就盯着吧。"说完继续看报纸。当他翻到第二或第三页的时候，猴子会冷不丁地，以闪电般的速度从报纸中间钻过去，而且总是把他已经读完的几页捅出一个大洞。这已经成为一种仪式。等报纸变成一团糟，猴子才会发出胜利的尖叫，心满意足地躺下睡个回笼觉。每天早晨五点，翻阅世界上最糟糕的垃圾，然后把它捣个稀巴烂，仿佛是种释放和解脱。是它帮他从束缚中挣脱出来。现在，它又在蹦来跳去。雕塑家骂了一句："该死的，你个老家伙。"每天早上，他都会找些新的事情做。现在，他将猴子塞在被窝里，留出通气口，好让它睡觉。猴子打起了呼噜。他又继续翻到副刊内的艺术专栏。他知道，这一次他们肯定会把他的事迹写下来，不过令他始料未及的是，文章中竟然流露出带着鄙夷的慷慨，他已经这么大把岁数了，人们应该顾及他的感受。要不是这只猴子的话，他早就直接翻过去了，是它让他留意到每一张纸的细节。雕塑家又嘟囔了一句："睡你的，浑蛋。你懂个屁，就知道耍滑头。还有破坏。"这是真的，它和其他猴子一样，哪怕看到再小的裂缝，再小的污渍，再小的缺损，它也要伸出手指不停抓挠，迅速加重损毁程度。什么都逃不过它的眼睛，一旦发现了薄弱的突破点，它就会又是咬又是撕又是扯，不弄得一塌糊涂不肯罢休。猴子就是这样，可它们根本不知道自己在做什么，所以别人只能选择原谅。如果换作是人的话，绝对是不可饶恕的罪行。雕塑家将报纸扔在地上，朝着墙壁翻了个身。等他再次醒来的时候，已经快到中午了。他从床上爬起来，内心照旧是一阵厌恶——那是长期遭到忽略而积压的怨怼。他感到疲倦极了，挣扎着将猴子放进笼内。猴子一动不动，只是穿着连体针织毛衣蜷缩在角落里。外面街上车水马龙，电梯吭哧吭哧一路下行，停在了一楼。他将一些沾了黏土的盖布刷洗干净，然后开始扫地。打磨光滑的水泥地很容易清扫，他将长长的扫帚伸进雕塑支架腿的间隙，仿佛从丝绸上拂过一样顺滑，然后将脏污拢进簸箕。他很喜欢扫地。有好几次，他习惯性地走到窗前，这才意识到自己已经看不见窗外的街景。因为采光的缘故，他用塑料布将窗玻璃蒙了个严严实实。他喂完了猴子，换过床单，思忖着将装石膏的盒子移到院子里，可转念一想还是算了，不如把地板再扫一遍。他把一些小到无法使用的肥皂碎片收集起来，装进罐子里，再浇上水。他将盖布从雕塑上取下来，看了看，把转盘旋了半圈，又转了回去。他走到猴子的笼子前，说:“你个老家伙，丑得让人想吐。”猴子急得叽哇乱叫，将双手从栅栏间伸了出来。他给萨沃莱宁打了个电话，还没等对方接听就匆忙挂断。其实他也可以直接去堂食的。雕塑家这么想着，决定带猴子一起出门换换口味。

可猴子不愿意，它在笼子的四面栅栏间来回扑腾。他说:“你到底想怎样，是想出去还是待在这个鬼地方？”他耐着性子等了一会儿。最后，他把帽子扣在它头上，在它下巴下面系好丝带，它抬起脸看着他，一双黄色的斗鸡眼目光空洞，直勾勾盯着他。这只近乎静止的动物有着无动于衷的冷漠态度，这突然让雕塑家感到浑身不适，于是下意识躲闪开它的目光。他们一起出了门，雕塑家将猴子抱在大衣里。风仍在呼呼刮着。孩子们在滨海大道上嬉戏打闹，一看到他，立刻追了上来，高喊着“猴子！猴子！”。它探出脑袋，东张张西望望，因为动作幅度太大，被帽子的丝带紧紧勒住了脖子。它冲孩子们大叫大喊，孩子们也不甘示弱地冲它嚷嚷，一直把他们逼到了角落。猴子张开嘴，对着其中一个孩子就是一口，咬得又快又狠。“臭猴子！”孩子们哄闹起来。雕塑家完全沉浸在菜单里，将猴子放在一旁的地上。

“它怎么又来了，”门口负责领位的侍应生说，“您应该清楚上回发生的事，先生。动物是禁止入内的。”

“动物？”雕塑家重复了一遍，“您指的是猫和狗吗？还是餐馆里那些醉酒闹事的人？”

萨沃莱宁和其他人正坐在餐桌边吃饭。

“猴子嘛，”萨沃莱宁开了口，“向来是以搞破坏出名的。”

“你说的他妈的什么话。”

“它们有搞破坏的需要。它们能毁掉一切。”

雕塑家说：“它们也有温情的一面。它们想要安慰别人。”

林德霍尔姆咧嘴一笑，说：“倒也没错，你今天是需要安慰。不过结果更糟也说不定。”

猴子蜷缩在大衣里，他能感觉到它在瑟瑟发抖。

“更糟？”萨沃莱宁假装惊讶地叫起来，“你说更糟是什么意思？”

雕塑家开口了：“冷静点，你这个浑蛋。”然后他冷不丁沉默了片刻，接着补充了一句："我刚才是和猴子说话来着。"

"听着，"佩尔曼发话了，"你就不该理他们。他们说什么就是什么吧。可惜哪，人就是这么执迷不悟，等回过神来才发现自己已经跌到谷底了。要爬出来可够费劲的。"

"等老了再说吧。"斯坦贝里接了一句，"它都吃什么东西？泥巴吗？反正看着灰头土脸的。对了，你管它叫什么？"

雕塑家答道："该死的浑蛋。蠢到不能再蠢的白痴。"

猴子突然蹿了出来，直接从桌上跃了过去，打翻了玻璃杯，瞄准斯坦贝里的耳朵狠狠咬了一口，然后尖叫着缩回雕塑家的大衣里。

"温情，"林德霍尔姆不无讽刺地说，"这是你刚才说的吧。一只温情脉脉的动物。"

雕塑家站起身，回答说，这话是他刚才说的。他不喜欢堂食的菜单，况且还有别的事要做。

负责领位的侍应生说："丽兹电影院正在播放泰山的电影。您是要去那儿吧？"

"当然了，"雕塑家答道，"您还真机灵。"虽然只喝了一杯水，他还是慷慨地付了小费。

风渐渐停了。他们沿着滨海大道慢慢往回走，孩子们已经不见了踪影。做什么都没用，雕塑家绝望地想着，我的耐心也耗尽了。猴子就是不听话。他想用大衣将它焐热，可它拼命想要挣脱，差点没被帽子的丝带勒死。猴子开始厉声尖叫起来，迫使他松开了它身上的一切束缚。有那么一瞬间，它像僵住了似的一动不动，接着从他手里跳上了枝头，紧紧抓住树干，好像一只小灰老鼠似的，一脸惊恐。它冷得直打哆嗦，长尾巴耷拉下来，一伸手就可以抓住。对，他是可以将它一把抓回来，可他只是站在那里，什么都没做。猴子以闪电般的速度消失在光秃秃的树枝间，吊在高高的枝头，仿佛一枚黑沉沉的果实。雕塑家在心里默默说：瞧你这副可怜相，冻得龇牙咧嘴，但好歹，你还在往上爬。

黑与白

向爱德华·戈里致敬*

他妻子名叫斯黛拉，是一名室内设计师。斯黛拉，他心目中最美丽的那颗星。有几次，他想要画出她的脸——一张永远沉静而坦然，但难以接近的面孔——可他画不出来。她的双手白皙而充满力量，从不佩戴任何首饰，干起活来快速高效，从不拖泥带水。

他们所住的房子就是斯黛拉设计的。整幢房子是未经粉刷的原木结构，有着大大的落地玻璃窗和玻璃幕墙。所选的木材结实厚重，表面纹理清晰别致，木料和木料之间都用大号的黄铜螺丝固定，最低程度地保持了本色。每当夜幕降临，天花板上低垂的吊灯映出柔和的光线，玻璃幕墙恰到好处地折射出美好的夜色。他们走上露台，隐藏式的射灯照

* 原文为法语。

亮灌木丛的轮廓。黑暗在角落里蜷缩成一团，他们依偎着彼此，连影子都消失不见。他想：这一切简直妙不可言，而且永远也不会改变。

她从来都不是矫揉造作的人。与别人交谈时，她会直视对方的眼睛。到了晚上，她以一种漫不经心的态度，几近赤裸地走来走去。整幢房子和她一样，睁大了眼睛，毫无保留。偶尔，他会担心有人从黑暗中偷窥。但花园四周都砌起了围墙，大门也是紧闭的。

家里做客的人总是很多。到了夏天，他们在树上挂起马灯，斯黛拉设计的房子宛如夜色中一枚晶莹璀璨的贝壳，衣着光鲜的男男女女兴致盎然地穿梭其中，三三两两散布于玻璃幕墙的两侧，仿佛是戏剧舞台上的场景，美不胜收。

他是一名插画家，主要为杂志撰稿，偶尔也担任书籍的封面设计。

唯一的困扰在于，他一直忍受着轻微却持续的背痛，这或许是家具太矮的缘故。敞开式壁炉前铺着一张巨大的黑色兽皮，有好几次，他恨不得四仰八叉地躺上去，然后像狗一样打个滚儿，将脸整个埋进兽皮里，好让背部彻底放松一下。可他终究没有付诸实践。玻璃幕墙是全透明的，房间和房间之间也没有门。

壁炉旁那张大桌子也是玻璃的。移交给客户之前，他常常将画作放在那里，供斯黛拉欣赏。这些时刻对他而言意义重大。

斯黛拉过来看了看他的作品，说，画得不错。线条堪称完美，就是缺乏主色调。

他问："你是说，整体太灰暗了吗？"

她答道："对。画面需要更白一些，更亮一些。"

他们站在茶几旁边，远远地打量着他的画作。画面的确有些灰扑扑的。

他说："我倒觉得应该加点黑色。而且这幅画更适合近距离观赏。"

事后，他琢磨了很久，是否应该用黑色作为主色调。他为此一直心神不宁，背痛也越发严重。

他是在十一月接到的订单，迫不及待地将这个消息告诉妻子："斯黛拉，我接到了一份真正感兴趣的活儿。"他整个人容光焕发，简直神采奕奕。斯黛拉放下手中的笔，看着他。她总是能随时放下手中的工作，哪怕被贸然打断了也不生气。

他说："这是一套恐怖小说选集，一共十五部，里面有些黑白的小插图。我肯定能胜任这份工作，因为太适合我了，完全就是我的风格。你不觉得吗？"

“那肯定。”他妻子答道，“他们要得急吗？”

“当然急！”他脱口而出，忍不住笑了，“这可不是小打小闹的事，而是一项大工程。都是一整页一整页的。他们给了我几个月的时间。”他将手放在桌面上，身体往前倾了倾，然后认真地说：“斯黛拉，我决定选择黑色作为主色调。我要让画面变得阴暗。就是黑沉沉的，你知道的，就好像你屏住呼吸时，黑沉沉的压抑，或者恐惧来临前，黑沉沉的忐忑。”

她微微一笑，答道：“能找到自己感兴趣的东西，可真不错。”

拿到书稿后，他躺在床上，一口气读完了前三篇故事，但没有继续读下去。他想要着手创作，他相信最精彩的部分还在后面，所以希望将期待尽可能持久地维系下去。第三个故事让他颇有兴趣。他坐在桌前裁剪画纸，雪白的画纸有着厚实的质感，边缘还烙有质量保证的印戳。整幢房子静悄悄的，不必担心客人的打扰。

他一度不太习惯在质地厚实的画纸上创作，因为他总忘不了它们昂贵的价格。从前在劣质的薄画纸上创作的时候，他反而觉得更加自由，更有创意。现在不一样了。他非常享受高贵纸面带来的手感：

铅笔尖从上面倏然划过，留下干净利落的线条，那种不易察觉的阻力使得线条充满了活力。

正午时分，他拉上窗帘，拧开台灯，开始工作。

晚饭，他们是一起吃的。他非常沉默，斯黛拉什么也没问。最后他开了口："根本没法画。太亮了。"

"那你怎么不拉窗帘呢？"

"我拉了。"他说，"可不管怎么说，还是太亮了。我怎么画都是灰的，而不是黑的！"等厨师布完了菜，悄然退下后，他忍不住抱怨："这儿连一扇门都没有。都没法把自己关起来！"

斯黛拉放下手中的刀叉，看着他，然后说："你是说，完全做不到。"

"是的，根本做不到。画面整个都是灰的。"

他妻子说："那我觉得你应该换个环境。"晚餐继续，紧张的气氛算是暂告一段落。喝咖啡的时候，她提议说："姑妈的房子现在没人，里面的东西虽然都搬空了，但阁楼上应该还能用。你不妨试试。"

她给扬松家打了个电话，拜托扬松先生在阁楼上装台取暖器。扬松太太答应尽量每天去送菜，把食物留在台阶上，然后打扫打扫卫生。他要做的就是简单收拾下，带个电炉过去加热。不出几分钟，一切就已经安排妥当。

公交车开到路口，即将拐弯的时候，他突然一脸严肃地说：“斯黛拉。就是几个星期的事。然后我就回家。干活的时候，我会集中全部精力。我就是埋头工作，从不写信什么的，这你很清楚。”

“当然，”他妻子答道，“你好好照顾自己。如果有什么特别需要的，给小卖部打个电话就行。”

他们彼此吻别。他上了公交车。那是个下午，外面还飘着雪。斯黛拉没有挥手，只是站在那里，直到公交车完全消失在树丛之后。然后她关上栅栏门，回了家。

他一眼就认出了公交车站和云杉树篱。它们比印象中更为高大，也更为灰沉。同样令他感到惊讶的是，这座山竟如此陡峭，公路直直地攀爬而上，两旁布满杂乱的枯萎植被。在雨水的冲刷之下，山脊上的沙石凹陷出一道道深深的沟壑。姑妈的房子以一个不可能的角度依山而建，栅栏、工具房、云杉，一切似乎都在奋力支撑着，保持挺拔的姿态。他在台阶前停下脚步，抬头向外墙望去。房子又高又窄，一扇扇窗户看着和一只只炮眼似的。积雪正在消融。万籁俱寂，除了云杉枝头坠落的水滴声，再没有一点动静。他绕着房子走了一圈。屋后的一个低矮灶台，早已和斜坡融为一体，沦为一堆破旧的瓦砾。这么多年以来，这幢老房子喷涌而出的一切充满了这片云杉林，其中不乏破烂不堪、毫无必要的存在，有些甚至不应被看见。在这个阴郁的冬夜，眼前呈现的是一片完全被人所遗忘的风景。除了他以外，这片土地对任何人都毫无意义可言。他只觉得这里美极了。他不急不忙地走进房子,上了阁楼，然后关上了门。扬松先生已经来过了，安装好了取暖器——就是床边熊熊燃烧的那个小方块。他走到窗前，向山下俯瞰。恍惚间，他觉得整幢房子正在向外倾斜，仿佛已经厌倦了依附。他的胸中油然而生一股强烈的热爱和钦佩之情，他想起了轻易放他离开的妻子，真切地感觉到黑暗正在步步逼近。

经过无梦的漫长一夜，他开始了自己的工作。他用钢笔蘸了蘸墨水，以娴熟的技艺，平静地画下密密匝匝的线条。他现在知道，灰色只是夜幕降临前最后的微光。他可以等待。他的创作，已经不是为了完稿，而纯粹因为绘画本身。

黄昏时分，他又一次走到窗前，看见房子又向外倾斜了一些。他写了封信：

> 亲爱的斯黛拉，第一页已经全部完成，效果还不错。这里很暖和，也很安静。扬松太太打扫了卫生，在台阶上留了菜：羊肉白菜卷和牛奶。我用电炉煮了咖啡。我过得不错，你大可不必担心。我是想着将轮廓的边缘画得稍微模糊些，不那么锋利。或许我的想法太保守了。但不管怎么说，坚持黑色作为主色调是正确的选择。我想你，非常非常想你。

天黑后，他下山去小卖部寄了信。回家的路上起了风，云杉树窸窣作响。天气微暖，不断消融的积雪顺着山坡的沙石沟壑淙淙流淌下来。他想，或许应该把信写得更长一些，或是换种方式来写。

每一天都在平静中度过。他不停地画，对于轮廓线条的掌握也越发流畅。他的画面总是从捉摸不定的灰色阴影开始，逐渐向内延伸，找寻黑暗。

他已经通读完整本选集。总体来说乏善可陈，只有一个故事相对恐怖，也相对难画。因为故事以大白天里明晃晃的日光作为背景，所以画面的恐怖感很容易荡然无存。好在其他所有的故事都给他留足了绘画黑夜或黄昏的余地。他利用一幅幅插图，老练沉稳却不失幽默地再现了读者和作者所熟悉的人物和环境。然后一次又一次堕入整页整页的黑暗之中。他的背痛也消失了。

他想：那些无法宣之于口的心声，才是我真正的兴趣所在。我画得太过清楚，而画面是无须解释一切的。对，就是这样。在写给斯黛拉的信里，他是这么说的：

> 你知道，我开始有一种感觉，自己在框架中描摹的时间已经太久太久。现在，我正试图创作一些只属于我自己的新内容，而其中隐含的深意要比浮于表面的外在重要得多。如果要我形容自己的创作，我会将其视为从无法弥补的漫长过往中随意剪切出的一段，现实也好，虚无也罢，总之我所描绘的黑暗将永无止境地持续下去。我打出一道充满危险的窄窄的光，努力穿透这团黑暗……斯黛拉，我不想再画插画了。我打算自己创作，不再拘泥于任何文本

的束缚。得有人向他们解释个中原因。每当画完一幅画，我都会走到窗边，想念你。

你亲爱的丈夫

他走去小卖部，将信寄了出去。回家的途中，他遇见了扬松先生。对方问他，地下室里是不是积了很多水。

他答道:“我没进过地下室。”

扬松先生说:“你可以去检查一下。今年雨水特别多。”

他打开地下室的门锁，拉亮了天花板上的吊灯。平静如镜的水面黑黢黢的，油亮油亮的，倒映着顶上的灯泡。地下室的楼梯已经没入水中，完全消失不见。他站在原地，静静目睹这一切。墙壁已经被泡烂了，有几处坍塌了下来，水泥块和石块若隐若现地沉在水中，仿佛水底游弋的动物。它们仿佛在向后漂移，努力想要钻进房子的地基。他想着，我必须将房子画出来。动作要快。我得赶在房子还在的时候，完成这个任务。

他画了地下室。他画了后院，一地乱七八糟的零碎，毫无实用性可言，就是雪地里寂寂无名的一团漆黑。那是一幅平静却悲伤的混乱之作。他画了客厅，画了露台。他的头脑从未如此清醒。他睡得扎实而从容，仿佛回到了孩童时期，醒也醒得彻底，完全没有半睡半醒的焦虑不安——那种焦虑对休息是种打扰，更是毒害。他的作息偶尔也会日夜颠倒，白天睡觉，夜晚工作。但他始终生活在狂热的期待之中。画作一幅接一幅地应运而生，数量肯定远比十五幅要多。他已经不在乎那些小幅的插画了。

> 斯黛拉，我在画客厅。这个房间又老又旧，空荡荡的。我只画了墙壁和地板——一块磨烂的长毛绒地毯，还有图案不断重复的墙纸。从这幅画里，你能看到被踩踏过无数遍的台阶、投射在墙上的影子，还有仍留存于房间内的话语——抑或是寂静。曾经的一切都还在，这就是我要画的内容。每当画完一幅画，我都会走到窗边，想念你。
>
> 斯黛拉，你想过吗，一张墙纸是如何剥落的，撤换一张墙纸需要遵循怎样严格的流程？倘若一个人没有真真切切地涉足于荒凉之地，并且仔细观察周遭的景象，他是无法描绘出荒凉感觉的。那种荒芜和寂寥有着震慑人心的美感。
>
> 斯黛拉，我们这么假设好了，如果这辈子，

你所见到的一切都是灰蒙蒙的，如履薄冰，你总是努力做到极致，却只落得疲惫不堪，然后你突然间顿悟了，彻彻底底搞明白了自己想要什么，你能体会那是种怎样的感觉吗？现在，你在做什么呢？是在工作吗？你快乐吗？疲惫吗？

对，他思忖着，她肯定一直在工作，稍感疲惫。她应该在家里走来走去，随着夜幕的降临，她脱去衣服，几近赤裸。她一盏盏关掉所有的灯，整个人像白纸一样洁白，在空无一物的空间内化身一抹白色，唯一熠熠闪耀的东西。斯黛拉，我的璀璨之星。

他几乎可以肯定，房子正在向外倾斜。透过窗户，他只能看见下面的四级台阶，但看不到最上面的一级。他找了根木棍插进雪地，以此监测房屋倾斜角度的变化。地下室积水的水位并没有上升，当然这也无所谓了。他已经画好了地下室和外墙，现在正在描绘客厅里破损的墙纸。他一直没有收到来信。有时候他自己都犯糊涂，不知道哪些信是确实寄给了妻子，哪些只是存在于自己的幻想之中。她的距离越来越遥远，仿佛一幅画，一幅美丽而轻盈的女性肖像画。有时，她全身赤裸，游移在白色的木质房间内，他几乎记不住她的眼睛。

日夜轮回，斗转星移，一晃好几个星期过去了。他一直在工作。每完成一幅画，他都会立刻放在一旁，努力忘掉，然后继续开始新的创作。他会铺上一张崭新的画纸，面对一片崭新的空白，每次都是同样的挑战，代表同样的无限可能，以及和外界的绝对隔绝。每次开始画画之前，他都要确保房子里所有的门都牢牢紧闭。外面开始下雨了，但雨并没有对他造成干扰。除了选集里的第十篇故事，他已经没什么可担心的了。他越来越频繁地想起这个故事，在故事中，作者将他的恐惧暴露在日光之下，并且一反常规，将其禁锢在一个普普通通，却非常漂亮的房间内。第十个故事无处不在，而且越来越逼近，最后，他决定将其扼杀在绘画之中。他拿起一张崭新的白纸，铺在面前的桌子上。他知道，面对整本选集里唯一一篇真正意义上的恐怖故事，他必须完成插画，而且表现的手法有且只有一种，就是用画笔再现斯黛拉的客厅，他们共同生活的完美房间。虽然有些出乎意料，但他的内心十分笃定。他在房子里绕了一圈，拧亮所有的灯，窗户慢慢睁开眼睛，望着灯火通明的露台。衣着光鲜的陌生男女三三两两，说笑着，走动着。他淡定而自信，手法娴熟地画下一根根灰色的短促线条，让他们的形象跃然纸上。他开始描绘房间本身，一个没有门的恐怖房间，拱顶因为紧张而高高凸起，白色的墙壁上透出不易察觉的细小缝隙，但在他的笔下，这些缝隙向四面八方无限延伸和扩大。他能敏锐地察觉到，巨大的玻璃幕墙即将被内部的压力而撑爆，于是他加快了速度，想要在尽可能短的时间内完成玻璃幕墙的绘制。与此同时，他看见了地板上裂开的沟壑，黑漆漆的，深不见底。他画得越来越快，越来越快。可没等笔尖触到真正的黑暗，他所画的房间突然发生了侧翻，整个向外坠落下去。

暑期寄养儿童

在巴肯这种地方，是不会有人喜欢他的，这事打从一开始就很明显了。他十一岁，是一个身材瘦削、面色阴郁的男孩，不知为何总是一副饥肠辘辘的模样。按理说，这样的男孩应该能够唤醒人们心底最柔软的保护欲，可他没有。一部分原因应该在于他看人——或者准确说，观察人的方式。那种凝视充满了尖锐的怀疑，完全没有少年的童真。等他将对方上上下下打量完毕，又会发表一些早熟的长篇大论，我的老天，你简直难以想象，这些话是从一个孩子嘴里说出来的！

如果埃利斯出身贫寒的话，他这些言行举止倒也说得通，可事实并非如此。他的一身行头，还有行李箱什么的，都是不折不扣的奢侈品。爸爸还特地开了私家车将他送到渡轮码头。一切安排都已经通过广告中介打点妥当；而弗雷德里克松一家之所以同意接受一名暑期寄养儿童，除了出于好心和善意之外，当然也有些许报酬的缘故。关于这件事，阿克塞尔和汉娜讨论了很久：大城市长大的孩子都需要新鲜空气、大自然的森林和水，以及健康食物，那些老生常谈的调调，他们反反复复说来说去，直到每个人都确信，唯有这么做才是正确选择，才能使得他们良心安稳。然而他们手头还有一大堆事情要做：夏季度假的客人订的那些船，还都停在船坞里，有好几只甚至都还没完工。

现在，男孩已经到达指定地点，还给女主人带了一捧玫瑰。

“你真没必要破费的，”汉娜有些受宠若惊，“这花是埃利斯的妈妈买的吗？”

“不是的，弗雷德里克松夫人，”埃利斯答道，“她再婚了。花是我爸爸买的。”

“他人真好啊……他没多待一会儿再走吗？”

“恐怕不行。他有个重要的会要开。他让我向您问好。”

“哦哦，这样啊，”阿克塞尔·弗雷德里克松说，“那我们就上船回家吧。孩子们都等不及要见你呢。你的行李箱不错。”

埃利斯告诉他，这箱子价值八百五十芬兰马克。

阿克塞尔的船相当宽敞，是一艘带船舱的结实牢靠的渔船，都是他自己亲手造的。埃利斯笨手笨脚地爬上甲板。船剧烈摇晃了一下，溅起第一朵水花，他一把抓住船尾的座位，紧闭双眼。

汉娜说："喂，开慢点。"

"他可以进船舱待着。"

可埃利斯死活不肯松手，一路上，他一眼大海都没看过。

孩子们都站在码头边，兴奋地等待着，有汤姆、奥斯瓦尔德，还有昵称米娅的小卡米拉。

"好啦，孩子们，"阿克塞尔说，"这位就是埃利斯。他和汤姆差不多年纪，你们应该玩得来。"

埃利斯登上码头，走到汤姆面前，握住他的手，稍稍鞠了一躬，然后自我介绍说，埃利斯·格莱斯贝克。然后同样的语言动作，对着奥斯瓦尔德也来了一遍。不过面对米娅的时候，他只是看了她一眼。米娅用手捂住嘴，忍不住咯咯直笑。他们一起朝小木屋走去。阿克塞尔提着行李箱，汉娜挎着篮子，篮子里面装满了从商店里买来的东西。回到家，她煮上咖啡，拿出做好的三明治。孩子们围着桌子坐了下来，齐刷刷地盯着埃利斯。

"你们只管自己吃饭就行。"汉娜催促道，"埃利斯是家里新来的客人，他可以先吃。”

埃利斯稍稍站起身，弓着腰，拿起一块三明治，然后自言自语地解释道：“每年这个季节，天气就热得够呛。”孩子们着了魔似的盯着他，米娅问：“妈妈，他怎么怪怪的？”

“嘘。”汉娜示意米娅闭嘴，然后说，“埃利斯，可以尝尝鲑鱼。上周四我们刚捞了四条新鲜的。”

埃利斯又一次站起身来，感慨说，在污染这么严重的水域里，鲑鱼居然还能存活，简直不可思议。接着他聊到城里鲑鱼的价格，还有对于普通人，想在平日里吃到鲑鱼是多么奢侈的事。不知怎的，他的话让大家觉得很不舒服。

到了晚上，汤姆拎着泔水桶出去，往海里倾倒的时候，埃利斯一路跟在后面，在目睹了全过程后，说了一大堆的话，海洋污染啦，还有缺乏社会公德心的人们是如何毁掉整个世界的。

“他真是个怪胎。”汤姆说，“你简直没法和他聊。他就自顾自说什么污染啦，什么东西多少钱之类的。”

“宽容点嘛，”汉娜劝道，“他毕竟是我们的客人。”

“什么客人客人的！他老跟在我屁股后面！”

这话倒是真的。每一天，无论汤姆去哪儿，埃利斯都会跟着，船屋、海滩、柴房，他哪儿都去，简直就是个跟屁虫。

就好比说吧："你在做什么？"

"这你还看不出来吗，一个舀水的水斗。"

"你们干吗不用塑料水斗？"

"塑料水斗的选择太少了。"汤姆轻蔑地答道，"我们对水斗的形状有要求，做起来要花很长时间。"

埃利斯认真地追究下去："那肯定。还要加点装饰什么的。这么宏大，这么细致的活儿，想想也挺可惜的。"

"你这话什么意思？"

"我是说，反正世界终将毁灭，你用塑料的也一样。"

然后又是那一套，什么核战争啦，上帝知道什么啦，这个那个的，啰里啰唆说了一大堆。

他们两个就住在厨房正上方的阁楼上，房间很小，屋顶是斜的，从窗户望出去可以看见一片大草地。到了晚上，埃利斯要花大把时间将衣服整整齐齐地叠好挂起来，将右脚的鞋子仔仔细细摆在左脚鞋子的旁边，然后给手表上紧发条。

"我说，"汤姆忍不住说，"你说了那么一大堆，有什么意义呢？你说核战争随时可能爆发，没准儿明天就变天了。到时候，一切就成了弗里贝格的小黄瓜*。”

“什么小黄瓜？”埃利斯问。

“咳，”汤姆说，“就是一种说法。”

“为什么这么说？弗里贝格是谁？”

“回去睡你的觉吧，别犯傻了。我也不想说了。”

埃利斯翻过身，面对着墙壁。他的沉默仿佛大石头一般厚重，但你很清楚，他躺在那儿琢磨着什么，而且也知道，该来的慢慢总会来的，说什么做什么都没用。然后，果不其然，他又开始了那些陈词滥调，被污染的海洋啦，被污染的空气啦，战争啦，忍饥挨饿的老百姓啦，尸横遍野啦，还有我们能够做什么，我们应该做什么……

汤姆腾地一下从床上坐起来，说：“那些和我们差着十万八千里呢。你这人到底是怎么回事！？”

“我不知道。”埃利斯说。过了一会儿，他又说：“你别生我的气了。”

然后总算安静了。

---

* “二战”期间芬兰流传下来的一个说法，后来成了一句口头禅，意思是天不遂人愿。

在弗雷德里克松家的孩子里，汤姆当惯了老大，自然也习惯对奥斯瓦尔德和米娅发号施令，弟弟妹妹如果闯了祸，自然也由他出面收拾烂摊子。可不知为什么，埃利斯就不会这样，尽管他和汤姆年龄相仿，可他完全没有要出手相助的意思。他总是气呼呼的，哪怕别人表现出对他的景仰或崇拜，他也完全高兴不起来。而且总的来说，就是挺不公平的。就好比鹛鹏那件事吧。那只水鸟卡在窝里，就纯属倒霉嘛，又赖不到汤姆头上。汤姆把它拎出来放进水里，埃利斯因此大做文章："汤姆，那只鹛鹏花了好久才咽气啊。你知道吗，鹛鹏能潜入几十米深的水下的。它要多努力才能屏住呼吸，你想过吗……"

"你疯了。"汤姆丢下这么一句话，感觉糟透了。

或者，埃利斯也会这么说："那些先天不足的小猫咪，我知道你们都是怎么对待它们的，你们会把它们溺死。你们知不知道……"然后就开始没完没了地描述悲惨状况。简直让人受不了。

埃利斯将鹛鹏埋葬在乡村公路的旁边，那里曾遭受过森林大火的吞噬，如今只剩下一株株树桩，其间长满了柳叶菜。也就只有他，才能找到这种地方。埃利斯在鹛鹏的坟前竖起十字架，上面写着数字一，代表这是他安葬的第一座坟冢。接着事情变得一发不可收拾：惨死于老鼠夹的老鼠、在窗玻璃上一头撞死的小鸟、被毒死的田鼠，他肃穆而沉重地安葬了每一个动物，为它们的十字架标上序号。埃利斯偶尔还会忧伤地感慨说：“这些坟冢孤零零地散落于此，根本没人关心。你们的家族墓园在哪里？我很想知道答案。那儿埋葬着你们的很多亲戚吗？”

埃利斯也很擅长让对方感觉良心不安。有时候，他只需要用那双成熟而阴郁的眼睛盯着你看，你就会立刻反省自己所犯下的所有错误。

有一天，埃利斯言之凿凿地宣扬比平时更耸人听闻的预言时，汉娜打断了他：“埃利斯常常会想到关于死亡和痛苦的问题，是吗？”

埃利斯严肃地答道：“我别无选择。其他人根本不关心。”

有那么一瞬间，汉娜仿佛被刺痛了内心最柔软的角落，有冲动将这个孩子紧紧抱在怀里，但埃利斯犀利的眼神让她打了退堂鼓。事后她自己也在反思：“我不应该对他这么苛刻，这么狠心，我的态度应该温柔一些才是。”可还没等她下定决心，很快就发生了一件不可原谅的糟心事。埃利斯提出要看小米娅的屁股，作为回报，他会付给她三芬兰马克。“他说想看我是怎么尿尿的。”这是米娅的原话。后来，埃利斯用同样直接粗暴的口吻问他的房东：“你们从我身上赚了多少钱？”

“你说什么？”

“我寄养在你们家，你们一个月能赚多少？是现金交易吗？我是说，这样可以逃税。”

阿克塞尔和妻子彼此交换了一个眼神，然后默默走出厨房。

不仅如此，埃利斯天赋异禀的地方在于，他总能发现那些破烂玩意儿。找到一件损坏的物品后，他会拖到汤姆面前展示自己的成果。“这个，你能修得好吗？你手巧，什么都能修。看，这玩意儿肯定是在外面放久了，淋了雨，上面都是霉。没长霉的时候，这肯定是件宝贝。”

“扔了吧，”汤姆说，“我只做新东西。坏掉的这些，我可管不了。”

埃利斯将这些垃圾收集起来，在动物墓园的旁边堆成一堆。垃圾越堆越高，对于自己这些杰出的收藏品，埃利斯似乎有些扬扬自得了。这些散落在山坡上的没用的破烂，任谁都懒得多看一眼，而且老实说，他们根本看不见，但埃利斯的目光尖锐又犀利，总是一眼就能发现端倪。有些时候，他用这种毫无畏惧的目光，直勾勾盯着弗雷德里克松一家看，对方不得不留意到，自己身上穿的工作服、戴的园艺手套都已经肮脏不堪。

一次，汉娜以长辈的身份，用一种略带权威的口吻说：“埃利斯，埋头吃你的饭，别想些有的没的。”她说，埃利斯瘦得只剩一把骨头，应该多长点肉才是，不然的话，等爸爸秋天来接他的时候，他会难为情的。

埃利斯反问道：“你们居然能忍我到秋天？”看没人回答，他又说：“你们简直就是在浪费食物。世界上有那么多没饭吃的人，你们都不替他们想想吗？我也不想这么说，可事实就是，你们把吃剩的东西丢进泔水桶，最后统统流进大海里。”

“够了！”阿克塞尔突然大吼了一声，霍地从桌边站起来，“我出去看看船。”

怎么说呢，弗雷德里克松一家在饮食方面的确是有点挑剔，无论是鱼肉、猪肉，还是汉娜自己烤的面包，只要稍微有点不新鲜，他们就会表示出反感和抗拒。所以，按照汤姆的说法，有大量的食物都沦为了弗里贝格的小黄瓜。埃利斯很快意识到了这一点。他会走到冰箱前，将剩菜剩饭端出来。换作平时，这些残羹冷炙，往往要放馊了才会被问心无愧地倒进泔水桶。但埃利斯会尽力挽救它们，并且认认真真地一扫而光。他还会说这样的话：“不，不用给我肉丸了，谢谢。我喝昨天剩的鱼汤就好。”

“哈哈哈哈。”奥斯瓦尔德忍不住放声大笑。他总会时刻留意身边正在发生的事情，并且开动脑筋进行琢磨。这个暑假，因为埃利斯的到来，他再也没法单独和哥哥一起玩了。“哈哈哈哈，他说，现在，你就是我家的泔水桶，对吧？”

“小孩子嘛，想吃什么就吃什么。”阿克塞尔嘟囔了一句，“但是，对客人挑选的食物评头论足，这么做实在欠缺礼貌。饭也好，菜也好，既然已经烧好了，还有什么说三道四的必要？”

“话可不能这么说，”埃利斯反驳道，“你要想想，世界上还有好多人，都没有……”但他的话戛然而止，因为阿克塞尔伸出手，重重地拍了拍桌子，吼道：“你给我闭嘴，其他人也是。家里成天闹哄哄的，就不能让人清净会儿吗？”

好在门外的大自然依然静谧而美好，这个季节总是和风细雨，大草地上，苹果树开满了花，一切都完美得恰到好处。以往到了夏天，只要是月朗星稀的夜晚，汤姆总会在树林里或海滩边散步，可今年他彻底失了兴趣。他根本不指望自己能有一个人待着的机会。

“妈妈，”他问，“他还要住多久啊？”

“来的总会走，走了总会来。”汉娜答道，“你放轻松点。”

凡事都有个结束的时候，一件事了了，也总有另一件事。

还有一个麻烦在于，埃利斯会用一些无可争议的统计数据支撑他提出的事实论点。每天播放日间新闻时，他总会牢牢守在收音机前，收集新的悲惨事件，同时对之前的猜想加以确认和佐证。新闻是他唯一关心的内容。但有时，他也会将现实生活中发生的灾难和自己的臆测猜想糅杂在一起，然后深深陷入可怕的预言之中，导致汤姆手足无措，进退两难。

总而言之，只要有埃利斯在身边，你就不得不做最坏的打算——就好比汤姆的外婆吧，她一直住在城里的医院里。埃利斯会突然走进房间，冲大家来一句：“就刚才，她死了！”结果证明，埃利斯说的根本不是汤姆的外婆，而是一只一条腿的乌鸦，那只乌鸦和埃利斯一起生活了一个星期，结果还是死了。

这天，汉娜打算坐公交车去探望自己的妈妈，埃利斯问她，自己能不能跟着。汉娜心想，跟着也没什么吧，他的确是个阴郁而悲观的孩子，不过对于困境中的一切还是怀有巨大同情心的。

事实证明，这是第一次也是最后一次。汉娜的妈妈一点也不喜欢埃利斯的所作所为：他坐在床边，不停唉声叹气，时不时悲伤地摇着头，然后紧紧握住她的手，就好像在做临终告别一样。等他终于走出病房后，汉娜的妈妈怒气冲冲地说："你带来的是什么浑蛋小子啊？真讨人厌。"

这个寄养儿童的到来，显然给全家人的生活蒙上了一层阴影，而且每况愈下，大家甚至都有些怕他了。以前，阿克塞尔总会在饭后悠闲地抽烟斗，现在再也不了，他一言不发，脚步沉重地钻进船屋。一天，当埃利斯打听他的年收入及政治立场时，阿克塞尔直接扔下喝了一半的鱼汤，板着脸走了出去。小米娅虽然懵懂无知，但也能隐约察觉家里的变化，她开始变得挑剔任性，也越来越难缠。奥斯瓦尔德越来越难遮掩自己的嫉妒和刻薄——汤姆陪伴他的时间越来越少，一次他们兄弟俩出门钓鱼的时候，彼此的关系明显生疏了不少，再也没有从前的和睦友爱。奥斯瓦尔德不无讽刺地说："你真的打算杀死那条可怜的小鳕鱼吗？"还有："快瞧瞧，今天网里有多少具尸体！"诸如此类。反正全家的气氛已经是阴云笼罩了。

阿克塞尔和汉娜心里也清楚，花大量时间陪伴这个暑期寄养儿童，对汤姆而言无疑是一种沉重的负担，可他们又能怎么办呢？家里大大小小的事已经让他们焦头烂额，孩子们只能自顾自，得过且过了。

一天，阿克塞尔说："汤姆，劈柴的事先放一放，你去看看埃利斯那里怎么样了。"

"我情愿去劈柴。"汤姆答道。不过就算劈柴的时候，埃利斯也还是要缠着他，所以做什么都一样。

算了，你想做什么就做什么吧。阿克塞尔·弗雷德里克松无奈地说，刚走开几步，又折返回来补充了一句："事情闹成这个样子，我也很遗憾。"

你以为你是出于好意，热情照顾一个陌生的孩子，可事实并非如此——你摊上了一个虎视眈眈的观察者，一个成天喟叹世界的悲哀和邪恶的评论家。城里人都是这么教育下一代的吗？鼓励他们用怀疑的眼光看待周围，哪怕他们仍然懵懂无知，却坚持让他们幼小的心灵背负上与年龄不相符的道德感？阿克塞尔和妻子讨论过这个问题，汉娜觉得，丈夫的看法或许是对的。这个男孩需要做些改变。既然天气这么好，风和日丽的，干吗不带他出海玩玩呢？汉娜可以趁机去露维莎探望一下亲戚，阿克塞尔正好也要将补给灯塔用的汽油桶运上岛。那天一早，海岸警卫队打电话来说，西博达岛上的灯塔灭了，阿克塞尔和汉娜一合计，择期不如撞日，要么就今天好了。阿克塞尔给船加满了油，将灯塔的补给品搬上船，汉娜则忙着准备午餐。

埃利斯兴奋极了。由于担心暴风雨的突袭，他不停敲击着气压表，然后不嫌麻烦地反复询问岛和灯塔的事:“它们真的是岛吗，那种很小很小的岛？”

“就和苍蝇屎一样小，”汤姆没好气地说，“怎么啦？”

埃利斯严肃地回答说，自己以前读过一本名叫《幸福岛》的故事书。故事里的岛就很小。

“行了行了，”汤姆敷衍道，“赶紧上船吧，爸爸还等着呢。”

“快，跳上来！”阿克塞尔喊道，“我们现在要出海度假啦，有什么烦恼，统统都要抛在脑后！”

孩子们纷纷跳上船。汉娜站在码头上冲他们挥手道别，目送着船径直驶向远方。这是阳光明媚的一天，温度适宜，高高的积云倒映在海面上，模糊了海平线的轮廓。埃利斯时而抓住栏杆，极目远眺寻找小岛的位置，时而冲汤姆咧嘴大笑，看起来，他总算能真正开怀一次了。真该死，你立刻就进入度假模式了，汤姆心里嘀咕着，现在倒好，世界的悲惨啦，毁灭啦，你统统忘得一干二净，你脑子里只有你自己。汤姆的内心油然而生一种不忿的苦闷，他暗下决心，无论是去的路上还是回家途中，自己都不会再搭理埃利斯。

第一座灯塔建在一处低矮的礁石小岛上，礁石正中有一丛芦苇，被风吹得摇来晃去。他们离船登岸的时候，几只海鸥飞了过来，在礁石小岛上方盘旋着、尖叫着。阿克塞尔将备用的汽油桶拎上岸，顺着岩石的缝隙，一直往灯塔那里拖去。

一开始，埃利斯只是站在那里远远看着，身体像根树枝一样僵硬。然后他突然钻进灌木丛，又像触电一样被弹了出来。几只雌性的欧绒鸭扑棱着翅膀，从窝里飞了出来，但埃利斯丝毫不理会。他到处跑来跑去，扯开嗓门儿尖叫着，最后一头扎进长满岩高兰的灌木丛中。

“我跟你说了，他脑子有问题。”奥斯瓦尔德轻蔑地来了一句，“就这种人，从早到晚追在你屁股后面，瞧瞧你交的是什么好朋友。”

汤姆慢慢走了过去，埃利斯仰面朝天躺着，目光投向天空，似乎有说不出的满足。

埃利斯说：“我以前从没来过真正的海岛，连像岛的地方都没去过。这岛这么小，简直就像是我自己的一样。”

“你就做梦吧，”汤姆说，“就算要说这岛是谁的，那也是欧绒鸭的。”说完，他就走开了。

阿克塞尔返回船上，准备前往下一座灯塔的时候，埃利斯不乐意了。“我就留在这儿，”他说，“我喜欢这座岛。”

“可我们这一走，可能要好几个小时呢。”阿克塞尔努力劝阻道，“我们要去的灯塔离这儿还很远。那儿的景色更漂亮，有高山什么的，你肯定喜欢。”

“这里就很好。”埃利斯说，“你们尽管自己去就是了，反正我不走。”

让这个男孩回心转意看来是不可能了。最后，阿克塞尔将汤姆拉到一旁，叮嘱说：“我看你还是留下来陪他比较好，等我掉转船头回来接你们。他一个人跑来跑去，可能掉进海里，或者闯下其他大祸。我们得为他负责啊。”

小米娅嚷嚷起来：“我要去下一座灯塔！我要去下一座灯塔！”

“可是爸爸，”汤姆抗议道，“就这么巴掌大点地方，我根本没法和他在一起待上几个小时！”

“你当然做得到，你有这个能力。”爸爸说完，起锚开船，“有些事，哪怕不想做，我们也得做。”

“你去给他找找腐烂的小鸟尸体什么的，保准他高兴！”海面上传来奥斯瓦尔德的声音，“再见了，小保姆！”

直到他们抵达下一座灯塔，阿克塞尔才想起来，午餐盒还没给那两个男孩。要是换作汉娜，这事绝对不会忘——不过别慌，这还不是最糟糕的事呢。

一个小时后，真正严峻的考验来了：燃油管断了，出了这种故障，可不是三下两下就能修好的。

“你知道吗，”埃利斯说这话的时候，口吻郑重到几乎虔诚，“这座小岛太美了。孤零零的，哪儿都不靠，任何危险都不能逼近。水还这么清澈。”

“随你怎么想就是。”汤姆嘟囔了一句。他走向远处的海岬，捡起小石头，开始朝海里扔去；除了这么干等着，找些有的没的打发时间外，好像也不能做什么了。哈哈，这可真是一座好到不能再好的幸福岛啊！哦不！他的脑海里不断浮现出各种阴暗的念头。一整个夏天，无休止的折磨和责任仿佛阴影般挥之不去，他甚至无法享受片刻的安宁，成天就和动物的坟冢啦，收集的垃圾这些打交道……而且眼下的痛苦还嫌不够似的，他还被迫接受关于未来毁灭的消极预言，眼见着日子一天比一天更糟，却仍然要过下去。这也太不公平了！

正在这时，埃利斯跑了过来，一双眼睛瞪得溜圆，大声呼喊道："蔚蓝海洋中央的孤独小岛！太妙了。这儿是多么纯净。多么荒芜，多么空旷！"

"那是你以为，"汤姆说，"荒芜空旷什么的，我倒不觉得。看样子，今年出生的小欧绒鸭数量不会少。"然后他耸了耸肩，补充道："不过你再这么胡闹下去，估计就不剩几窝了。"

"你什么意思？"

"因为吧，欧绒鸭妈妈要是受惊了，离开了巢穴，没准儿就不会再回去了。这些鸟生性很敏感的。"

埃利斯不吭声了。他小心翼翼地往岩高兰的灌木丛里走，脚步很慢很慢，手肘紧紧贴在身体两侧，瘦瘦的脖颈往前探着，那模样看着还真挺滑稽的。也让他尝尝良心不安是什么滋味。汤姆只觉得有种报复的快感。他跟在埃利斯身后，最后他们停下脚步，埃利斯盯着前面的一窝小雏鸭，一共五只，小小的，浑身长满了松软的深色绒毛，一动不动地蜷缩在一起。

"它们没事吧？"他小声说。

"这不是你应该担心的问题。你应该担心的是这座'蔚蓝海洋中央的孤独小岛'，刚才你是这么说来着吧？这儿还真有可能变成一座孤岛，有意思吧？我说的孤岛，就是谁都找不到的那种。”

埃利斯一言不发地看着他。

“你不相信？这种事时有发生。”汤姆一屁股坐在地上，用手托住下巴。“我不是故意吓你啊，”他说，“不过这儿的海滩边，的确发现过残骸。这事就不能细想，还是赶紧忘了好。没准儿他们就是坐在那儿等啊等，结果等到死了也没人过来。”

“可汤姆身上应该带着地图吧。”埃利斯说。

“有吗？让我仔细想想，地图好像落家里了……唉，这可糟糕了。”汤姆叹了口气，透过手指缝，迅速瞄了埃利斯一眼。他简直忍不住要笑出声来。这回，你也摊上倒霉事了吧。而且我还能让你更倒霉的。等着瞧。

埃利斯绕到一块石头后面，坐了下来。太阳一点一点在空中变化着位置，时间一晃已经到了下午，黑蝇嗡嗡叫个不停，海鸟默默回到了各自的巢穴。

汤姆肚子饿得咕咕叫，脑海里突然冒出了一个恶作剧的想法。他找到埃利斯，告诉他，他们两个遇上了麻烦事：没东西吃——就像世界上那些可怜人一样，现在必须忍饥挨饿了。“你可以吃点岩高兰的果子，”他说，“不过吃下去肚子很不舒服。如果口渴的话，你背后就有一个小水坑，不过里面的水齁咸齁咸，臭烘烘的，连海虱都活不下去。”他继续添油加醋地补充道：“非要喝的话，死掉的海虱可能嵌在你的牙缝里，你用舌头舔掉就行。”说完这话，汤姆立刻意识到自己形容得有点过火了，他完全是在人身攻击，所以难免有些失态。埃利斯用尖锐的目光打量了他许久，然后掉过头去。

海水的颜色越发深沉起来。都已经好几个小时了，按理说阿克塞尔早该回来了。困在这座小岛上，除了吓唬埃利斯也没别的事好做。阿克塞尔怎么还没回来？他是怎么想的？让汤姆这么提心吊胆，然后在这里无所事事地耗上大半天工夫！一股不祥的预感渐渐蔓延到汤姆全身，他如坐针毡，越发心神不宁。

“埃利斯！”他大喊，“你在哪儿？快过来！”

埃利斯走了过去，用狐疑的眼神看着他。

“听我说，”汤姆说，“有件事我要告诉你。天气很不正常，暴风雨马上就要来了。”

“可现在还是风平浪静的。”埃利斯说，口气中透着质疑。

“这是典型的暴风眼。”汤姆解释道，“你对大海一无所知。好多事情都是突然一下子发生的，就那么唰的一下，海浪能把整个岛都吞了。”

“不是有灯塔吗？”

“灯塔是锁着的，我们进不去。”汤姆自顾自往下说，“到了夜里，还会有蛇钻出来……”

“你就编吧。”

“说不定我是编的，说不定我根本没编。对你来说有区别吗？”

埃利斯很慢很慢地说：“你就是不喜欢我。”

所有这些糟心事里，最糟心的一点是，他们什么都不能做。汤姆拿出折叠小刀，找到被风刮倒的树干，劈砍下一根根小树枝，想要搭建一间简易的棚屋，以前他和奥斯瓦尔德去野外探险的时候，经常会这么做。他不断地劈啊砍啊，汗水顺着脖子不停往下流。虽然这么做纯属多余，可他实在难以忍受被埃利斯一直盯着，天色渐渐晚了，还是没有船过来……现在埃利斯的问题又来了，他想知道汤姆是不是在做信号弹。

“不是！我们手边又没火柴！”汤姆举起棚屋的屋顶，架在灌木丛上面。蠢透了，整件事都蠢透了，船还没个影子……如果是灯塔出了问题的话——不，那样的话，爸爸早就掉头先回来了。肯定因为别的事，相当棘手的麻烦……整个屋顶突然坍塌下来，汤姆转过身，冲埃利斯大喊："你又不知道暴风雨什么时候会来！你连见都没见过！四周黑压压一片……你会听见一个奇怪的声音，越来越近，越来越近——连鸟都不叫了……"很显然，埃利斯这回听进去了。于是汤姆继续道："暴风雨来临前，水位有时会上升，有时会下降。简直就是灾难！海水能降到多低，你到时候就知道了。到处都是绿色的烂泥。海水再次涌来的时候，就像一堵墙一样，把这儿的东西统统冲走，什么都不剩！"

"你为什么要这样？"埃利斯小声问。

"你什么意思？"

"你为什么不喜欢我？"

"那你为什么总和我抬杠！我累了，所有这一切都让我厌倦，真没劲！你自己找地方睡觉去吧。"

"可蛇来了怎么办？我害怕！"

"算了算了，这儿没蛇。"汤姆不耐烦地脱口而出，"这种小破岛上根本就不会有这些玩意儿。我烦透了！我尽力了。能用的办法我都用了，可你还是老样子，成天怪腔怪调的，谁和你在一起，都会变成怪胎！爸爸到现在也不回来，他早该回来了！"

"我害怕，"埃利斯又说了一遍，"帮帮我……你什么都知道，什么都会！"他冷不丁抓住汤姆的套头衫，颠三倒四地念叨着自己有多害怕——“你吓到我了，”他哭喊道，“求求你做点什么吧。我知道你什么都会。”

汤姆拼命挣脱出来，使的劲太大，导致埃利斯向后退了两步，跌坐在苔藓上，原本睁大的眼睛眯成了两道缝。他用极为低沉的声音很慢很慢地说道：“是啊，你爸爸早该回来了。他为什么还没回来呢？肯定不是因为他找不到我们。你说的那些只是为了吓唬我。他肯定出事了。”

埃利斯沉默了一会儿，像在等待对方的回应，然后以一种胜利的口吻说：“没准儿他摔断了腿，躺在那儿根本动不了！我们在这儿等啊等，等啊等，他怎么都不来……”

“胡说。”汤姆怒不可遏，“这种事只会发生在冬天，岩石上结冰的时候。”说到这里，他突然想起去年秋天，其他人都等在家里，爸爸带着奥斯瓦尔德去灯塔，没想到煤气灯意外起火，一只碎片崩在了他的脸上，爸爸几乎是半盲着开船回了家，还要靠不停哭鼻子的奥斯瓦尔德指引方向……

埃利斯目不转睛地盯着汤姆的脸，扬扬得意地继续往下说：“家里人还什么都不知道呢。天色越来越晚，最后他们才意识到不对劲儿。你说是吧？”

“我说你就是个窝囊废！”汤姆咆哮道，“你怕得要命！

“你这个胆小鬼，闻着就一股丧气味……”

突然间，埃利斯以迅雷不及掩耳的速度跳起来，朝汤姆扑了过去。汤姆只能看见两排牙齿泛着晶光一闪而过，瞬间就和那张龇牙咧嘴的怪脸扭打在一起。暴怒之下，埃利斯抱着汤姆摔倒在地，两个人在地上滚来滚去，四周暗沉沉的，他们的头顶上方应该是藤蔓交织的灌木丛——什么寄养儿童，你就是个恶魔，你最好别是个孬种，反正我是不会退缩的，就这么一直打一直打下去。汤姆身下，那具瘦骨嶙峋的小身板紧绷着，已经濒临爆炸的极限，很显然，他们两个谁都不肯服输。主动投降是不可能的，扭打只能继续下去。汤姆和埃利斯在沉默中缠斗着，连喘气都顾不上。汤姆突然一个抱摔，将埃利斯扔在一旁，虽然两人暂时分开了，但灌木丛下的空间实在太过窄仄，他们都无法起身，于是只能继续扭打在一起。他们也实在别无选择。

欧绒鸭妈妈一动不动地坐在窝里，它身上的羽毛和大地一个颜色。它就那么静静地待着，和周围环境融为一体。最后，他俩突然发现了它的存在，于是停止了动作，小心翼翼地从藤蔓下面爬了出去，起身朝不同的方向走去。

夜色悄然降临。西方的天空上，靠近海平面的地方燃烧着一团玫瑰般的赤红，但毕竟是晚上了。汤姆朝着海滩的方向走去，阿克塞尔通常都是在那里停船的。他的身躯剧烈战栗着，整个人抖得厉害。他尽量不让自己产生任何的想法。求求你了，镇定一点，淡定一点，他强迫自己坐在礁石上，用指关节用力压住眼眶，让心绪恢复安宁。这个方法奏效了那么一段时间，但曾经的记忆突然涌上脑海，骤然爆炸开来。就是灯塔的煤气灯爆炸的那次，妈妈问他："阿克塞尔，你怎么去了那么长时间，出什么事了？"然后爸爸回答说："我坐了一会儿，等到眼睛稍微能看清点东西了，我把奥斯瓦尔德抱上了船，尽量安抚他的情绪。反正不管怎么说，当时海面上也没风，倒是不幸中的万幸。事情发生都发生了，你只能接受。"这是他的原话——事情发生都发生了，你只能接受。然后汤姆说："无论发生什么，爸爸都不会害怕的。"然后爸爸说："你错了，我这辈子从没这么害怕过。"对，他当时就这么说的，"我这辈子从没这么害怕过"。

西方天空中的红晕渐渐消退下去，而东方的天空已经泛出鱼肚白，准备好了迎接日出的到来。天气冷得刺骨。汤姆向岛的另一边走去，依稀辨认出大海边埃利斯的身影。他说："他很快就会来的。他手头应该有重要的事要忙，一刻都不能耽搁。"

"你现在倒是说了句人话。"埃利斯说。

"嗯。现在海面上也没风，算是不幸中的万幸。事情发生都发生了，你只能接受。"

他们站了一会儿，向海面眺望着。几只海鸥从海岬那边飞了过来，嘶叫了几声，然后一切又回归寂静。

汤姆说："你去睡会儿吧。他来的时候，我会叫你的。"

阿克塞尔是在天蒙蒙亮的时候回来的。他们先是听见了引擎声，微弱得和脉搏跳动差不多，随着声音越来越响，船仿佛一只小小的黑点，出现在黎明时分灰蒙蒙的海面上。接着，他们渐渐能看清船头八字胡般的白色弧线。阿克塞尔绕开暗礁，减慢速度，将船停靠在岸边。两个男孩子齐刷刷站在那里等着。阿克塞尔一眼就看明白发生了什么事：其中一个的鼻子肿得老高，完全变了形；另一个的一只眼睛已经眯成了一条缝。而且，两个人的衣服也是破破烂烂的。

“好吧，”阿克塞尔说，“看起来没出太大的岔子。引擎坏了，燃油管也断了。我也不想这样，但事情发生都发生了，我们只能接受。你们两个都还好吧？”

“挺好。”埃利斯说。

“那赶紧上船吧，我们这就回家。别吵醒那两个小家伙，他俩累坏了。”

汤姆和埃利斯靠着引擎盖坐了下来，好让自己暖和点。阿克塞尔找了块防水布，盖在他们身上。

“来，这是汉娜给你们做的饭。”阿克塞尔说，“你们赶紧吃了，免得惹她生气。保温壶里有咖啡。”

船驶过海湾的时候，东方的天空亮了起来，渐渐变成了粉红色。新一天的太阳将第一抹阳光抛洒在海平面上。空气仍然透着凉意。

“先别急着睡，”阿克塞尔说，“我给埃利斯带了点东西，保证他喜欢。看，这么精致的鸟骨头，你见过吗？你可以给它弄个坟冢，风风光光办场葬礼什么的。”

“确实非常漂亮，”埃利斯说，“我也很感谢您的好意，可惜我一点也不想要了。”

然后他贴着汤姆，将身子蜷缩成一团。他俩很快就睡着了。

爱情故事

他是一名画家，见识过各种艺术展览，他早已心生厌倦，只觉得无聊和压抑。然而，当走进威尼斯双年展最小的那间展厅时，他突然停下脚步，头脑变得异常清醒起来。面前的一尊近乎自然主义的雕塑令他由衷地赞叹。那是一位女性的臀部特写，由大理石精心雕琢而成。它和古典主义的躯干雕塑一样，局限在膝盖以上和肚脐以下的部位。这个完美的臀部完全独立于身体存在，似乎除此之外，雕塑家并不关心其他任何部位。他当然知道著名的维纳斯的美臀雕像，那位拥有完美臀部的维纳斯撩起裙子，向身后一瞥，这些动作都凸显出她对臀部的自信和骄傲。反观这尊雕塑，女性的臀部完全没有任何道具的烘托或陪衬，它只是孤零零地呈现在观众面前，仿佛雕塑家用洞察力和爱培育出的一枚饱满果实。

雕塑立于一个约一米高的黑色底座上，展厅是朝北的房间，四面都是灰墙，确切说更像是前后两扇门隔出的一个狭小空间。只有正对窗户的墙壁上才能挂得下画作——那是一幅表现烧焦的棕色塑料的现代画，所以丝毫不会干扰到雕塑的表现力。在微寒的日光下，在深色调的环绕之中，它宛若一颗璀璨的明珠，随着光线的增强，大理石也渐渐有了温度。画家觉得，这个臀部是他所见过最为感性、最令人折服的女性象征。展厅里人来人往，但鲜少有人驻足观赏。在大家匆忙前行的时候，画家却陷入了深深的思考，整个人沉浸在对艺术品的至高崇拜之中。那是他一直向往的感觉。

臀部的后侧轮廓呈现出极其柔美的曲线，同时又紧绷得恰到好处，臀部的两半就好像两只圆润饱满的蜜桃，紧贴在臀沟两侧。阴影柔和地投射在年轻的脸颊上，尽管雕塑家的脸上明显流露出俗世的感官愉悦，可他的作品却有一种难以触摸的奇特感。这尊臀部雕塑完全可以视作永恒的象征。

画家一直站在原地，没有丝毫的移动。他在雕塑前站了太久太久，以至于投射在大理石上的阴影发生了些微的变化，就好像那个女人朝着他的方向，不易察觉地缓缓移动了身体。

画家突然走出房间，前去打听价格。

他从主办方那里得知，雕塑家是匈牙利人，这尊艺术品的定价也十分高。

从雕塑中，画家感受到一种不可分割的纯粹欲望，一种强烈到想要清除一切的欲望，一种充斥着压倒性力量的欲望，这在他过往的经验中堪称难得。画家想要拥有这尊大理石臀部雕塑，将它带回芬兰的家。

他回到住处——一家小旅馆，藏身于圣马可广场后面的一条小巷之中。推门进去，炫目的阳光随之消失，取而代之的是漆黑一片。他顺着楼梯一步步慢慢往上挪，在头脑里努力组织好语言。天气燥热，艾娜躺在床上，什么都没穿。

“今天过得怎么样？”她问。

他答道：“还是老样子。你出去过吗？”

她伸出手，够向桌子另一边，拿过一捧首饰、贝壳，还有闪闪发光的玻璃杯，得意地向他炫耀，然后说这些东西几乎都不值钱。真的不值钱，她重复了一遍，然后将项链放在肚皮上，戏谑地笑了起来。

他忧心忡忡地看着她。

“可它们不贵啊，”她向他保证，“你知道的，没必要的事，我是不会做的。”她走到他身旁。他用惯常的姿态搂着她，双手放在她温暖的臀上，对大理石雕塑只字不提。

夜幕降临后，他们进了城。从小旅馆出发后，他们总会穿过圣马可广场。艾娜重复着几天前从他那里听来的话，她谈到古老的黄金和大理石具有年代感的光泽，以及从前人们设计和雕刻的巧思和胆量。然后她转过身，看着他，换成自己的口吻感慨道："他们一定非常热爱自己的事业，显然也深爱着彼此，不然的话，怎么会有现在的结果？"

他亲吻了她，然后和她并肩继续朝前走。他们去了喜爱的廉价小饭馆，吃了意大利面，喝了红葡萄酒。小饭馆里也有游客光顾，不过食物货真价实。窗外的夜色突然变得墨蓝一片。

"你幸福吗？"艾娜问。他诚心诚意地回答说，自己非常幸福。他并未将感激和渴望混为一谈：外在的欲望总应有自我保留的成分。不过整个晚上，当他们走过狭窄的街道，当他们穿过小桥，当他们边吃边聊，互相深情凝视着对方时，他都在心里数着数，他清点着，盘算着，还有多少座城市，是他们尚未亲历或亲见的，而且他清楚地意识到，如果他买下那尊美丽的臀部雕塑，他们就必须立刻打包回家。

“你在想什么？”艾娜问，他答道：“没想什么。”

他们离开小饭馆，在威尼斯城里漫步着。他们总是穿过同一条小巷，走过同一座小桥。他们总是沿着蜿蜒曲折的道路游走于迷宫之中，而且总是会到同一个地方，甚至不知道自己身处何处。

“雷佐尼科宫整个倒映在运河之中！”艾娜脱口而出，明显已经略带醉意，“你看，绿色的水藻从河底攀爬上来，晃动着，摇曳着，整座宫殿正在慢慢下沉，窗户一排排地消失不见……你爱我吗？”

“爱。”他答道。

“可你头脑中总还在想别的事。”

“是的。”他诚实以对。

她在桥上停下脚步，望着他，目光有些飘忽不定。“告诉我，你在忧心些什么？”她说话的语速很慢很慢，口吻却又过于郑重。她踩的高跟鞋实在太高，扭曲了双腿的自然弧线，硬生生将膝盖突兀地挤了出来。加上她佩戴的旅游纪念品般的廉价首饰以及前额的鬈发——每个发卷都用发卡别住，还有那个傻里傻气的手提袋，整个人看起来滑稽又严肃。她身上散发出的女性气息浓郁而强势，令他几乎哑然。在透着暖意的黑暗中，人们不紧不慢地从桥上穿行而过。他有些心不在焉地想，这里完全没有车水马龙的繁华交通，大概就是威尼斯的奇特之处吧。他们只能看见行色匆匆的人们，听见他们的脚步声。“艾娜，”他终于开口说道，“我在想双年展上看见的一尊雕塑。大理石材质的。我想拥有它。你知道，就是占为己有，然后带回家去。但它很贵。”

“你是说买一件艺术品吗？”艾娜惊讶地问，“怎么可能呢？”

“它很美。”他有些愠怒地说，“那是一件精美的艺术品。”

“我的老天。”艾娜嘀咕了一句。她继续往前走去，顺着台阶下了桥。

“它很贵。”他提高嗓门儿又重复了一遍，“要用掉所有的奖学金，全部的。如果买下它的话，我们就要立刻回家。”

他们经过的几座建筑物，仿佛扎根在运河之中。贡多拉亮起了马灯，从他们身边鱼贯而过。贡多拉的船夫和游客一起唱着歌，月亮悄然爬上了树梢。她敞开心扉，任由这悲凄的美感汹涌袭来，融入她对画家深切的爱意之中。然后冷不丁地，她用自然而然的口吻说：“可是，既然你那么痴迷于那尊雕塑，还是应该买下来吧？不然的话，你到哪里都是魂不守舍的，总在惦记着它。”她停下脚步，等待着他充满感激的表示。在被他拥入怀中那一刻，她不禁闭上眼睛，脑海里只有一句话：爱是多么简单啊。

然后她小声问："你的雕塑，是什么样的？"

他答道："身体的局部。"

"局部？"

"对，其实就是臀部。大理石雕刻的臀部。"

她向后退了半步，重复道："臀部？就只是臀部而已？"

"你一定要看看，"他解释道，"你只有亲眼看见，才能理解我的意思。"他将她拉到身边，试着再次拥她入怀。他极力想要寻找合适的语言来形容，可她就是不听。然后他们默默走了回去。他们经过圣马可广场，穿过熟悉的小巷。皎洁的月光照在他们身上，却丝毫没有和缓他们的心情。他想，多么庸俗老套的剧情啊。我很清楚她会怎么做。她一定会躲在屏风后面脱衣服，然后背对着我走回床边，不让我看她的臀部。太蠢了。

他们走进旅馆房间。圣马可广场上的灯光会沿着小巷延伸进来，为整个房间笼罩上一层半透明的红光，所以到了晚上，他们通常是不开灯的。街上的人们边走边用意大利语唱着"美呀，太美了……"。"你听，"他说，"唱歌的不是游客，是住在这儿的本地人。他们唱歌，也不是因为派对，而是因为他们有一种本能的冲动……”这是他为她量身定制的台词，为的是讨她欢心。可她只是敷衍道：“哦。”

现在的情形有些不妙，他思忖着。如果我上床找她，那就完全失去了主动权。可如果不上床的话，结果就更糟了。要说我放弃雕塑了，这话我也说不出口。我现在什么也做不了。画家觉得疲倦极了，只能勉力坐在床边，那是一种可怕的疲倦。艾娜在屏风后默默地、迅速地脱掉衣服，然后在房间里走来走去，不停忙这忙那，整理收拾。最后，她披上睡衣，端着两杯葡萄酒走到他面前。她将其中一杯递给他，然后在他面前的地板上坐下。用郑重到几乎严峻的口吻说道：“我想过了。”

“是吗。”他态度温顺地答道，暗暗松了口气。

她将身体往前倾了倾，皱起眉头看着他。“我们去把它偷回来。”她说，“我们就这么进去，拿了就走。我不怕。”

圣马可广场的灯光映照出她的脸庞。他意识到她是认真的。他在脑海中迅速想了一遍，然后说：“你觉得可以吗？”

“当然可以！她几乎是喊出声来。我们什么事都应付得来。我知道，那间展厅就在一楼，外面是一个公园。我们可以用钻石把窗玻璃切开。首先我们得买颗钻石，很小的那种就行。对了，你搬得动那尊雕塑吗？还是应该找辆小推车什么的？”

“简直完美。”画家说。他站起身走到窗前，聆听街上的脚步声。他突然很想笑。他有冲动趁着夜色逃出去，带着自己的女人，走遍天涯海角。他转过身，严肃地对她说：“我觉得不应该这么做。放过那尊雕塑吧。你要替那个雕塑家想想。他是匈牙利人。他做梦都想不到，自己的作品居然会在芬兰，我的工作室里。况且，说不定他正缺钱呢？”

“这倒是真的。”艾娜说。可惜了。她脱下睡衣，搭在椅子上，上了床。

他们依偎着躺在一起。她问：“你在想什么？”

他答道：“那尊雕塑。”

“我也是。”艾娜说，“明天，我们一起去看看。”

娃娃屋

亚历山大是一名老派的室内装潢设计师。他拥有十分高超的技艺，并且对自己的工作保持着工匠天生的自豪感。他讨论作品的对象仅限于那些讲究品位、懂得欣赏工艺和材料之美的顾客。至于其他顾客，他统统介绍给自己的员工接待，以免在言语间流露出蔑视。

亚历山大的工作室已经颇有年头，就坐落于临街的地下室里，外面的楼梯直接通向人行道。工作室虽然老旧，但颇具规模，亚历山大和他的手下总能接到活儿干。亚历山大自己负责木雕装饰品的设计，以及具有一定挑战性的高难度室内装潢，简单的活儿并不在他的承接范围内。这年头，手工雕刻的装饰品还是拥有一定市场的，虽然潜在顾客的数量不多，但断断续续还是有的。比如，他们对墙纸的选择可能非常挑剔。亚历山大会给他们留足时间，就不同风格家具适合搭配的背景问题，不厌其烦地进行讨论。有些时候，他也会离开工作室，参加拍卖会，或是去高档古董店逛逛。无论走到哪里，哪怕只是默默驻足欣赏或是低调地买下那么一两件，他都被视为有档次有眼光的尊贵客户。他会挑选最精美的物件，珍惜地带回自己的公寓。那里鲜少接待客人。公寓位于城南一条安静的街道上。二十年以来，亚历山大和朋友埃里克一直住在里面，对于亚历山大这些年来，以敏锐的眼光和独到的鉴赏力所收藏的这些精品，两个人都欣赏有加。

有时，干活儿干到一半，亚历山大会坐下来读会儿书。他阅读的都是经典之作，包括法国作家和德国作家的著作，但主要还是苏联经典名著。这些经典名著因其厚重令他着迷，让他深深体会到一切无可挽回的永恒感。他会挑起宽宽的眉毛，绷紧矮小敦实的身体，表现出极度的专注和自我封闭。在他阅读的期间，谁都不敢上前打扰。

经过深思熟虑，亚历山大在离开之前，将工作室整个转手卖了出去。他带走了不少东西：各种装潢设计的样品，款式老旧的流苏和装饰物，关于墙纸图案和装饰艺术的书籍。这些东西大多已经过时，鲜少有人能欣赏到它们沉淀的美感。差不多也就是那段时间，埃里克也从银行退了休。他们将亚历山大设计过的样品摆放在陈列柜里，然后品着香槟，庆祝人生新阶段的自由。

起初还是挺难的。他俩并不习惯成天待在一起，无所事事地消磨时间，感觉日子在一点点倒退。埃里克一看电视，眼睛就疼，亚历山大则主要对苏联电影感兴趣。他们买了一台音响，然后又挑了不少磁带和唱片——或许完全是冲着漂亮的封面买的。朋友雅尼和佩卡给过他们一些建议。对于音乐，他俩有着欣赏的态度，但并不喜欢，也不是非听不可。

“还是关了吧，”亚历山大说，“吵得我都没法读书了。”但其实，他对阅读已经不那么感兴趣了。或许只有从前在干活儿的间隙，那些大部头的著作才能令他深深痴迷，挤出的阅读时间仿佛偷来的宝藏，给人以格外的快感。

“你好久都没翻页了，”埃里克说，“你是不是有心事。”埃里克的声音总是那么低沉、温柔和体贴。黑框眼镜镜片反射出的强光，掩盖住了他的目光。

“没有。”亚历山大答道，“我挺好的。你喜欢听就继续听好了。”

“倒也没有。”埃里克说，“我也没多大兴趣。”

埃里克负责家具养护，他会用博纳地板蜡对家具表面进行抛光。每天早上，他都用吸尘器清洁地毯。早晨的时光总是最美好的。他们开着窗，一边喝着咖啡，一边翻看报纸。埃里克还在思考午餐和晚餐该准备些什么，有时他也会征求亚历山大的意见。亚历山大总会笑着说：“你决定就好，我等着惊喜呢。反正到目前为止，我还从没失望过。”买东西的话，埃里克会步行去街角的商店，或是更远一些的超级市场。他们也会请雅尼和佩卡来家里共进晚餐，一起听音响。但更多的时候，他们都有漫长的一天需要消磨。

时间一晃到了九月，也不知道从哪一天起，亚历山大开始了娃娃屋的制作。当时，他还不知自己的作品将会是一个娃娃屋。他先做了一张桃花心木质地、带雕花底座的椭圆形小餐桌，然后做了两把维多利亚时代的椅子，椅背和椅面上还镶嵌了红色天鹅绒。

埃里克说：“它们也太小了，不过的确精致。真不知道你是怎么做到的。话说回来，我们也不认识什么小孩子。”

“什么意思？”亚历山大问。

“我是说，你打算用它们来做什么？”

“我没想过，我就只是做着好玩而已。”亚历山大答道，“要不要来杯咖啡？”

他做了一只带玻璃门的柜子，又做了一只雕花桌脚的茶几。他的工作台上铺满了报纸，埃里克每天都要用吸尘器吸好几次地毯。最后，他们达成一致意见，把亚历山大的玩具搬进厨房。于是每天早上在客厅喝完咖啡后，亚历山大就一头扎进厨房忙碌起来。他用圆头的细铜管做了一张软垫沙发和一张小床。他曾有过一闪念，把床垫的制作交给埃里克完成。可转念一想，做床垫是个复杂精细的活儿，埃里克除了做家务、算算数外，都显得笨手笨脚的。于是亚历山大一句话都没提，自己动手做好了床垫。

家具越来越多，也越做越精致。包括客厅的、厨房的、阳台的，到最后甚至还包括可以放在阁楼里或藏在楼梯间的那种小玩意儿。在制作的时候，亚历山大始终一视同仁，无论大小与否都倾注了同样的爱意。他也做窗户：法式窗户、阁楼天窗、装饰华丽的卡累利阿式窗户、实用朴素的日常窗户，各种各样，应有尽有。还有门：双开的，单开的，走西部狂野路线的，或是古典优雅款式的。

埃里克说：“家具我能理解，可为什么要做门窗呢？门窗里外又没区别。还有，你干完活儿怎么就不能收拾一下？”

“这只是个构思，”亚历山大说，“我有个想法。”然后，他自顾自地走进客厅，打开音响。“这音乐不错。”他这样说，却根本没听进去。

“快关了！”埃里克大喊。亚历山大关掉音乐，继续沉思着。他脑海中浮现出了一幢房子，一幢功能齐备、尽善尽美的房子。他不需要设计草图，房子会按照他的意愿，一个房间接一个房间地构建起来。如果遵循自然的逻辑，一切应该从地下室开始。亚历山大开始收集建筑材料。他去城郊一个废弃的采石场捡了些漂亮的碎石头作为地基，接着是木材：黄杨木、轻木和松木。他在水槽里摆满了瓶瓶罐罐，里面是各种胶水、溶剂和颜料。他的工作越来越得心应手。埃里克说，厨房不是工作室，亚历山大把干活儿要用的东西堆得哪里都是，自己已经没有空间料理家务，再说，他也不希望饭菜里夹杂着锯末。最后他们商量好，找来一块几乎顶到天花板的隔热板，将厨房一分为二。窗户虽然在埃里克这边，但亚历山大也在壁橱里装了照明灯，还搬来了刨床。他把自己这边的橱柜统统清空，所有瓷器都堆放在临时搭建的简易搁板上。亚历山大花了很长时间将这半边的厨房进行了重新的收纳，给每一样工具都找到合适的位置，便于取用。他做好了地下室，然后开始搭建工具房——一个微缩版的车间。在充作隔断的隔热板中间，亚历山大开了一扇小窗。有时他会望向窗外，问：“我们午饭吃什么？”埃里克也会透过窗户看向另一边，说：“你在干吗？”然后，亚历山大会将一把迷你剃须刀轻轻放在埃里克手中，期待他的赞赏和评价。

工具房是坡屋顶结构，空间很小，全部采用原木材质。为了达到做旧的效果，亚历山大努力将窗户做得又脏又破。里面有劈柴墩、刨床和各种工具，每一样工具都极尽精巧，不遗漏一丝细节。亚历山大从未感到如此平静，他也享受这份静谧。偶尔外面电话铃响的时候，他会恍惚那是来自另一个世界的声音。

埃里克说：“是雅尼和佩卡打来的。我们应该请他们来吃晚饭。”

“行，行。”亚历山大答道，“等工具房做完就行。”他一直忙到深夜，几乎从不看电视，吃饭也都是草草了事，一有空就钻进自己的小世界。埃里克买了新的磁带，音响的声音也越调越大。晚上回到卧室时，亚历山大总是心不在焉，态度倒是挺好，但倒头就睡。一大清早他就爬起来干活儿，埃里克煮好咖啡后，只能从隔断的窗户里递给他。

“你到哪儿了？”埃里克问。他将咖啡和三明治从窗口递过去，一脸忧心忡忡，隔着窗户看过去，他的脸若隐若现，在眼镜片的遮挡下，两只眼睛似乎格外空洞。

“你说什么？”亚历山大问。

“你到哪儿了？我是说，你现在做到哪一步了？”

“二楼。”亚历山大说，“我做到厨房了。地板上的暗门做起来还挺考验技巧的，必须和地下室的楼梯口相吻合才行”。

“确实。”埃里克说。

“你说确实是什么意思？用那种口吻。”

埃里克沉默了片刻，然后说：“没什么。你说的地板上那个暗门，长什么样？”

亚历山大指给他看。暗门就开在厨房的地板中央，利用小巧的铰链进行开合，为了防止暗门滑脱，还拴了一条细细的铁链。通往地下室的楼梯做得一丝不苟，逐级消失在黑暗之中。

“太漂亮了。”埃里克忍不住赞叹道，“你是怎么想到造一个娃娃屋的？”

亚历山大立刻纠正道：“这不是过家家用的。这是一幢真正的房子。”

“给谁设计的？”

“就纯粹是幢房子，比如说，也可以是给我们设计的。一切都是我按照自己的想法来的。我说了算。比如一楼和二楼要靠着海，有海景可以欣赏。然后是客厅。”

“客厅呢？”

亚历山大笑了笑说：“客厅设在德国好了。阁楼就放在巴黎吧。我现在就去看看。”埃里克往厨房里看了看，然后说：“里面有烧柴的炉灶。”

“当然了，这是装饰用的。”

“谢天谢地，”埃里克说，“我实在没法想象烧柴的情形。特别是习惯了现代化厨房，烧火做饭根本行不通嘛。”

“用用就习惯了。”亚历山大说。

对于自己干活儿的地方，亚历山大从不打扫，任由刨花、锯末和石粉在地板上铺起厚厚的一层，而且他还挺享受踩在上面松松软软的感觉，于是干脆让它们越堆越高。这些碎屑和粉尘飘散开来，埃里克每天都要用吸尘器吸好几次地毯。

厨房的天花板搭好后，亚历山大就开始考虑照明的问题。房子肯定要通电。他找来一些照明材料：细铜线、灯具、手电筒电池之类的，然后花了很长时间为一楼和二楼的房间布线。效果并不理想。天花板上的电线要拆了重连，楼梯也被破坏了。埃里克倒是觉得，其实从外部进行照明也不错。

“绝对不行。”亚历山大一口否决，“这幢房子应该呈现出灯火通明的效果，就是从内而外地发光，你不明白吗？人是要住在里面的。灯都还没亮，电池就没电了。没准儿是线路出了问题。”

最后他给雅尼打了个电话。雅尼有个做电工的朋友，名叫博伊。博伊过来看了看说：“你必须加装电力设备，比如说在一楼装个变压器之类的。”他耐心地解释了所有细节。他们一整晚都在研究发电的问题，吃晚饭的时候还在继续进行照明规划。

“问题都会解决的，”博伊说，“在这方面，你是外行，不过我会手把手教你的。我能搞得定。但是要重新布线的话，你得把中间的天花板给拆了。你在你的领域里虽然是专家，但对于电路方面的问题，你显然一窍不通。”

博伊几乎每天晚上都要来，往往还带着他从玩具店或跳蚤市场淘来的小台灯、壁灯、吊灯之类的。他一下班就直接赶过来，牛仔裤都没换，把外面的泥土和灰尘弄得家里到处都是。但亚历山大似乎并不介意，他非常欣赏博伊带来的小玩意儿，也认真听取他对改进房子结构提出的建议。

“你要明白一点，”博伊说，“这幢房子一定会名声大噪。但不管你怎么装潢设计，照明绝对是关键。相信我没错的。”

博伊是个身材瘦小的小伙子，无论是外貌还是动作，看着都像是一只松鼠。他经常咧嘴大笑，露出上腭部外凸的牙龈。他喜欢冲着对方的后背轻轻一捶，以示友好和亲密。埃里克不喜欢别人捶他的背，尤其这样一个瘦猴样的人物。博伊过来的时候，他们会在客厅里坐上一小会儿，有一搭没一搭地聊聊天。具体也没聊什么实质内容，更像是为了礼貌的寒暄，或是敷衍着打圆场。然后亚历山大会主动站起身说，还是开始干正经事吧。于是他和博伊一起走进属于他的一半厨房，他俩的声音也变得平静而低沉起来。他们会站在那里陷入沉思，思考着建筑中可能存在隐患的细节。话题总是从电路的部分开始，进而延伸到飘窗的框架和螺旋楼梯的结构。埃里克在厨房的另一半准备晚餐。为了防止木屑污染，在此期间，隔断上的窗口始终保持关闭。埃里克听不清他俩在聊什么，只能隐约捕捉到断续的声响。他们冷静而客观地交流问题和建议，并且心平气和地达成共识。这些无人知晓的对谈，会让人联想到穿过树叶的阵阵轻风，时而放慢脚步，时而安静下来，时而激起一阵窸窸窣窣。博伊偶尔会笑出声来，那是得偿所愿、心满意足的笑声。

日子一晃到了十二月，亚历山大已经开始设计客厅的细节。他为几扇法式窗户定了边框，用五彩缤纷的玻璃纸拼成复杂的图案，贴在窗玻璃上。埃里克走进来说：“关于那个地下室，我刚才清理了药柜，翻出一些空的瓶瓶罐罐。你可以用来储存果酱。我是说，放些红的东西进去当作果酱，然后用纸封住瓶口，再贴上标签。”

“好主意！”亚历山大脱口而出，“简直绝妙！你可以用石膏替代。我教你怎么染色。”

埃里克只能在水槽里进行果酱瓶的制作。他做得相当好。每制作完一瓶果酱，贴好标签，他都会第一时间拿到隔断的窗口进行展示，从而获得亚历山大的认可。到后来，亚历山大说，差不多够了，可果酱瓶还是源源不断地送进来。亚历山大因此大为光火。“我们现在碰上了很棘手的麻烦，”他说，“根本没空关心你的果酱瓶。你就不能找点别的事干吗？”

埃里克径直走出厨房，打开客厅的电视机。屏幕上正在播放一个关于金属工业的讲座。没过一会儿，亚历山大追了出来，说地下室里需要苹果，数量不用太多。他建议埃里克用黏土来制作，只要确保黏土不会太湿，不然最后难以塑形。埃里克做苹果做得不怎么样，做黄瓜、香蕉和甜瓜也不太行。不过最后反正都要涂上颜料，放在地下室楼梯后面，阴影一遮，也就无所谓了。

房子越搭越高，已经进入阁楼阶段，整体效果也越来越梦幻。亚历山大被自己的杰作所震撼，几乎到了痴迷的地步。早晨一睁眼，他首先想到的就是这幢房子。起床后，他就立刻投身于工作之中，钻研房子如何架构、楼梯如何支撑、是否加上塔尖，等等。他感到前所未有的轻松和自在，就连夜间的思绪都起了变化。以前一到夜晚，他总会陷入沉重的焦虑或自责，而现在，他只需闭上眼睛，步入自己亲手搭建的房子，确保一切如常，心绪就能恢复平静。他在脑海中穿过一个又一个房间，扶梯而上，步入露台。他检查每一处细节，亲眼看见一切已经妥善完工，呈现出令人惊叹的美感。他仿佛看见梦想中的那座高塔，它终将耸立于他的作品之上，以胜利的姿态为其加冕。有几次夜深人静时，他怕吵醒埃里克，蹑手蹑脚摸进了厨房，拧亮手电筒，然后坐在椅子上尽情欣赏。他一寸一寸地移动手电筒，让聚光变成月光，变成火光，穿过一扇又一扇的窗户。一种追求完美的激情攫住了亚历山大，让他完全忽略掉完美主义的危险，濒临狂热的执念。

埃里克的任务是用砂纸打磨窗框，然后刷上白色油漆。有一次，他试过给楼道贴墙纸，但贴得皱皱巴巴，最后只能全部揭掉。

阁楼即将封顶之际，这幢房子的高度已经接近两米，厨房也放不下了。亚历山大和博伊讨论了很久，唯一的选择就是在卧室里腾出个地方。

“正好，”亚历山大说，“这样一来，刨床就可以挪到窗下面了。换作是客厅的话还不行呢。”

“什么客厅？”埃里克问，“你的还是我的？”

“你怎么了？”亚历山大问，“干吗生这么大气？这事很重要，马上就要到高塔那一步了。”他借来两张折叠床放进走廊，把卧室的大双人床挪到墙边。他将房子放在转台上，小心翼翼地搬进了卧室。日光照射下，房子的气质仿佛也发生了变化。原本如梦似幻的感觉被一种似是而非、深奥费解的印象所取代。冬日和煦的微光洒满了每个房间。走廊里的木柱和栏杆投射出柔和的灰色阴影，窗玻璃上的绿色、红色和蓝色为地板铺就一条浅淡的彩虹。每一处细节、每一件家具都让人相信，这是一件传世之作。亚历山大慢慢移动着转台，让房子旋转起来。

“现在，”他宣布，“我们已经来到了阁楼上，准备开始建塔楼。”

博伊说：“要是阁楼顶上有灯笼式天窗的话，就比较难办了。阁楼楼顶必须是不对称结构才行，不然就没地方建凉廊和塔楼了。”

“说得没错。”亚历山大答道，“这对我们来说是个挑战。你觉得我们应该缩减哪个房间的面积？”

“卧室。卧室面积必须大幅缩减才行。”

“不行！”埃里克说，“依我看，简直错得离谱。卧室已经够小的了，窗户开得又太高。”

“说回灯笼式天窗，”亚历山大接着说，“你说得有道理，阁楼楼顶必须是不对称结构。”

“对，”博伊说，“这样凉廊就有地方建了。”然后他们弯下腰，开始绘制屋顶的草图。

晚上，埃里克没有准备晚餐。他解释说自己头疼，他们饿的话，可以自己动手做饭，或是从储藏室里找点方便食品来吃。

“你吃阿司匹林了吗？”亚历山大问。

“当然，还用问？”说这话的时候，埃里克躺在客厅的沙发里，鞋子没脱，双脚直接搭在沙发扶手上，目光盯着天花板。亚历山大拿了张毯子过来。把脚抬起来，说完，他在沙发扶手上垫了一张报纸。

第二天，亚历山大提议说，埃里克可以为房子缝制窗帘。但他也清楚，埃里克从没做过缝纫活儿，他连桌布都叠不好。

漫长的冬天还在继续，房子也越盖越高。亚历山大和博伊做好了灯笼式天窗，正在忙活塔楼的尖顶。他们计划在塔尖安装一盏可旋转的信号灯。每天晚上，他们的百得电钻都会发出刺耳的尖叫声，而在电钻工作的间隙，卧室里则是一片寂静。埃里克有时坐在家里看电视，有时会去城里的电影院。亚历山大问他，要不要去雅尼和佩卡家，或是其他朋友家坐坐，但被埃里克拒绝了。埃里克的说法是："再说，就算是做客的话，也轮到我们请他们了。"

"哦哦，"亚历山大敷衍道，"这我知道。不过要等房子完工才行。到时欢迎他们来看。我和你解释过了，房子建造期间，任何人都不能来打扰。"

博伊似乎并没察觉有任何不对劲的地方。吃饭的时候，他总是兴致很高，很健谈，他满脑子琢磨的都是，如何让塔尖的信号灯旋转起来。

一天晚上，亚历山大去车站买香烟的时候，博伊一把推开客厅门，大喊："它转起来了！它能转圈了！我们成功了！"

埃里克关掉电视机，穿过黑暗的房间，朝着博伊所在的位置慢慢走去，然后从他身边经过，径直走进卧室。整个房间里，只有那幢房子亮着灯。每一层都灯火通明，在塔楼的尖顶上，红色和绿色的光绕来绕去，投射在卧室墙壁上，欢快地跳动着。

“我们成功了！”博伊高喊着，放声大笑，“亚历山大和我！我们成功了！我们把电一直通到了塔楼的尖顶，灯全都亮了！嘿，我们的房子很棒吧，你说呢？”

“这不是你们的房子。”埃里克压低了嗓门儿说。

“当然是。”博伊反驳道，“这当然是我们的房子！来，你从另一边看看，看看卧室里的倒影！”见埃里克站着没动，博伊一把拽住他的胳膊。

“别碰我！”埃里克大吼。

“少犯傻。”博伊边说，边在他背后用力推了一下。埃里克立刻尖叫起来，那声音有种瘆人的刺耳。他在刨床上摸了半天，借着半明半暗的光线，抄起一件工具——那手感冷冰冰、硬邦邦的——迅速朝博伊打去。电钻的手柄击中了博伊的耳朵，又砸在他肩膀上，博伊趔趄了一下，向后跌去，娃娃屋被撞得剧烈摇晃了几下，好容易才稳住，信号灯又继续旋转起来。博伊跑到娃娃屋后面，吼道：“住手！你疯了吗！”

埃里克一步步紧逼过来。信号灯的灯光晃来晃去，整个房间仿佛变了形，陌生极了，让他看得头晕眼花。他不断发出低沉的咆哮。现在换博伊沉默了。

“我知道你在哪儿，”埃里克说，“你就躲在娃娃屋后面。”他握紧了电钻的手柄，追了上去。“我来了，”他说，“这回我要做个彻底的了断。”

“你别胡来啊。”博伊说。他被困在了一个死角，进退不得。“你想干什么？”

埃里克开始颤抖起来。他大脑一片空白，只知道自己必须出手。就这一次，只这一次，但必须要狠。眼镜是个麻烦事，信号灯的灯光闪得他直晃眼，什么都看不见。“该死的灯，给我关了！”他吼道。

博伊一动不动。

“把灯关了！给我出来，不然我砸了塔楼！”他朝博伊所在的方向迈进一步，说，“是砸了你还是砸了塔楼，你自己说！”他浑身抖得和筛子似的，几乎站不住，然后又重复了一遍：“是逼我把你砸个稀巴烂吗？是吗？”

“不是。”博伊答道，“绝对不是。”

埃里克摘下眼镜。眼镜片起了雾，朦胧一片，看都看不清，实在碍事。说来也怪，他将眼镜放回口袋这一日常动作，莫名其妙地改变了事情的发展走向。一股强烈的倦意向他袭来，埃里克说了一句：“我累了。

“你就不能把日光灯开了吗？我这儿隔了眼镜看，眼睛都要看瞎了。”

房间变得亮堂之后，埃里克将电钻放回刨床上。博伊轻轻摸了摸自己的耳朵，又看了看手心。“出血了。”他说，“血顺着衣领流了下来。”

埃里克一屁股坐在地板上，直犯恶心。

衣帽间那边传来开门的声音。不一会儿，亚历山大走了进来，站在门口说：“你们两个瞎胡闹什么？”

“他打我。”博伊说，“看，出血了。”

“埃里克？”亚历山大问，“你干吗坐在地板上？你的眼镜呢？”

“在口袋里。我想吐。”

“你都干了什么？”

“我也不知道，”埃里克答道，“但我救了我们的塔楼。它总算保住了。”

亚历山大慢慢拆开一包香烟，抽出一根点上。“它真的在转，”他说，“博伊，你的确很在行。现在圆满了。我还从没造过一样东西，像埃里克和我的房子这样完美。”

轻装旅行

跳板终于拉起的那一刻，我简直找不到合适的词语，形容自己的释然和轻松！只有在这个时候，我才有足够的安全感，或者确切说，是要等到船已经驶离码头足够远，远到任何人都无法冲我大喊大叫……问我要地址，尖叫说发生了什么可怕的事的时候……相信我，我对自由的那种狂热追求和渴望，你们是永远没办法想象的。我解开外套的纽扣，掏出烟斗，但双手不住地颤抖，怎么都点不着火。于是我只好用牙齿咬住烟斗嘴，营造出和外界的疏离感。我走到船头的最远端，那里已经无法看到城市的样貌。我在栏杆旁边走来走去，摆出人们想象中那种无忧无虑的旅人姿态。天空蔚蓝一片，小片小片的云朵淘气地变化着造型。一切都过去了，消失了，没有任何意义，任何人、任何事都已经不再重要。没有电话，没有信件，没有门铃声。不过，你们当然不明白我指的具体是什么，那也不重要了，其实，我只是将一切尽可能地安排妥当，落实到每一个具体细节。这些信是非写不可的，事实上，我昨天就已经都写好了，知会大家我的突然离开，至于原因和行为方式，在信中则并未做出任何解释。这件事做起来相当麻烦，花了我整整一天的工夫。当然了，对于我要去哪里、何时返回，我没有给出任何信息，因为我根本没打算回去。至于盆栽嘛，园丁的太太会帮我照顾，那些花花草草成天垂头丧气的，无论怎么精心打理，就是繁盛不起来，这多少让我心里疙疙瘩瘩的。算了，反正永远也见不到了。

你们或许好奇，我究竟打包了什么行李？当然是能简则简！我一直梦想着能做一次轻装旅行，就带只小背包，能甩来甩去的那种。在好比航站楼这种地方，我不用匆忙赶路，而是能闲庭信步地穿梭其间，身边全都是拖着沉重的行李箱的、行色匆匆的人们——现在的我，第一次成功地做到了极简主义，对于那些带有家族意义的纪念品，以及会让人联想起过去的、爱不释手的小物件，毫不犹豫地统统舍弃……对，它们象征着人生的情感碎片——不，那些尤其不重要！我的背包和心灵一样轻盈，除了晚上在旅馆过夜用的必需品，别无他物。离开公寓的时候，我虽然没做任何说明，却仔仔细细地进行了一遍大扫除。我很擅长打扫。最后我切断电源，打开冰箱门，拔掉了电话线。这最后的步骤也是决定性的一环，代表我和过去一刀两断。在此期间，电话铃一次都没响过，这是个好兆头。这些人一个都没打电话过来，对，就是这些人——我现在不想再聊他们的事，也不会再关心他们的死活，不，他们不会占据我一秒钟的思绪。好了，我拔掉电话线，最后检查了一遍。所有重要文件都已经收进了钱包：护照、船票、旅行支票、退休人员优惠卡。我向窗外望了一眼，确定街角的上车点已经有出租车排队等候，然后关了大门，将钥匙从投递信件的槽孔里丢了进去。按照老规矩，我没坐电梯，我不喜欢电梯。下到二楼的时候，我脚步趔趄了一下，下意识抓住楼梯的扶手，原地站了一小会儿，突然觉得浑身燥热。想想，万一我真的跌倒了，没准儿会扭伤脚踝，甚至落下更严重的后遗症——那一切可就白费了，后果无法挽回，要再一次准备就绪，整装待发，我简直想都不敢想。坐进出租车后，我整个人兴奋不已，兴致勃勃地同司机攀谈起来，我评价了初春的天气，又对他的职业表示出浓厚兴趣，可惜他几乎没怎么搭话。这让我猛地清醒过来：我不能再重蹈覆辙，这正是我决定规避的陷阱。从现在起，我不会再对任何人产生兴趣。出租车司机的生活里，就算发生天大的麻烦也与我无关。我们到了码头，时间比预想中提前了不少。出租车司机从后备厢拿出我的背包，我表示了感谢，并给了一笔慷慨的小费。出租车司机不苟言笑的样子让我颇感失望，好在检票的人员态度相当友善。

我的旅程正式拉开了序幕。甲板上渐渐冷了起来，空荡荡的，想必其他乘客都去餐厅吃饭去了。我不紧不慢地找到了我的客舱。一进门，我立刻意识到自己不是一个人，其中一张床铺上已经放了一件外套、一只钱包和一把雨伞。两只优雅的行李箱就搁在地板中间。我小心翼翼地将它们挪开了些。我当然要求过，不，明确表示过一个人一间客舱的愿望；尤其在这次旅行中，一个人睡对我而言至关重要，可以让我新建立起来的独立性，不至于被人打扰。可我又没法向乘务员抱怨，他只会推说船已经满员，造成这一误会实属遗憾，如果硬要纠正的话，我独享船舱舒舒服服睡大觉的同时，和我同舱的乘客就只能去甲板上的帆布椅上躺着，翻来覆去熬一个晚上了。他的盥洗用品同样十分精致，尤其吸引人眼球的是一把淡蓝色的电动牙刷，以及绣着英文字母 A. C. 的小盥洗包。我拿出自己的牙刷，还有精简到不能再精简的生活必需品，然后将睡衣摊在另一张床铺上。这时，我才感到些微的饥饿。可一想到餐厅里的人头攒动，我又打消了念头。晚餐就免了吧，我决定去酒吧里喝点东西垫垫肚子。傍晚时分，酒吧还相当清静。我坐在吧台边的高脚凳上，吧台四周绕着一圈传统式的金属杆，我将脚撑了上去，点起了烟斗。

“麻烦给我一杯黑白狗（Black and White）威士忌。”我吩咐酒保。接过酒杯时，我冲他稍微点了点头，冷淡的态度表明出，我丝毫没有交谈的愿望。我就这么坐着，思考着旅行的意义，确切说，是一种在路上的心境，无拘无束，身后没有任何遗留的责任，无法预见即将面对的事情，也无从准备。我所有的只是无边无际的自由。我饶有兴趣地回顾起之前的旅行，细细列数起每一次的经历，我这才惊讶地意识到，这竟然是我第一次真正意义上一个人旅行。最早一次是跟着妈妈去的，在马略卡岛和加那利群岛玩了一大圈，后来又去了一次马略卡岛。妈妈去世后，我和表哥赫尔曼一起去了吕贝克和汉堡，他只对博物馆感兴趣，可那里的博物馆都令他大失所望。表哥一直没有机会学习绘画，他对此始终不能释怀。总而言之，那次旅行实在算不上愉快。之后的一次是和沃尔斯特罗姆夫妻俩一起，他俩因为离不离婚的事犹豫不决，所以觉得三个人互相做个伴反而自在一些。至于去了哪里……哦对，威尼斯。每天早上，他俩都要吵个天翻地覆。唉，那次旅行不提也罢。然后呢？跟团去的列宁格勒，简直冻死个人……后来是陪希尔达姨妈一起出去的。她需要换个地方放松放松，可又不敢一个人出门……不过那次最远也就到了玛丽港。我还记得，我们一起参观了海事博物馆。要知道，当我重温这辈子的旅行经历时，因为自己的行事作风而造成的犹豫或不快，会被我自动过滤和遗忘掉。我转向酒保说："麻烦再来一杯。"然后环视了一圈酒吧，心里觉得无比踏实。酒吧里开始热闹起来，人们用完了餐，纷纷转移阵地，点了咖啡和饮料，要么三三两两围坐在卡座边，要么挤在我旁边的吧台前。一般来说，我非常厌恶人挤人的地方，总是尽可能避开人群，就连公交车和有轨电车也不例外。那天晚上，我却觉得格外愉悦，有种融入的冲动，甚至觉得安心。一位抽雪茄的老先生打了个试探的手势，想要借我的烟灰缸一用。"当然可以，尽管用。"我答道。我本想再客气寒暄几句，可话到嘴边却生生咽了下去。我告诉自己，一切就事论事，这种虚情假意的客套到此为止。我平静地、几乎冷漠地将烟灰缸推到他那边，目光绕过吧台后的调酒瓶，从镜子里打量着自己的表情。酒吧是个特别的地方，你们不觉得吗？在这里，一切皆有可能，它是一个临时驿站，也是游移在应该和必须之间的庇护所。但我必须承认，这不是我经常光顾的地方。现在，当我坐在吧台边，打量着镜子里的自己时，突然觉得面容里充满了同情和怜悯。或许，我从没耐耐心心花过时间，如此认真地观察过岁月流逝带来的容貌变化。那是一张瘦削的面孔，有着一双相当漂亮的眼睛，目光略带惊讶，一头灰发，乱糟糟的，颇有艺术家气质，前额挂着一绺碎发，平添了一种——该怎么形容呢——焦虑的警觉？警觉的焦虑？不，纯粹就是警觉吧。我擦了擦眼镜片，突然有一种无法抗拒的交流的需求，但我还是按捺下冲动。可是抛开一切来看，不管怎么说，这难道不是一个合适的时间点，让我终于不用被迫倾听，可以无拘无束地畅所欲言吗？我指的是在酒吧的陌生人之中。比如我可以在不经意间提及，自己在邮局工作时所做出的决定性贡献。不，绝对不要。要保密——不要揭晓谜底，顶多给点暗示……

坐在我左手边的是一个小伙子，一副焦虑不安的模样。他不停变换着姿势，在高脚凳上扭来扭去，不断用目光留意着房间里发生的一举一动。我转向右手边的那位，主动开口说道："今天晚上人还挺多。"看来是风平浪静的一夜。邻座的老先生在烟灰缸里按熄了雪茄，说船已经满员，现在的风速是八米每秒，不过根据预报，半夜风力会有所增加。我很欣赏他镇定而客观的说话方式，暗自揣测他是否已经退休，以及为何他会乘船前往伦敦。老实告诉你们吧，我的兴趣连我自己都感到惊讶。要知道，对我而言，如果什么东西已经变得全然陌生，几乎令人憎恶，甚至不惜一切代价也要规避的话，那就是好奇心、同情心，以及怂恿陌生人开始倾诉烦恼的强烈欲望。这一点我非常清楚，在我这大半辈子里，所听说的大部分八卦都要归咎于自己的多嘴。不过，正如之前所说，我正坐在酒吧里，正在通往自由的路上——我大意了。

他说："您是去伦敦旅游吗，还是出差？"

"不，我纯粹就是享受海上旅行。"

他赞赏地点点头。我从镜子里看见他的脸，耷拉的胡须和疲惫的眼睛衬出表情格外地凝重和悲哀。在我看来，他的衣着打扮十分考究，看着价格不菲，你明白我的意思——那种传统而老派的行头。

“我年轻的时候，”他说，“就已经意识到，一个人可以在海上不停歇地旅行下去，住宿全包，相比于一个城市一个城市地换地方住，海上旅行要划算得多。”

我着迷地注视着他，等待着后续精彩内容，可他却没有再讲下去。谢天谢地，这显然不是一个轻易卸下心防的男人。天花板的某个地方，轻柔而顽固的旋律始终咚咚咚地震个不停。人们开始神采奕奕地交谈，盛满玻璃酒杯的托盘以惊人的速度和精准度在卡座之间移动。我在想：我身边的这位无疑是经验丰富的旅行者，他懂得最大限度地利用生命，也很清楚自己在说些什么。就在这时，他掏出了钱包，给我看他家人和狗狗的照片。我脑海里拉响了警示信号，身体被一阵尖锐的失望感深深刺痛——可为什么，我的旅伴不能和其他人一样呢——不管怎么说，我已经决定，不会受到任何干扰，于是我坦然地看着那些照片，给予友好而恭维般的评价。他的妻子、孩子、孙子，还有狗狗，都那么神采奕奕，看起来就是幸福家庭的模板人物形象。他叹了口气，在周遭的喧嚣声中，叹息声显然是听不见的，可我能看见他宽厚的肩膀随着叹息的节奏在起伏。照片是照片，现实是现实。

我很清楚，他们所有人都一样。即使是他，这个抽着雪茄、拿着金质的打火机、拥有以游泳池为背景的完美全家福的优雅旅人，也不能免俗！我开始抢过话头，迅速将话题切换到脑海里浮现出的第一个念头，即轻装旅行的优势，同时决定渐渐和他拉开距离，做到尽量不动声色地离开此地。我掏出客舱的钥匙，故意放在酒杯旁边，试图引起酒保的注意，然后自然而然地记账走人，可这招没能奏效。吧台边的人潮比之前更为密集，大家不耐烦地高声叫嚣着，可怜的酒保只能像个疯子似的连轴转。

“两杯黑白狗威士忌。”我的旅伴说道。他的声音虽然低沉，却有种冷静而权威的力量，效果立竿见影。他侧过脸，用凝重的目光注视着我，举起酒杯。我完全困住了。

“谢谢。”我说，“真不错，睡前小酌一杯。我猜，时间应该挺晚了吧。”

他答道：“晚不晚的都没关系。梅兰德先生。我叫康纳。”说完，他将客舱钥匙放在我钥匙的旁边。

“神奇的巧合。”我脱口而出，简直到了震惊的程度。

“不是巧合。我看见你走出客舱的。你的背包上整整齐齐贴着行李签。”

我冷不丁被左手边的小伙子推搡了一下。他的上半身整个趴在吧台上，醉醺醺叫嚣着要点一杯自由古巴。他已经喊了三次，可一次都没成功。很显然，有人抢在他前面拿走了酒。这情形太典型，太熟悉了……康纳先生冷冷地看了小伙子一眼，然后说：看样子是该离开这地方了。我刚感到一阵释然，但立刻被他的下一句话泼了冷水：“我在客舱里还有瓶威士忌，今晚还长着呢。”

我能怎么办？说我晚上还没吃东西？那他肯定就在客舱里一直等着。现在我可算看清他了：一个强势专横的男人，处处显示出不可撼动的决心。我当然是希望各付各的账，可他打了个手势，一口回绝，然后径直走向门口。我跟着他，进了一个挤满人的电梯。船上到处都是人，有围在老虎机前的，有坐在楼梯上的，孩子们尖声叫着跑来跑去，我努力克服着自己对人群素有的恐惧。终于回到客舱时，我整个人从头到脚都在颤抖。康纳先生将自己的行李挪到一旁，从窗边的小桌板上拿过一瓶威士忌和两只银酒杯。他坐下的时候，床铺发出嘎吱嘎吱的响声，似乎对他而言，太窄也太小了。我买的是一等舱，我本打算在一个人的时候恣意放纵一番。客舱内有台小冰箱，精致地摆满了软饮料、薯片和咸味坚果。我打开冰箱门。

“不，”康纳先生说，“不要矿泉水。按苏格兰的规矩，喝掺了水的威士忌。我父亲就是苏格兰人。”

我跑到卫生间，用刷牙杯灌满了水。卫生间的门槛高得不正常，出来的时候我还被绊了一小下。

“要加冰吗？”我问。

他摇了摇头。他往威士忌里掺了一点水，然后向后仰了仰，陷入了沉默。我的海上旅行突然起了变化，原本的平静已经消失殆尽。

我相当肯定，未来几个小时内，他都是不会睡的。

“敬你。”他说。一切又在循环往复。

“敬你。”我说。

“旅行，旅行，来来回回。几乎每一次，你都很清楚要去哪里。回家，出发，再回家，再出发。”

“其实也没必要，”我反驳道，“有些时候……”但话头被他生生掐断。我本想告诉他，于我而言，我完全不清楚会在哪里落脚，我也没有订过任何旅馆。我本想为他描述一幅冒险图景，潇洒而自我，无拘无束，可他已经开始自顾自地坦言自己的忧虑：妻子、孩子、孙子、房子，还有狗狗——很显然，狗狗已经在哀痛和悲伤中死去。我彻底闭了嘴。或许这是有史以来的第一次，无论对自己，还是对周围骇人听闻的苦难，我都不再产生泛滥的同情心。对，我用了骇人听闻这个词。你们现在大概明白，我为何要踏上旅途了吧？对于我因为不断同情和怜悯别人，而感到的筋疲力尽、心力交瘁，你们应该也有所了解了吧？

他们当然很值得同情。可当每一个人，都被秘密、被难以抗拒的力量、被失望、被某种形式的焦虑、被羞愧所折磨，因为不堪重负而找到我的时候——他们心知肚明，他们能从我身上嗅到倾听和接纳的气息……算了，这就是我急于挣脱、急于逃离的原因。

我心不在焉地听康纳先生絮叨着，一种陌生而庞大的愤怒渐渐蔓延到了全身。我擦了擦眼镜片，粗暴地打断他："所以呢，你指望什么？很显然是你把他们惯坏了！也吓坏了！他们是独立的个体，他们想做什么，就让他们做什么！"或许是威士忌给了我勇气，反正我又坚定地补充了一句："放手吧。全部都放掉。包括房子！"可他基本没听进去，又掏出钱包，对着照片端详起来。

在我看来，人类的焦虑基本大同小异，反正每天担心的事情都差不多：房子屋顶漏不漏雨啦，家里缺不缺吃的啦，还有那些不会直接危及生命的小麻烦——你们应该知道我在说什么吧。除却实际发生的真正灾难，据我观察，所谓的人间疾苦似乎也在重复而单调地持续上演：男人或女人的不忠，以及对婚姻的厌倦；对工作失去热情；野心和梦想像是泄了气的气球，渐渐坍塌垮掉；时间的迅速流逝；家人变得越发不可理喻，令人恐惧；友情变了味，分崩离析；人们执着于芝麻粒大的小事，而忽略了真正重要和关键的部分；义务和负罪感一点点蚕食掉我们的内心，一切都被贸然贴上焦虑的标签，而对于真正的痛苦，人们又没有勇气，也没有耐心去定义。我知道。有无数的机会让我们对生活轻易产生厌恶，这感觉太熟悉了。那些苦痛和折磨总会回来，每种忧愁都占据着属于自己的一席之地。我本应该习惯这一状态，我本应该最终找到正确的答案，可我没有。没有实际可行的解决途径，不是吗？于是我只能选择倾听。况且，人们对于可行性方案似乎并不感兴趣，他们只是自顾自往下说，反反复复纠缠同一件事，就是不肯撒手。现在，我和康纳先生坐在同一间客舱内，尽量控制着自己泛滥的同情心。这一旅程势必相当漫长。

此时此刻，他正在回忆自己伤痕累累的童年。

船开始摇晃起来，剧烈倒算不上。我从不晕船，但还是态度明确地表示说:“康纳先生，我觉得不太舒服。”

“别叫康纳先生，”他说，“叫阿尔伯特。我没和你说吗,叫我阿尔伯特就好。对,那种焦虑吧……”

“阿尔伯特，恐怕我得去甲板上待一会儿。我不太舒服，需要出去透透气。”

“这好办，”他说，“你先把这杯威士忌干了，赶紧的。至于新鲜空气，想要多少就有多少。”他挪到窗户旁边，你们知道的，客舱的窗户被不知道什么玩意儿拧住了，关得紧紧的，可他凭借一股蛮力，硬生生地打开了。潮湿冰冷的空气扑面而来，窗帘被风吹得高高扬起，我的酒杯直接跌在地上。

“没关系，”他说，“精神显然亢奋起来。我来收拾就好。你知道吗，我曾经梦想过成为一名拳击手。现在你感觉好些了吧。”

我伸手拿过外套。

“阿尔伯特，”我说，“那你究竟是做什么的？”

“做生意的。”他简短地答道。我的问题显然让他再度陷入沮丧。长时间的沉默后，我们举杯碰了一下。带着咸湿气息的海水时不时飞溅进来，打湿了小桌板。我努力想要找些别的有趣话题，比如在威士忌里一不小心多掺了水之类的，可总是词穷。更令我惊恐的是，康纳先生的眼眶里噙满了泪水，面孔随之扭曲，他抽泣着说："你不知道。你不知道那有多……"

对方一旦哭开来，我就没辙了。没什么比这更糟了。慌乱中，我会信口开河地乱下承诺：永恒的友谊、金钱（当然不是这种情况下）、我的床、把工作中最难啃的骨头承担下来——如果哭鼻子的是个大块头男人……我绝望了，我跳起来，开始天花乱坠地给他出各种主意：夜总会、游泳池，诸如此类的，可船晃个不停，我猛地失去了平衡，直接倒向康纳先生身边。他像个溺水的人一样，一把抓住了我，将他硕大的脑袋靠在我的肩膀上。无论从哪个角度来看，我都在勉力维持着一个相当不舒服的姿势。我还从没经历过这么尴尬的场景。幸好，船在此时大幅倾斜了一下，一大股海水从窗户中倒灌进来。康纳先生以闪电般的速度抓住酒瓶，用尽全力拧紧窗户。我冲进走廊，在迷宫般的空间里漫无目的地游荡着，一心只想逃离。当我最终停下脚步时，整个人已经筋疲力尽。我的周围空荡荡的，鸦雀无声。我透过一扇敞开的门往外看。是甲板舱。当然了，一个偌大的房间，里面摆满了低矮的椅子，因为过夜，大多数都已经折叠收好。许多甲板舱的乘客盖着毯子，蜷缩成一团躺着。我走了进去，小心翼翼地捡起一张毯子，然后选了张靠着墙的椅子，尽可能地远离人群。太好了。总算能跌入宁静的梦乡，沉沉睡去，忘记一切……我头疼得厉害，浑身湿漉漉的，但没关系，这些都不要紧，我拉过毯子盖住头，消失在彻彻底底的自由之中。

醒来的时候，我完全不知道自己身处何方。有人在扯我的毯子，反复说我占了她的椅子，她买的座位就是三十一号，有发票为证……我坐起身来，一阵头晕目眩，然后开始连声道歉："肯定是误会了，灯光太暗了，真的很对不起……"

"没关系，"那个女人用酸涩的口吻说，"你们都说是误会，我都听习惯了。"

我的头疼更加剧烈，整个人瑟瑟发抖。放眼望去，所有的椅子上都睡满了人，我干脆坐在地板上，揉着酸痛的脖颈。

"你没票吗？"女人严肃地问。

"没有。"

"是弄丢了吗？船满员了，甲板舱也不例外。"

我什么都没说。或许他们会让我在地板上凑合一宿的。

“你身上怎么全都湿了？”她问，“还一股威士忌的味儿。我儿子赫伯特也喝威士忌。有一次他喝醉了，直接掉进了海里。”她坐下来，将毯子裹了裹，打量着我。她个头瘦小，一头灰发，皮肤黝黑，不大的眼睛里闪着精光。她将帽子放在脚边，继续说道：“我的行李箱在那边，可以的话麻烦帮我拿过来。在这种地方，你还是把东西随身放比较好。当心被碰到蛋糕盒，那是带给赫伯特的。”

之后，又进来了很多人，都在找自己的椅子。船晃得很厉害，不远处有人晕船，对着袋子吐个不停。

到伦敦之后，一切就不一样了。这个上了年纪的女人一边说，一边将行李箱拖近了些。“我只要知道赫伯特住的地方就行。你知道该上哪儿去打听地址吗？”

“不知道，”我说，“乘务长没准儿……”

“你今天晚上就睡地上？”

“嗯，我实在太累了。”

“我理解。”她又补充了一句，“威士忌很贵的。”过了一会儿又说，“你吃东西了吗？”

“没。”

“我猜也是。露天烧烤还开着，不过我吃不起。”

我扣紧外套的扣子，蜷缩在地板上，想要睡却怎么都睡不着。这个女人连她儿子的地址都不知道，就这么贸然前往伦敦？过海关的时候，她肯定会被拦下来的。世道变了，除非你有认识的亲戚朋友，要么证明自己带了足够多的钱，不然他们才不会放你进去……不知道她是打哪儿来的，应该是乡下吧……她还给儿子烤了蛋糕……天哪，人有的时候简直就是不可理喻！

我睡了一会儿，又醒了过来。她打着鼾，一只胳膊搭在椅子旁边，她的手看上去很粗糙，棕色的皮肤布满褶皱，无名指上还套着宽大的订婚戒指。晕船的人越来越多，房间里充斥着令人作呕的气味。我决定去楼上的露天甲板。这时，对电梯的厌恶之情再次浮上心头，于是我走了楼梯。经过露天烧烤的地方时，我瞥见不少乘客坐着吃吃喝喝。我犹豫了片刻，然后买了几大块三明治和一瓶啤酒，然后顺着楼梯原路返回，找到我睡的地方。她刚醒。

“你也太客气了。”她一边说，一边大口吃起三明治，“真的不用给你留一半？”但我已经完全不饿了，只是在琢磨，她要顺利入关的话需要多少钱。不是有一些教会资助的旅馆，专门收留这类旅客吗？我得找乘务长问问，他没准儿知道……

“我叫艾玛·法戈贝里。”她说。

旁边椅子里的人从毯子里探出头，咕哝了一句：

“别吵！我在睡觉。”

她从枕头下抽出手提包。“你真是个好人。”艾玛·法戈贝里夫人小声说，“给你看我儿子的照片。这是赫伯特四岁的时候拍的。有点模糊了，我这儿还有几张清楚的……”

卸沙

运沙船已经停在山脚下，水泥袋也已经倒上了岸。现在正在卸沙子。他们特意找来一个魁梧的汉子操作手推车。手推车是独轮的，那汉子起先推得很慢，但很快，步子迈得就越发大起来，他来来回回地推着，踩得脚下的跳板直摇晃。他装了满满一车的沙，沿着山坡往上推，然后卸在指定地点。沙子缓缓往下流着，他调皮地挠一挠头，好像干这活儿纯粹是为了好玩。他后背和手臂的皮肤在阳光照射下闪闪发亮。他的裤子紧紧绷在腿上，头上戴着一顶小小的贝雷帽，乍一看仿佛一片落在头发上的树叶。沙子卸完后，他抻抻胳膊，将手推车抖搂干净，然后一摇一晃地，嘎吱嘎吱推着车下了山，往运沙船上走。他迈着轻盈的步伐上了甲板，然后朝栏杆外吐了口唾沫，一副满不在乎的表情。船上的工人用绞车将装满沙的桶运了上来，他拎起桶往手推车上一倒，动作干净利索。

她站在水泥袋旁边，目不转睛地打量着这一切。自从学会了空翻跳水，她的生活就好像失去了目标，变得平平无奇。现在，她既想待在岸上，看卸沙的过程，又想钻进水里玩个痛快，可惜分身乏术。日子就是这样，一直都很无聊，然后突然一下，同时出现两件好玩的事，逼着你不得不做出选择。真麻烦。

为了最大限度地节约时间，也为了独享整幢房子，她凌晨四点就起了床。昨天一天都阴沉沉的，姗姗来迟的晨曦将墙壁和地板分割成不同的区域。阳光温柔地笼罩住尚未苏醒的房子，为漆成黄色的墙壁染上光晕，万籁俱寂。她打开门廊的窗户，窗帘缓缓向内弯折成拱形，一股冷冽的空气钻了进来。厨房的橱柜里只剩下两颗肉丸，她端起盘子，直接倒进嘴里，然后匆忙舔了舔已经凝固的酱汁，又从铁皮罐里拿出一只长条面包。

花园里弥漫着清晨的气息，清凉的香味饱含着期待。碎石子路湿漉漉的，踩在上面，只觉得脚底板生疼。每走一步，她都距离房子更远了一些。她一边嚼着面包，一边向海边跑去，然后蹦着、跳着穿过石头滩，嘴巴始终没停过。

他加了把劲，稳稳地将小推车从跳板推到岸上，车轮碾过坚硬的碎石，发出嘎吱嘎吱的摩擦声响。到了，沙子倾泻而下，他转过脸，望向海面。

她站在水泥袋后面，内心油然而生一股仰慕之情。该行动了，错过了这次机会，恐怕再没有下次。她跑到船边，冲着下面的货舱大声喊道：“我能帮忙吗？”她的声音空荡荡的，听着都让人难为情。

昏暗货舱内站着的两个男人都没吭声。他们抬起头看了一眼，然后低下头继续铲沙子。桶里的沙子就快装满了。她干脆在甲板上坐了下来，以卑微的姿态等待着。男人推着手推车回来了，绞车把沙子吊了上来。他又来回往返了两次，她始终不敢正视他。等他第三次回来后，货舱里的两个男人示意让她下去。

阳光倏忽消失了，仿佛被关在了门外，偌大的货舱陷入深沉而寒冷的阴影之中。木桶又落了下来，她舀起沙子，拼命往上抬，铁锹狠狠敲在桶边，发出哐当一声，震得她的虎口隐隐发痛。要按节奏来，其中一个男人发话了。她反思自己的动作，然后耐心等待着满载的木桶顺着绞车一点点往上吊。沙子的铲舀就好像在石头滩上跳跃一样，不仅要保持节奏，还要保证每一个动作都准确到位，恰到好处，没有一丝一毫的偏差遗漏。推独轮小推车也是如此。她铲满了沙，高高举起，瞄准时机翻转、挥动，和另两把铁锹同步清空。三把铁锹在货舱的暗色中闪闪发亮，简直完美。她的脚深深陷入了红色潮湿的沙堆中。木桶装满后，他们三个同时停止了手里的动作，一边靠在铁锹上休息，一边看着木桶随着绞盘晃动起来。推手推车的男人在甲板上来回走动，木板发出嘎吱嘎吱的响声。然后，木桶再一次落了下来，只不过落在了龙骨的另一侧。

海湾内传来第一声爆炸。本来我也应该在那儿的。我巴望着哪里都有我的身影。如果必须要在两者之间选择其一，这可让人怎么活？

“又来了。”其中一个男人嘟囔了一句，将铁锹插进沙子。

她爬上甲板的时候，阳光灿烂得近乎刺眼。她走到栏杆边，朝海里吐了口唾沫，表情异常平静。又是一声巨响，一道水柱从森林边缘直冲上天，攀升到不可思议的高空，停留了好久才又回落下去。就在这时，一群天鹅从海岸上齐齐掠过。之前，她还从未见过会飞的天鹅呢。它们在啼鸣，它们在歌唱！又一道水柱蹿了上去，被鸟儿们冲散开来，形成一个巨大的白色十字架，矗立在蓝天之中，久久挥之不去。

她迈着轻盈的步子，跑过摇摇晃晃的跳板，穿过水泥袋，径直钻进森林。森林里寂静无声，六月的夏日氤氲着潮湿的热气，但湿地上方仍然晨雾弥漫。她一头扎进清凉的雾气中，闷热的湿气瞬间被她甩在身后。脚下的青苔蜿蜒着深入湿地深处。等她长大成人，真正感受到幸福，还要经历漫长的岁月。

来自克拉拉的信

亲爱的玛蒂尔达：

就因为我忘记了你老掉牙的生日，你就伤心得要命，实在太没道理了。这些年来，你一直指望着我会对你特别关照，究其原因，不过就是我小你三岁而已。不过我还是要告诉你，岁月本身的流逝，可不是帽子上掉几根羽毛那么简单。

你恳求获得神的旨意，这很好。但在此之前，或许我们应该围绕某些坏习惯进行一下讨论。顺便说一句，这些坏习惯于我而言毫不陌生。

亲爱的朋友，你应该记住一点：尽可能不要抱怨，不要让牢骚满腹占据上风。我知道，因为运气一直不错，你现在的生活处境堪称优渥。但你有种特别的气场，通过抱怨的方式，让你周围的人心生内疚，而他们能够采取的对策就是，让生活快活起来，将你视为可有可无的存在。这一点是我亲眼所见。无论你想要什么，不想要什么，难道你就不能提高嗓门儿，用铿锵有力的话语震慑他们，让他们振作起来，甚至有所畏惧吗？我记得你是有这个能力的。那时，我从没听过你的无病呻吟，你一声都没吭过。

还有夜里失眠的问题，有没有可能是因为，你白天要打八次小盹儿？对，我知道，夜深人静的时候，记忆会倒流，啃噬着一切，不放过任何细枝末节——你怯懦过，你做出过错误的选择，你不够圆滑，不够体贴，也不够专心——这些失误，这些灾难，这些无法弥补的白痴言论，其他人都早已忘记，只有你自己还铭记于心！在深夜里一遍遍咀嚼这些闪回的记忆片段，清晰得历历在目，对你而言，这难道公平吗？

亲爱的玛蒂尔达，写信告诉我，你对这些棘手问题的看法。我保证不会自以为是地对你妄加评判。对对，别否认，这话你曾经说过。可我想知道的是，就好比说，如果同一句话，你对同一个人说过好多遍，可你已经完全不记得了，你会如何表现呢？你会想办法遮掩过去吗，用“就像之前说的……”或是“这话可能我已经说过了……”之类的话术进行试探，还是干脆保持沉默？还是说，你有其他建议？

聊天的时候，你会任由思绪飞驰，展开天马行空的联想吗？还是说，你会绞尽脑汁搜刮出某个合适的评论，却发现对方已经另开话题？如果意识到别人说的都是废话蠢话，你会设法进行挽回或补救吗？说到底，我们真的感兴趣吗？真的好奇吗？别急着否认！

写回信的话，你可千万别用那支老掉牙的钢笔，那支笔实在太丑了，写出来的字迹也模糊不清。让他们给你找支签字笔吧，0.5 毫米的笔芯那种，随便哪家店都有卖。

你的克拉拉

又及：我不记得在哪里看到过，用签字笔写的东西，过了四十年就看不清了。对此，你怎么看？老实说，我觉得还挺好。除非你想写回忆录——你知道的，等五十年后再翻出来看那种（但愿你觉得我很幽默）。

亲爱的埃瓦尔德：

收到你的来信，的确让人又惊又喜。你是怎么想到给我写信的呢？

我们当然可以见面聊聊，就像你说的，我们都好久没见过面了。大概有六十年了吧。

你告诉了我这么多美好的事，真是太感谢了，我亲爱的朋友，它们简直太美好了，都让人不敢相信。你应该没有变得多愁善感吧？

是啊，我觉得种玫瑰这事特别棒。据我所知，每周六上午，电台里都有关于园艺的节目，是实况直播，周日还会重播。你不妨听听。

方便的话，可以给我打电话。我动作那么快，你要等一会儿才会接通。如果你还是吃素的话，别忘了提醒我一声，我在准备晚餐的时候会特别加道菜。

你当然应该带上相册啦，“你还记得吗”这种问题肯定不可避免，但愿我们能帮彼此多回忆起点东西，想到哪儿就聊到哪儿。

致以诚挚的问候。

克拉拉

斯特芬，你好！

谢谢你用树皮做的小船，相当漂亮，我很开心。

我把船放进浴缸里试了一下，它稳稳地浮在水面上。

至于成绩,你不用太担心。你可以告诉爸爸妈妈,能用自己的双手做出漂亮的东西，远比成绩更重要。

关于猫的事，我很替你难过。但一只猫如果到了十七岁的年纪，很可能已经十分疲倦，身体也不行了。你写的墓志铭还不错，就是要注意押韵。等见面的时候，我们可以细聊。

你的教母克拉拉

亲爱的约兰德先生:

您 27 号写的信,我已经收到了。根据您的说法,我占有了您年轻时的一幅作品，且做法显然有失公允。而您需要我尽快归还这幅画,以用于您的回顾展。

我已经记不清了，自己是否在去您侄孙家做客时，“顺手牵羊”地将这幅画占为己有，更有可能的情况是，他通过某种默许和鼓励，让我毫无顾虑地从他公寓里拿走了这幅画。

我仔细研究了这幅作品上的签名，是否出自您之手，实话说很难辨认。这幅画的主题介于室内静物和风景之间，呈现出抽象派的倾向。

您没有提及画框尺寸，我量过了，是 50 × 61，经典的法式油画。

我会第一时间寄出您的作品，希望未来，它在您的藏品中拥有一席之地。

克拉拉·纽嘉德

亲爱的尼古拉斯：

我知道，你从“未知地区”（我强烈怀疑是马略卡岛）刚回来没多久，但无论如何，我考虑对遗嘱略作修改。别唉声叹气的，我知道在内心深处，你对这种反反复复颇感兴趣。

对，我打算每年固定给养老院捐一笔钱，毕竟我以后还指望他们的服务。不过，只有在我活着的时候，这笔钱才能到他们账上。我指的是银行利息和债券利息，还有一些我能取出的活期存款——你知道的。至于这笔钱，他们可以随意支配。

你这么聪明，想必也明白这个道理：有了这笔收入，相关机构就会想方设法让我活下去，换句话说，我就成了他们的财神爷，显然也很容易获得某些额外的自由。等我死后，剩下的钱会按照之前的方案进行分配。

对了，我身体还挺硬朗，希望你们也都平安健康。

克拉拉

我亲爱的塞西莉亚：

你真是太好心了，把过去的信都寄给了我，这么大一箱子，是有人帮你一起寄的吗？你把信都保存了下来（甚至还编了号），我很感动。但亲爱的，那些信一眼就看穿了，明白吗？你把邮票都剪了下来，我猜肯定是给孩子集邮用的。不过如果你那儿还有更多信的话，请一定要把整个信封都保存完整，对于集邮的人或研究邮票的人，这么做也更有价值。你还应该特别留意四联体的邮票。

我猜你正在打扫房间。这是最自然而然，也是最值得称赞的劳动。我自己也时常大扫除。这么多年以来，我也注意到了世道的变化，包括和年轻人打交道时，如果馈赠贵重物品，他们会越发表现得不自在，甚至过分礼貌客套。你留意到这些情况了吗？你知道吗，桑德维克广场现在多了个跳蚤市场，每逢周六周日都会开放。你感兴趣吗？那儿是找寻自我的好地方，不用担心伤害到任何人，也不需要欠别人的人情。反正我觉得跳蚤市场这主意不错。

你在信中提到，自己变得忧郁了许多。老实说，塞西莉亚，这很正常，没什么可担心的。我在某本书里读到过，这是一种生理现象，你有没有觉得安慰一些？换句话说，一个人变得忧郁了，会坐下来琢磨心事，也没什么嘛。反正事情就这么发生了，也只能顺其自然，对吧？

还有什么要说的呢——对了，我已经放弃盆栽了，正在努力学习法语。你知道的，因为你的语言天赋，我一直很佩服你。用法语写信的话，最后应该怎么写才比较优雅——亲爱的女士，不对，这应该是你对我的称呼，而不是我对你的称呼，让你见笑了。

算了，毕竟我才刚开始学。

亲爱的年轻女士，我时常想念你——

你的克拉拉

亲爱的斯文·罗格：

我欣慰地注意到，炉灶又派上用场了。如果有关部门找过来说，使用炉灶生火做饭是非法行为，我会立刻联系我的律师，告诉他们这个炉灶的悠久历史，而且大家也都很清楚这一点。

等度假回来的时候，您会发现，楼上的法戈霍尔姆夫人对阁楼进行过一次必要的大扫除，但她把自己那些零零碎碎的东西都堆在了我这边，所以，我只好把自己的东西都挪到了走廊里。

对了，还有后院垃圾桶旁边的那块区域，您曾表示过，想在度假木屋里摆些盆栽什么的，所以我把自己这儿有的植物都排成了一排，您随意挑选就是，多余的就丢垃圾桶好了。保险起见，我暂时只在晚上给它们浇一次水。对于这种看似冷漠无情的行为，我必须加以解释：照顾这些盆栽是一辈子的责任，而大多数人给花浇水，不是太多就是太少，总没个数。

对了，我觉得清洗窗户的事可以再等等。现在窗玻璃上蒙了一层美丽的薄雾，还是别惊扰了为好。

祝夏安。

克拉拉·纽嘉德

又及：关于法戈霍尔姆夫人的事，你就装不知道。趁机扔掉她那些垃圾，我还是挺高兴的。

卡米拉·阿莱恩

“女人对女人说的话”

亲爱的阿莱恩小姐：

感谢你的来信。不过诚如你所说，关于老年人面临的问题和感兴趣的话题这些，我恐怕无法完成问卷。

当然了，对老年人而言，一件麻烦的事也可以充满趣味——但是，这种明摆着的宿命论，干吗非要用趣味加以粉饰，甚至摆到台面上说呢？在我看来，这些观点和看法纯属私人领域的范畴，无论如何表达都显得模棱两可。

亲爱的阿莱恩小姐，对于您的问题，恐怕我无法诚实作答。

致以诚挚的问候。

克拉拉·纽嘉德

关于春天

一大清早，天才蒙蒙亮，铲雪车已经在附近转悠开来，又大又宽的铲斗在人行道上开辟出一条条小路，激起轻微的刮擦声。听着铲雪的声音，在半梦半醒间翻个身，然后继续沉沉睡去，没有什么比这更令人感到安宁和温暖。我四仰八叉地睡在大床上，有时打横躺着，有时斜成对角线。反正我喜欢周围有富余的地方。

雪越下越多，从黑暗中翻涌而下，还没来得及累积起来就已经被铲走。一团团晨雾从海面上飘来，很长一段时间以来，这座城市都笼罩在雪雾之中，有时大半天都散不掉。

昨晚打雷了，应该是雷声吧——当时天空强烈震颤了几下——不是闷闷的那种，而是能够击穿房子的轰鸣。到了早上，天空分外晴朗，阳光流淌在大地之上。稍晚些时候，积雪开始消融，雪水顺着屋檐，滴滴答答地往下落，外面的光影随着时间的推移而不断变化，水滴砸在人行道上，折射出炫目的光亮。我走上街，融化的雪水汇集成小溪，水流越发湍急，发出近乎狂躁的哗哗声，沿着马路和人行道奔涌、激荡，其间还夹杂着一团团积雪掉落的啪嗒声。

在这片赤裸的阳光中，冬天的所有痕迹都暴露无遗，尤其是每一张面孔。强烈的光线刺穿了一切，迫使这个世界清晰起来。动物们纷纷钻出自己的洞穴。这个寒冬，它们或许曾相互依偎，相互取暖，或许情愿或不情愿地独自挨了过去。但现在，它们走了出来，本能地开始寻找水源。

寒冷和黑暗形成保护色，让我们更容易擦肩而过。我们停下脚步，告诉对方春天已经来临。我说："有机会的话，抬头看看天空。"但我说这话是无心的。他说："你还好吗？"我猜，他说这话也没有特别的意思。我们无法摆脱对方，只因我们沿着同一条路走向街角，没有分岔。到处都是滴水声、流水声，阳光金灿灿、闪亮亮地照着，一切又焕发出生机，万物复苏，蓬勃生长。在你以为已经到了穷途末路时，总会出现新的可能和希望，实在令人惊讶。我问："你现在有了另一半，还是一个人？""没有，我身边没有伴儿。”他随口说了一句。我补充道：“还真挺遗憾的，这么美好的春天。”就这样，我们彼此交换了信息，尽管信息量很少，但仍有一定的意义。我们客气地分了手，我继续往前走，斜插过广场，打量着流动的一切，沟渠的水清澈得几乎透明，码头边，太阳光正刺进冰层，灼热地炙烤出又尖又细的冰凌柱。我听说雷雨天会导致冰层崩裂，但始终不解其中原委。或许可以给他打电话，或许他会一路跟来海边，也或许不会。下水道旁坑坑洼洼，漂浮着的塑料残片、城市垃圾和废弃物在阳光下闪闪发光，但愿它们兜兜转转了一圈，又能回到码头边，但有些或许会向外漂去，在波浪的裹挟下进入公海，从此音讯全无。这是很有可能的。

我所居住的城市被海滩所包围，我顺着海滩漫无目的地往前走，在最后一个岬角边停下了脚步。他们都在那里，所有的人，来自黑暗冬日的人们，出现在这令人目眩的迷人春日之中。他们站在山脚下，仰起脸，如鸟儿一般僵硬而严肃。或许，他终究还是会来的。他们站在浮桥上，只是孤独地、静静地站着。冰面上漆黑一片，绵软却富有张力。整片景色悬停在波浪之上，仿佛随时准备滑落。是该做决定了——我匆忙而含混地思考着。我想好了，明天再打电话，今天就算了。

晚上，我听见铲雪的声音。第二天一早，天气阴郁，寒冷刺骨。那个电话，我还是没有打。我该怎么说呢？外面又开始下雪了，房间里仍是暖融融的。窗外的雪花不断飘落，只剩下铲斗摩擦过街道的声响——我又沉沉睡去——在我们的国度，漫长的春天就是如此。

伟大的旅行

“到了那边，我们该怎么办？”罗莎问，“和两只小白鼠似的，两眼一抹黑？”

埃琳娜伸手够向床对面，抽出一根香烟。“首先，”她说，“我们要寄存行李，然后就自由了。应该还是一大清早，不过太阳很好。天气相当暖和。我们随便走去哪儿，喝杯咖啡，完全不用赶时间。然后我们走上一条看着不错的街道，开始找旅馆。”

“找家小旅馆。”罗莎说，“能和旅馆主人说上话的那种。”

“对。谨慎起见，我会说就住一晚。愿意的话，我们之后可以另找一家。然后我们去拿寄存的行李。拿到后，估计需要打车去旅馆。”

“然后干吗？”

“然后出门买水果。买花，还有很多很多水果，水果很便宜，总共也没几个钱。”

罗莎说："我们要自己摘橘子。昨天我们去印度旅行的时候就忘了摘橘子。再说那里太热了。下次轮到我选国家了。小老鼠的选择。"

埃琳娜打了个呵欠，将烟灰缸往自己这里挪了挪。她问道："那我们什么时候真的旅行一次呢？"

罗莎微微一笑，没有回答。

"看着我。我是说真的。我们什么时候真的旅行一次？"

"以后吧……我们有的是时间。"

"你真这么觉得？你都三十多了，还从没出过远门。我希望你的第一次旅行能和我一起。我想带你游览城市，欣赏风景，告诉你如何换一种方式去领略风光，让你鼓起勇气，探索你所不熟悉的角落。我想激发出你内心的活力，明白吗？"

"激发出我内心的活力？什么意思……"

"我不想让你变成一台冷冰冰的机器，按照程序设定去银行上班，回家找妈妈，再去银行，再回家，只做你习惯做的，想的也都是你习惯想的……你的好奇心还不够。我想让你彻底醒过来！"

罗莎趴在床上，脸埋在枕头里，一言不发。

埃琳娜继续道："当然了，问题还在于你妈妈。不过话说回来，她生活里要是没了你，一个月或者几个星期之类的，会造成什么灾难性后果吗？你好好想想吧。”

“别故意激我。”罗莎说，“你知道这没可能。我告诉过你，不可能就是不可能！”

“算了算了，”埃琳娜说，“好吧，不可能。提都不能提。禁忌话题。”她打开收音机，随着音乐的旋律慢慢吹起口哨来。罗莎一把掀开被子，爬了起来。“怎么，你要回家了吗？”

“对。已经十一点多了。”

埃琳娜的房间很大，空荡荡的。她讨厌家具，墙壁上什么装饰也没有，找不到一丝物品可能堆砌的痕迹。桌布、坐垫这些统统没有，只有一个冰冷的房间，书籍纸张什么的大部分都放在地上，电话也是，就好像埃琳娜刚刚搬进来一样。一开始，罗莎很欣赏房间的随意和自然，但后来，她觉得其间透着充满挑衅的媚俗。这是一个冷漠无情的房间。她忍不住脱口而出：“为什么你要把所有东西都放地上！”她用力拉扯着丝袜往上拽，一根钩脱的丝线顺着脚踝迅速爬了上去。

“我告诉过你，丝袜不是这么穿的。”埃琳娜说，“需要我打电话叫车吗？”

“不用。我走路过去。”

“我还以为你会喝杯茶再走。外面还下着雨呢。小老鼠没带雨衣哦。先穿我的吧。”

“现在这样就很好。我什么都不需要。”

“那明天再说吧。你明天来吗？”

“我不知道。”罗莎说，“明天的事还说不好。我说不定会打电话给你。”

埃琳娜摘下手表，一头笔直的黑发披散下来，遮住了脸庞。“好吧，”她说，“随你便。”

她回到家，极尽小心地打开门，很慢很慢地拔出钥匙，一动不动地站在黑暗的门厅里。一次，她在外面的台阶上撞见了爸爸，当时他已经脱掉了鞋子，用手拿着。可貌似没什么用，他还是撞倒了好几个衣架。每次他都想着尽量保持安静，可每次都要碰掉点什么。还有，他很清楚妈妈还醒着。

他们把他的衣服都捐给了救世军的慈善二手店。那都是很久以前的事了。

门锁啪嗒一声扣上了。她将大衣抖落在地上，脱下鞋子，悄无声息地搁在一旁。

“我的小罗莎，”妈妈说，“我在厨房里给你留了点吃的。玩得开心吗？”

“非常开心。可你真的没必要……我吵醒你了吗？”

“没，没，一点也没有。”

罗莎睁大眼睛，看着卧室里温暖的一团漆黑。“你不疼吧？”

“不疼，我感觉超好的。我读了好长时间的书。这个玛格丽特·米勒简直太棒了。你知道，特别是她的心理描写，不光是关于谋杀本身和警察的工作……反正很有意思。你看了就知道了。你说，我还能从她的书里挖掘出更多内容吗？”

“应该吧。”罗莎说完，走进厨房。她打开天花板上的日光灯，看着为自己准备的三明治。香肠、奶酪、果酱、啤酒和香烟。还有一只花瓶。她在餐桌边坐下，但完全没有胃口。我要再借些米勒的书回来。等星期一下班后就去。明天，我要去电影院，买票把那部片子看了。或者干脆就在家待一晚上。至于我是和谁出去的，她没问，她已经很久都没问过了。我累了。我好累。我直犯恶心……她将三明治放进冰箱，关了灯。一直等女儿脱掉了衣服，准备上床睡觉时，妈妈才打破沉默，像往常一样说了一句：“晚安，亲爱的。”罗莎回答道：“晚安，亲爱的。”这是她们一直以来的习惯。

这天是星期天。罗莎的妈妈将白发编成两条麻花辫，然后在脖子后面绞成一股。她坐得笔直。书就摊在咖啡壶旁边。每翻一页，她就用发卡固定一下。她还是老习惯，将发卡的一端含在嘴里，嘴唇周围满是褶皱，老态毕露。起床后，她从不穿晨衣，而是立刻打扮停当：直接穿好紧身胸衣，套上丝袜，稍事休息后继续梳理头发。罗莎常说："年轻的时候，妈妈甚至可以坐在自己的头发上。我还从没见过谁，有她那么漂亮的头发。"埃琳娜答道："我知道。在你眼里，关于她的一切都是最美的。堪称完美。她所做的一切、所说的一切都那么完美。"罗莎说："你这是嫉妒！你这么说太不公平了。只要能让我感到自由，她愿意付出一切。""说来也怪，"埃琳娜长叹一口气，"你一直都觉得被拘束着。这对我们来说都是折磨。"

一开始，埃琳娜会到她们家来做客，喝个茶，吃个饭。她们三个甚至还一起去看过电影。埃琳娜会将罗莎的妈妈搂在怀里，紧紧拥着她。"实在太让人有安全感了，"妈妈笑着说，"我感觉就像在一个男人的臂弯里！"那天晚上她还说："你能交到这么知心的朋友真是太好了。她为人很可靠，也很清楚自己需要什么。"

而现在，埃琳娜已经很久没来过她们家了。

妈妈整理完了头发，歇了下来，随口问起埃琳娜的近况。

“挺好的，”罗莎回答说，“报社里事情多，她忙得很。”

妈妈回到床上躺着，拉过毯子盖在身上，打开那本大大的地图册。“亲爱的罗莎，”她说，“我又忘了把它放哪儿了，应该在浴室吧。”罗莎走进浴室，拿了她的眼镜回来。妈妈说：“你可真是贴心小棉袄。我应该用绳子把眼镜挂脖子上才是，可那样看起来太傻了。”她将地图册摊在膝盖上，开始沿海岸线阅读起来。今天的目的地是南美洲。

妈妈的伟大旅行已经推迟了太久太久。为了这场旅行，妈妈已经计划了二十年，甚至还不止。罗莎还在幼儿园的时候，妈妈就将她抱在怀里，郑重许下了承诺，并且盘算过了所有细节。“我带着你，悄悄离开爸爸身边，一起去热带雨林，或是去地中海……我会为你建造一座城堡，而你就是那里的女王。”她们向彼此描述城堡内外的模样，轮流布置了每一个房间，不过女王的宝座是她们共同设计的。随着时间的推移，旅行的问题层出不穷，有太多事情无从解决、无法实现。当然还有爸爸。

罗莎站在窗前，没有回头，就那么问了一句：“如果可以选择的话，你会去哪里？”

“可能是加夫萨吧。”

“加夫萨？在哪儿？”

“在北非。那里有个地方叫加夫萨。”

“可是妈妈，干吗非要去那儿呢！”

妈妈笑了，笑得十分神秘，透着一种被逗乐的愉悦。“那名字听着就不错，我也不知道……反正你要问的话，我第一个想到的就是那儿。”

“可你真的打算去那儿旅行吗？”

“别愁眉苦脸的，”妈妈说，“我哪儿都不需要去。”

“可你还是觉得挺有意思。”

“当然。当然有意思。”

罗莎抿了抿嘴唇。窗外的街道空荡荡的，可她并没有在看，她的目光不断往前追溯，回到妈妈突然不再做决定、拒绝承担责任的那段迷惘的日子。当时，一切仿佛都失去了底线，再没有任何坚持的必要。妈妈一味地退缩和闪躲，不愿意拿主意，也不想给出任何建议。如果稍微紧逼一些，她就把嘴巴一嘟，头也不回地离开房间。“你应该最清楚了。”她说，或是“别人可能不太了解……”。要么干脆什么都不说，直接转移话题。这可真不像她的作风。一天晚上，罗莎突然来了一句：“这一切，都让我觉得恐惧。”埃琳娜耸耸肩答道：“那当然。你是该觉得恐惧。你这一辈子，都是她在告诉你该做什么、该想什么、该要什么，她为你安排好了一切，所以你不敢迈出一步，不敢有一丁点儿自己的想法。然后猝不及防地，她老了，退休了，你爸爸又去世了。她也不得不放手。你还不明白吗？现在轮到你做主了。她说得没错，这就和轮岗似的。生活里常有的事，不可避免。”她撇了撇嘴，打量着罗莎瘦长的脸上茫然的表情，简单粗暴地补充道：“清醒点吧，你的女王已经没法再决定一切了。”接着她换上温柔一些的口吻，说道：“过来，别这样。我只是希望你能无拘无束，潇洒自在地活着。把她忘了吧。”罗莎挣脱出她的怀抱，推搡了她一下：“然后现在轮到你当女王了，对吧！”

“老天，”埃琳娜说，“你们这些被妈妈宠坏的宝贝女儿。我算是栽你们手里了。都是顽固不化的死脑筋。”

罗莎哭了，她觉得宽慰了不少。

埃琳娜第一次上门的时候，她心里还是很忐忑的。不过事情从一开始就出奇地顺利。因为埃琳娜的出现，妈妈变得风趣俏皮了起来，埃琳娜甚至有种魔力，能让妈妈彻头彻尾地改变说话的方式。她们一起开怀大笑，罗莎感到如释重负，巨大的释然和感激几乎令她喘不过气来。埃琳娜离开后，妈妈还在滔滔不绝地讲述着回忆的片段，但不再是女儿听过无数遍的那些陈年往事，她言语间的内容突然变得丰富多彩起来，那些见面和漫步，工作和爱情中的那些失望和惊喜，都变得活灵活现，令人信服。是埃琳娜让它们鲜活了起来，在埃琳娜气场的感召下，妈妈用合适的方式娓娓道来，她的语气平静淡定，不经意流露出一丝温柔，脸上还不时绽放出洞悉默契的微笑。埃琳娜简直是个魔术师，只要她愿意，就能从帽子里变出任何东西。可现在，她将魔法帽束之高阁，和她们母女俩的来往戛然而止。

“我最好还是别掺和进去，”埃琳娜说，“对这件事，她知道多少？”

“什么都不知道。她对这种事一无所知。不过你再也不来家里做客了，她多少有些失望。”

埃琳娜耸耸肩，说她已经尽力了，同样的事情她也不想再重复一遍。况且上次去的时候，局面已经有些失控。罗莎也很清楚。当时，她们坐在沙发上看电视，屏幕上出现一片空白的时候，她们仍然紧挨在一起。那种寂静突然变得密集而陌生。和节目内容没关系——那是一部关于湿地水鸟的乏味纪录片。埃琳娜直起身子，从妈妈的背后探出手去，摸索着罗莎的手。罗莎躲闪了。然后，埃琳娜索性将手放在妈妈的肩膀上，慢慢地开了口："这些鸟儿，还有这么一大片湿地，绵延数英里，长满了芦苇，人迹罕至……对于这些鸟儿，我们也一无所知，和我们没有半点关系……你们不觉得怪吗，它们一直生活在那儿，却如此自由自在……"

妈妈静静地坐着，然后从沙发上站起身，说了一句："知道吗，你手里像带了电似的。"说完，她以自己的方式咯咯笑了起来。罗莎觉得脸上火辣辣的，偷偷打量了她俩一眼。埃琳娜微笑着靠在沙发上，妈妈则站在一旁看着自己。她心里空落落的，一颗心被强烈的紧张感揪得生疼。很快，埃琳娜就起身告辞了。

我要陪妈妈完成她的旅行。我们就要没时间了，得抓紧才行。我得找一个最好的地方，既让人放松，又让人兴奋；既美丽又温暖；距离要足够远，远得像一场真正的旅行，可又不能太远，万一她生病就麻烦了；我要提前预订酒店，和银行请假；天气也不能太热，我得先查查天气预报……对老人家来说，坐火车太累，坐飞机又太危险。遇上气流颠簸，他们可能会中风。降落得太急也不行……

“埃琳娜，你去过一个叫加夫萨的地方吗？”

“我的老天，什么意思啊？她想去那儿吗？”

“她自己也不清楚……她提到北非的一个地方，叫加夫萨什么的。”

“可怜的小老鼠，”埃琳娜说，“怎么了，你是指望我帮你计划行程吗？不是我吓唬你，我已经申请了一笔游学补助，看样子十拿九稳。”她直勾勾地打量着罗莎，最后冒出一句：“你的脸色很难看，活像只小灰老鼠。我知道这很难，可你必须做出选择，自己拿主意。”

“我们应该还有时间吧，大把的时间。”罗莎喃喃地说。

埃琳娜答道：“别那么笃定。”然后她迅速切换到其他话题，一副轻描淡写、事不关己的模样。她将危险封存起来，递给朋友，自己则退回安全区域。一份冷漠无情的礼物。

冬末春初的这个星期天，大街上照例空空荡荡。妈妈正沿着南美海岸线一路阅读下去。弗洛里亚诺波利斯，她念了出来。格兰德河和圣佩德罗。蒙得维的亚。拉普拉塔河就流经那里……圣安东尼奥……她轻声细语地逐一报出地名。

“我说，”罗莎忍不住插嘴，“你对那些地方能有多少了解。你什么都不知道，一无所知。你就不想深入研究一下吗？你怎么就不能读读游记之类的？你就知道看侦探小说，谋杀啦，悬疑啦。”罗莎自己也听得出，她的声音有多尖锐刻薄。

“我确实不太了解，”妈妈答道，“我就觉得这些名字很好听而已……或许我只是喜欢它们想象中的样子。还有那些关于谋杀的书……你知道，它们能平复我的心绪。我需要抢在作者揭晓谜底前找出凶手，感觉就像做游戏一样。”她咯咯笑起来，补充道：“不过偶尔，我也会先翻到最后，提前剧透结局。我想看看，作者究竟是怎么把读者给绕进去的。还真是大费周章。不过我能看出其中的弯弯绕。巴伊亚。可以去巴伊亚。”

她对妈妈的爱，仿佛涨潮的海水般涌上心头，让人无力阻挡。她说：“我们去哪儿旅行吧。我们这就动身。不过，你确定你要去加夫萨吗？”

妈妈摘下眼镜，微微笑了笑。“罗莎，”她说，“你不用神经兮兮的。过来。你是在森林里迷路了吗？”

她们玩起了属于自己的游戏。罗莎将脸贴着妈妈的脖子。“对，我在森林里迷路了。”

“有人找到你了吗？”

“嗯，有人找到我了。”

其间，妈妈的一双手一直在摩挲着她的脖子。这双手突然变得难以忍受。她挣脱开来，一声不吭地喘着粗气。妈妈重新摊开地图册，身子朝着墙壁微微侧了侧。

她们到了下午两点才吃午饭。吃的是鸡肉和蔬菜。

她下了楼，进杂货店打了个电话。

“我能去你那儿吗？”

“你来好了，”埃琳娜说，“不过丑话说在前面，我现在没什么心情。你知道的，我最烦星期天。”

每一次走进这个空荡荡、冷冰冰的房间，罗莎都会怀着忐忑的心情，充满期待。那感觉就好像深入无人区，面对一片荒芜，任何事情都可能发生。

“来啦。”埃琳娜站在厨房门口，冲她打了声招呼。埃琳娜的手里拿着两只酒杯。“我猜，你没准儿想要来一杯。对了，你大衣怎么还没脱？你冷吗？”

“这儿是有点冷。我过会儿再脱好了。”罗莎接过酒杯，坐了下来。

“我的小老鼠，你琢磨明白了吗？”

“琢磨什么？”

“哦，没什么。”埃琳娜说，“为伟大的旅行干杯。”

罗莎没有答话，默默喝了起来。

“你这样坐着的时候，”埃琳娜自顾自说了下去，“整个人靠在椅子背上，还穿着大衣，看着就像火车站里候车的人。是几号的火车？还是你们打算坐飞机？”她往床上一倒，闭上了眼睛。“又是星期天。”她说，“我讨厌星期天。你带烟了吗？”

罗莎将烟盒扔了过去，力道太大，烟盒直接砸在埃琳娜脸上。

“啊哈，”埃琳娜丝毫没有闪避的意思，“小老鼠也有脾气嘛。还有打火机呢？有本事你就再扔一次。”

“你知道的，”罗莎大吼起来，“我不能走，我不能丢下她一个人，你比谁都清楚！我们已经商量过了，这事就这么定了。我不在的话，没人能陪她。我总不能随随便便带个陌生人进家门吧！”

“行了行了，”埃琳娜说，“那好吧，事情很明了了。她不能和陌生人住一起，只能你陪着。就这么简单。”

罗莎站起身。“我这就走。”话这么说，她却是一副等待的姿态。埃琳娜始终仰着脸，目光望向天花板，唇角叼着一根尚未点燃的香烟。不知道从哪里传来一阵钢琴声，断断续续的。他们就喜欢在星期天弹琴，还总弹歌剧的旋律。她走到床边，啪一声点着打火机。“我这就走。”她又重复了一遍。埃琳娜侧过脸，用胳膊肘挡着风，点燃了香烟。“你想做什么都随便。”她说，“这儿没什么好玩的。”

罗莎问了一句：“你的酒，要加满吗？”

“好啊，谢谢。”

她拿着杯子走进厨房。这儿没有窗帘，没有家具，只有白茫茫一片。站在房间中央，罗莎突然感到一阵恶心，内心油然而生灾难即将降临的预感。非常糟糕，却又无可避免，我应付不来……没人能应付得来。可我又没做过任何承诺，什么都没有。一切不过是游戏而已，就那种文字游戏。埃琳娜肯定很清楚，这都是闹着玩的……我哪儿都不去！也不会和任何人去……

“你怎么了？”埃琳娜突然出现她身边，问道。

“我不舒服。我想吐。”

“照我说的做，”埃琳娜说，“身体往前倾，来，试试看。用手指抠喉咙。”她用一双强有力的手托住罗莎的额头，然后重复道：“照我说的做。吐出来，这样会好受些。”

等罗莎吐完后，她说：“坐吧。你是害怕我吗？”

“我害怕让你失望。”

埃琳娜说：“其实，你唯一害怕的是，所有责任都落到你一人肩上。只要你还活着，一切就都是你一个人的错，所以别人和你在一起时，永远都不会感到快乐。除非你摆脱这种状态，否则我是不会和你一同上路的。你妈妈也不会愿意的。”

罗莎答道：“她根本不了解我的感受。”

“她当然了解。她又不傻。她尽了一切努力，拼命想让你离开，可你却怎么都不撒手，反复鞭笞你的良心。你到底想要什么？”

罗莎没有回答。

“我知道，”埃琳娜说，“对你来说，最理想的情况是我们俩结伴旅行，无论有多无聊多绝望，你都会感到满意，因为终于不用怪罪在你头上了。对吧？你的心情会很平静的。”

“但这不可能。”罗莎小声说。

“对，是不可能。”埃琳娜在厨房里来回踱着步子。最后，她在罗莎身后停下脚步，双手搭在她肩膀上，问道：“就现在，你最想要什么？好好想一想。”

“我不知道。”

“你不知道。那我来告诉你答案。你想要和你妈妈去加那利群岛。那里充满异国情调，气候温暖宜人，医疗资源也不错。明天你就去订旅馆。”

罗莎说：“可是飞机……”

“飞机降落会很平稳的，你妈妈承受得住。就这么定了。你不用再多考虑什么，也不用犹豫不决。我已经替你做了决定。”

罗莎坐在椅子上，身体整个转了半圈。她看着埃琳娜，说：“那你呢？”

“我？再说吧。反正现在我没法和你在一起。你回家吧，和她聊聊旅行计划。”埃琳娜看着眼前的那张面孔放松下来，焕发出近乎美丽的光彩。她向后退了一步，说：“别这么感恩戴德的。你就是只小老鼠嘛。现在，你可以尽情撒欢儿。反正能高兴一会儿是一会儿。”

“然后呢？”罗莎脱口而出，“撒欢儿完了呢？”

“我不知道，”埃琳娜说，“我们以后怎么样，谁知道呢？有些女王的统治时间很长很长的。”

大自然中的艺术

傍晚时分，随着夏季展当日的结束，最后一批访客的离开，这里变得非常安静。不久后，一艘又一艘的船驶离了沙滩，回到湖对岸的村庄。唯一留宿此地的工作人员是夜班警卫。他在大草坪南边的桑拿房里过夜，而那些雕塑，就陈列在大草坪上的树木间。警卫已经上了年纪，有些弯腰驼背，不过要找到一个耐得住寂寞、熬过漫漫长夜的人，实属不易。况且为了保险起见，这里还是需要一个夜班警卫的。

这是一场大型展览，名为“大自然中的艺术”。每天早上，警卫开了锁，打开栅栏，人们便会蜂拥而至，拥入这片美丽的乐土。他们或自驾，或搭乘公共交通工具，从各个地方（甚至还包括首都）赶来这里。他们拖家带口，郊游远足。他们在睡莲间游泳，在白桦树下散步，大人们喝着咖啡，孩子们荡着秋千，爬到大铜马的背上合影留念。“大自然中的艺术”吸引着越来越多的人参观。

对于这场展览，警卫感到相当自豪。从早到晚，他都坐在绘画和图案构成的巨型玻璃箱中，看着成百上千双脚从面前经过。由于驼背，他看不清人们的脸，但他越发饶有兴致地观察起这些脚来，猜测它们的主人会有多高，身材是胖是瘦，长什么模样。有时，他会伸长了脖子，看看自己是否猜测正确。大多数时候，他都猜对了。很多脚的主人都是女性，她们穿着凉鞋，从脚趾不难看出，她们都算不上年轻了。几乎所有的脚都在毕恭毕敬地向前移动着。如果有向导讲解的话，她们会面向同一个方向，静静地停留一会儿，然后几乎同时转向另一个方向，欣赏起别的展品。有些脚明显落了单，步伐有些犹豫，然后才慢慢地顺着斜坡往上走，停下来，双腿交叉着站一会儿，转个身往回走。有时还会抬起一条腿，在另一条腿上蹭两下，驱赶蚊子。到了最后一面墙的时候，大家的脚步明显加快许多。警卫还留意到许多双脚，穿着结实耐用的鞋子。它们总是走走停停，或者来来回回地兜圈子，丝毫不在意步数的多少。如果看见那种款式老旧的鞋子，警卫总会按捺不住好奇心，抬起头看看鞋的主人是谁。老年人走路时不免有些外八字，年轻人总是步履轻快，而孩子们则是蹦蹦跳跳。警卫不禁莞尔一笑。有一天，一双老旧的鞋子和一根拐杖停在了他身边。鞋子和拐杖的主人有一张疲惫的面孔。

“请问，”她开了口，“您知道三十四号作品有什么含义吗？看着就像是一个包裹，用绳子捆得严严实实。是让人拆开来的意思吗？”

“恐怕不见得，”警卫答道，“向导说，最先创作出这种艺术品的是一个外国人。后来这种方式渐渐流传开来，他们把雕塑整个包裹起来，后来甚至包了一座山。好像是在亚利桑那州吧。”

“这儿有椅子吗？”老太太问，“这展览规模可够大的。”

警卫把长椅旁边的位置让了出来。两个人就这么紧挨着坐了一会儿。

她开了口：“你知道什么让我最佩服吗？他们有这么多想法，还能付诸实践，并且对自己的作品怀有信念。我改天再来看雕塑。这种展览，一下子是没法理解的，要慢慢品味才行。”

警卫说，自己最喜欢的就是雕塑部分。

它们仿佛自大草坪破土而出，巨大的黑色纪念碑，有些造型突兀，令人费解，有些则显得咄咄逼人，充满挑衅。它们矗立在白桦树之间，和周遭环境融为一体。每当夜幕降临，雾气从湖面徐徐飘来，它们就呈现出岩石或枯树般的凛冽美感。

他站起身，关了栅栏锁好门，然后沿着沙滩一直往前走，将卖香肠的烤炉熄了火，确保一切安全。他捡起孩子们从大石头上蹭落的苔藓，捞出许愿池里散落的硬币，放在报纸上晾干。他逐一检查过烟灰缸，然后小心翼翼地将冷掉的烟灰倒进敞开的雕塑熔炉中。六月的夜晚万籁俱寂，湖面平静如镜，倒映出每一座小岛的轮廓。警卫喜欢在傍晚借着巡逻的名义散步。在栅栏旁边，他嗅到附近牧场干草和粪便的气味；沿着湖岸，他又闻到泥土和青草的气息，然后是桑拿房湿漉漉的熏蒸味；路过石膏雕塑时，他的鼻腔里又充满了焦油的气味——为了防止雨水侵蚀，石膏雕塑必须在焦油中浸泡过才行。至于白天，到处都是人声鼎沸，根本不可能拥有如此细腻的感官体验。警卫喜欢傍晚，也喜欢深夜。他并不需要太多睡眠，经常在岸边一坐就是好几个小时。他享受安安静静独处的感觉。他不记得太多事儿，也不操心或忧虑未来。唯一让他烦恼的是，这场展览将于秋天落幕。而他已经习惯了这种生活，无法想象过另一种日子会怎样。

这天傍晚，他照常在整个展区散步。栅栏已经关闭，门也上了锁，一切理应井然有序。就在这时，警卫闻到了一股烟味，那是火焰燃烧才会产生的烟味。他惊慌失措——着火了！不知道哪儿着火了！他像个没头苍蝇似的到处奔忙，一会儿跑到这儿，一会儿跑到那儿，最后才意识到，原来是有人点燃了香肠的烤炉。肇事者一直都躲在他的眼皮底下，现在，他们正在沙滩上烤香肠。在如释重负的同时，他的内心油然而生一股怒火。他以最快的速度穿过大草坪，来到岸边，自始至终沉默不语。很快，他听见了一男一女的争吵声。警卫悄悄走到他们身后，打量了一番他们的穿着打扮。两个都是中年人，按说应该懂规矩，不会故意破坏展览规定。男的面色苍白，穿一件宽宽大大的美式衬衫，鸭舌帽上印着鱼饵的图案；女的体格壮硕，穿着碎花衣服。他们一边烤香肠，一边喝着啤酒，你一言我一语地吵个不休。警卫听了一会儿，判断这就是夫妻间普普通通的拌嘴。于是他走上前去，用手杖敲了敲地面，大声喊道："不行，绝对不行！展览结束后该区域内禁止生火。这是规定！现在已经关门了，你们还留在这儿干吗？"

"老天，"女人嚷嚷起来，"我就和你说嘛，阿尔伯特，不行的！”

男人站起身，舀起湖水准备往烤架上泼，却被警卫喝止道：“别泼，烤架会裂掉的！等炭火自己烧完了才行！”他突然觉得疲惫极了，在石头上一屁股坐了下来。那对男女都沉默了。

“所谓责任，”警卫开了口，“对你们而言有意义吗？你们懂什么？每天晚上，我都要负起责任，保障整个艺术展区，还有整片森林的安全。全国最伟大的艺术家创作的作品，都汇聚在这里。这一切的秩序，全都要靠我一个人来维持。”

“斯维娅，”男人说，“给他瓶啤酒，再加根香肠。”但警卫谢绝了。他不需要别人安抚情绪。天边泛起夏夜特有的白色，淡淡的薄雾笼罩住湖面，遮住湖心的几座小岛。白桦树的树干显得越发雪白。

“或许我们该相互自我介绍一下。”男人提议，“法戈伦德。”

“莱萨宁。”警卫说。

法戈伦德夫人开始收拾他们的野餐篮，显然不敢再继续放肆地大吃大喝了。

“那是什么？”莱萨宁用手杖指了指他们放在石头上的一只棕色包裹，问道。法戈伦德夫人立刻解释说，那是他们精挑细选，花钱买下的一件艺术品。这是他们这辈子买的第一幅画，值得好好庆祝一番。况且，这幅画还是丝织品呢。

“材质本身倒没什么，”莱萨宁说，“真正的叫法应该是丝网印刷品。虽说仿品也不少，但还是足以称之为艺术的。对了，这幅画画的是什么？”

“算是幅抽象画，”法戈伦德说，“不过我俩都觉得，画的应该是两把椅子，椅背都稍微往外转了转。”

莱萨宁说，自己印象中不记得有这两把椅子。法戈伦德夫人说，这幅画是陈列在展厅最右侧的，画面上是两把普普通通的餐椅，背景是厨房的墙纸。她的语气很急切，明显在努力融入他们的谈话。

“你错了，”她的丈夫驳斥道，“那两把是折叠椅，可以随时收到一边的那种。再说了，什么椅子并不重要，重要的是画面之外的部分。”他转过身，看着莱萨宁说：“你看，椅子呈现出一种敞开的姿态，坐在上面就可以看见外面的风景。很可能这是大都市里的一角，和厨房的墙纸没关系。”

法戈伦德夫人笑了笑，说道：“你有你的看法，不过厨房墙纸那么明显，谁都能看得到，刻意回避也没必要。有一种可能，两个人本来是坐在椅子上的，说完话了走人，走之前把各自的椅子推向一旁。

说不定他们吵架了。你说呢？你觉得他们吵翻脸了吗？”

“他们没准儿只是累了，”法戈伦德说，“在家待累了，就出门了。”

“没错，”她说，“其中一个去了街角的酒吧。”

莱萨宁静静聆听了一会儿，然后说，艺术的奇妙之处就在于，每个人都能看见自己想看的。这就是艺术的意义所在。然后他好奇地表示，他们为什么不选择更具美感，也更让人放松的作品，比如风景画？

法戈伦德夫妇没有回答。法戈伦德太太转过身去，面朝着湖水，擦了擦眼睛，又擤了擤鼻子。

警卫说：“不妨这么想，既然艺术可以有不同的解读，而每个人只能看到自己想看的那一部分。那么不拆包装，就这么裹着直接挂到墙上也不错。至少避免了争论。”说完，他用手杖戳了戳灰烬，木炭已经烧得差不多了。

过了一会儿，法戈伦德夫人开口问道：“你说的就这么裹着是什么意思？”

“我是说，用绳子、纸之类的包裹起来。你们看见展览的那些包裹了吧，现在就时兴这个。你们可以猜猜里面都装了什么，说不定每次都有不一样的惊喜。”

她转过身问：“你是说真的吗？”

法戈伦德说：“斯维娅，莱萨宁先生在逗你玩呢。我们该走了。”

她站起身，开始卖力地收拾起来：野餐篮、衣服，还有他们带来的所有东西。

“等一下，”警卫说，“我没在开玩笑。我脑子里真的就是这么一闪念。你们只需要包装得精致一些就可以，比如用铁丝、钓鱼线、绳子之类的缠得牢牢的，我都能想象出那个效果。”他边说，边用手杖在沙滩上比画：“就像这样，沿着画框裹得整整齐齐，然后再盖上玻璃。”

“我们买这幅画，可是花了大价钱的！”她忍不住说，“你说的那种艺术包装品，谁都可以随便糊弄一个挂在家里！”

“话不能这么说，”警卫说，“这可不是谁都能做的。随便糊弄一个的话，就毫无秘密可言了。”警卫突然想明白了以包裹方式呈现艺术品的理念，兴奋之情溢于言表。“你们回家吧，”他说，“从栅栏上翻过去就行，我可不想大老远地跑过去开锁。”

“阿尔伯特，”她说，“你负责拿画。”说完，她警惕地低头看了看，像是生怕它被烧焦了一样。

法戈伦德拿起画,又放了下来。“不,”他说,“我们现在就拆开来，让莱萨宁先生看看，它到底画了些什么。”

她惊叫起来:“千万不要！”然后哭着央求说，她不想知道答案，只想用自己的方式去欣赏。

警卫沉默了片刻，然后说:“算了，天色太暗了，什么都看不见。”然后主动起身向他们告别。法戈伦德夫妇走远后，他又在烤炉前坐了一会儿，然后才慢慢走回雕塑之间。这是一天中最黑的时刻，雕塑只能辨认出形状各异的庞大轮廓。他心想：我说的都是对的。从某种程度上说，艺术的神秘感才是最关键的。他回到桑拿房躺下，盯着空空如也的墙壁，内心一片澄明。从前反复纠缠他的念头再也不来打扰，他终于可以安心睡去。

松鼠

十一月的一个清晨，太阳就快要升起来了，天上一丝风也没有，她在船滩上看见了一只松鼠。它一动不动地蹲在水边，在半明半暗的光线下显得影影绰绰。但她知道那是只活生生的松鼠。她已经很久没见过活物了。海鸥不算，它们总是来无影去无踪的，就像掠过海浪和草地的一阵疾风。

她将大衣直接披在睡衣外面，在窗前坐下。现在已经很冷了，长方形的房间四面都开了窗，凉意从缝隙间渗透进来，更觉得寒气逼人。松鼠依然没有动。她在记忆中努力搜寻着关于松鼠的一切。它是趴在木板上，被风吹着在岛屿间漂来漂去吗？她有点残忍地想，然后风突然停了，或者风向变了，它被迫漂流到了这里，原本的计划被全盘打乱。可是松鼠为什么要搭木板出海呢？是出于好奇还是饥饿所迫？它算勇敢吗？不，只是愚蠢罢了。她起身去拿望远镜。她走动的时候，寒气迫不及待地从她大衣的袖口和底摆往里钻。她好容易才将望远镜调校到位，在窗台上放好，静静等待着。松鼠仍然在岸边，什么都不做，就那么蹲着。她百无聊赖地看着它，从大衣口袋里摸出梳子，一边慢条斯理地梳着头发，一边等着。

这时，松鼠突然往山坡上爬去，动作敏捷而迅速，它冲着小木屋径直跑了过去，然后猛地停住脚步。她认真而专注地观察着松鼠。松鼠直愣愣地坐起来，爪子向下耷拉着。偶尔，它会神经兮兮地抽搐一下身体，然后漫无目的地兜上一圈，时而爬两步时而蹦跶两下的那种。她走到下一个窗口，也就是朝东的那面，然后继续往朝南的窗口走去。山坡上空荡荡的。可她知道松鼠还在。她的目光从一处海滩移到另一处海滩，没有树林，没有灌木丛。任何细微的动静都逃不过她的眼睛。她并不着急，而是先去炉灶旁生火。

她先是将两块木板搭在两侧，在上面打横放了些木柴，中间放上桦木，然后又添了几根耐烧的木头。炉火渐渐旺了起来，她这才开始有条不紊地穿衣服。

她总是在日出时分穿衣打扮，而且总是和气候相宜，保暖而得体。她认真地扣好毛衣的排扣，还有鼹鼠皮长裤腰间的纽扣，套上靴子，戴上遮耳毛帽，然后坐在炉子前，享受着难以言说的幸福时刻。她一动不动，任凭头脑放空，让熊熊的炉火温暖着膝盖。日复一日，她总是以同样的方式和姿势面对，严阵以待冬天的来临。

海边的秋天完全不似她的想象。这里从来没有暴风雨的侵袭，整座小岛悄然枯萎凋零，青草在连绵阴雨中渐渐腐烂，山坡变得湿滑，浅滩上覆盖了一层又一层的暗色水藻。十一月就这样灰蒙蒙地过去了。一切都波澜不惊，直到松鼠毫无预兆地上了岸。她走到梳妆台前面，从镜子里审视自己的面容，这才发觉，不知何时，嘴唇上方已经爬满隐约可见的细密的皱纹。她的肤色呈现出一种捉摸不定的灰褐色，仿佛十一月的大地。到了冬天，松鼠的皮毛也都是灰褐色的，只是那不代表颓败，不过是换了一种颜色而已。她将咖啡壶放在炉火上，自言自语道:“不管怎么说，它们的脑子不那么灵光。”这个想法多少给她了点安慰。

现在切忌的是操之过急。对动物来说，适应这座岛需要过程。尤其是习惯这座房子的存在。必须让松鼠意识到，这座房子只不过是一个一动不动的灰色物体而已。可实际上，一桩四面墙开了四扇窗的房子，并不是全然静止的。任何的一举一动都会被光线勾勒出清晰而危险的轮廓。对松鼠来说，它要如何感知房内的动静呢？身在屋外的它，要如何想象里面发生的一切呢？唯一的解决办法，就是在无声无息的状态下，尽可能缓慢地移动。静默的生活似乎对她颇具吸引力，她这么做完全出于自愿，而非岛上万籁俱寂的环境所迫。

桌上整整齐齐地放着一沓沓白纸，白纸的旁边总是搁着笔。写字的那一面总是朝下放着。因为那些文字如果不被人所看见的话，它们可能会在夜深人静时发生变化。再次看见时，它们的排列顺序或许已经有所不同，这是完全可以想象的。

松鼠可能会留在这里过夜。甚至，它还会在这里度过一整个冬天。

她迈着很慢很慢的脚步踩过地板，来到角落的柜子前，打开柜门。今天的大海平静如镜。她一动不动地站着，扶着柜门，思考着自己为什么要来这里。和往常一样，她被迫走回炉子前唤醒回忆。对，是糖。她去柜子那里是要拿糖的。可她旋即又想起，她不应该在咖啡里加糖了，因为糖会让她肥胖。这些迟钝的记忆令她压抑消沉，她任由思绪漫无目的地飘飞着，她从糖想到了狗，如果一条狗在船滩上了岸，她会有怎样的反应？但她立刻掐断了这个念头，不，这种假设极大地贬低了松鼠在她心目中的重要性。

她开始打扫，动作细致而沉稳，她喜欢打扫。这是安宁平静的一天，没有任何对白和交谈，没有什么值得辩解或指摘，一切被生生切断，任何话语都可以另有所指，任何话题都可以轻而易举地转移开去，从而带来翻天覆地的变化。现在，只有洒满晨光的温暖小屋，她扫地的窸窸窣窣，还有咖啡煮开的咕嘟咕嘟。这幢房子象征一种权力，她可以安心地将自己闭锁其中，和外界割断所有联系。她喝着咖啡，整个放松下来。这时，她脑海里闪过一个念头，关于松鼠的念头：这世界上有几百万只松鼠，它们算不上特别有趣的动物。只不过其中的一只，一个样本，碰巧来到了这里。我必须警惕，警惕自己过度放大某种现象。或许是我一个人独处太久了。不过话说回来，她安慰自己，这不过是一个闪念而已，任何人观察到异样，都可能萌生这样的想法。她放下杯子，三只海鸥掠过岬角，朝着同一个方向飞去。现在她又觉得不太舒服，炉子前面实在太过燥热。早上喝完咖啡后，她总是觉得不舒服。她需要来点马德拉酒，其他都不管用。

属于她的一天由此拉开序幕：生柴火、穿衣打扮、在炉子前坐一会儿、扫地、喝咖啡、喝一杯马德拉酒、给闹钟上发条、刷牙、看海上的船、测量水位、劈柴、处理各种杂事，然后浑浑噩噩挨过漫长的一天。直到黄昏时分，仪式感才会再次回归：喝一杯马德拉酒、收起旗子、清理马桶、倒泔水、亮灯、准备食物。然后就到了晚上。趁着天黑之前，她需要将这一天记录下来：水位、风向、气温，还有生活所需的物品清单：新电池、不起毛的袜子、各种蔬菜、备用灯罩、锯条、黄油、马德拉酒、断路器。

她走到衣橱前，拿出早晨需要服用的药片。马德拉酒放在冷窖最里面，她喜欢冷酒下肚的感觉。况且酒瓶必须存放在固定的位置。地板下面，通往冷窖的楼梯陡峭难行。可在她看来，如果将酒瓶藏在屋外某个隐蔽的角落，无异于懦弱的表现。存酒的数量已经所剩不多。雪利酒是不能作数的。它只会让人徒增伤感，对肠胃也无益。

阳光越发强烈，海面上仍然风平浪静。按说她应该开车去车站，再搭公交车去城里买些马德拉酒，虽说现在还不急，但进一步降温之前，这事总该操办起来。汽车的发动机出了问题，她也要设法尽快解决。这次出故障的并不是火花塞。机械方面，她唯一了解的就是火花塞和断路器。有几次，她将油箱的汽油倒出来，用汽油布来过滤。她将发动机靠在房子的外墙上，然后用袋子罩着，就这么搁着。当然了，她也可以划船去车站，可是船很沉，况且还是逆风行船，路程想必更加漫长。感觉什么事都不顺心。她索性关掉了船的发动机。

她将酒瓶夹在双膝之间，悄无声息地拧开了螺旋瓶盖。金属条断裂的一瞬间，她咳嗽了一声，掩盖了啪嗒的声响。然后，她拿起酒瓶，稍稍倾斜出一定的角度，将酒倒入酒杯。做完这一切，她又觉得自己的刻意显得很多余，再说了，她早上照例就是要喝一杯马德拉酒的，况且她还不舒服。她端着酒杯走上楼梯，将酒杯放在桌子上。阳光从窗户透了进来，将马德拉酒映出深红一片。又过了一会儿，她将喝空的酒杯藏在茶叶罐后面，然后走到窗前找寻松鼠的踪迹。她慢慢地，从一扇窗户挪到另一扇窗户，等待松鼠的出现。马德拉酒让她觉得浑身暖暖的，此时此刻，炉火也烧得正旺。她转过身，以逆时针的方向在屋内转了一圈。窗外依旧是风平浪静，大海和天空融为一体，灰蒙蒙一片。持续的夜雨将山坡浸染成了黑色。松鼠来了。它的到来是对她的犒赏，是对她冷静而决绝的肯定。这个小家伙翻过小山，穿过小岛，来到水边，留下的轨迹仿佛一条条优美而柔和的弧线。现在，它又回到了船滩上。它就要走了，她思忖着，毕竟它无处可去，也找不到任何食物。这里没有其他松鼠，等暴风雨降临的时候，再走可就来不及了。她费力地跪在地上，从床底拿出一袋面包。动物就像生活在船上的老鼠一样，很清楚什么时候该选择离开，在预感到灾难降临时，它们会果断地选择逃生。她轻手轻脚地顺着山坡走了下去，掰下一小块硬面包，放在石头的隙缝里。它发现她了！它迅速跑到水边，一动不动地蹲着。她只能看见一个小点，一个模糊的轮廓，从那轮廓中，她看出了警惕和狐疑。它害怕了，它就要逃跑了！她拼命掰着面包，快一点，再快一点，她将面包掰得粉碎，将碎屑扔了一地，然后手脚并用地爬回屋子，回到窗前。船滩上空荡荡的。她等了足足一个钟头，从一扇窗口走到另一扇窗口，心情也越发焦躁。海面上刮起阵阵冷风，看不清究竟是什么在移动。是漂浮的垃圾，还是游弋的动物？海鸥像悬在空中的一个个白点，从岬角上掠过。风势越来越大，渐渐地，她什么都看不见了。她的眼睛越发疲倦，酸涩得流出了眼泪。她受够了这只松鼠，也受够了自己。她纯属自作自受。

是时候再喝一杯马德拉酒，迎接一天的工作了。她要刷牙、劈柴，测量水位。她必须仔仔细细、认认真真地完成每一项工作，不能有丝毫的懈怠或偷懒。她从茶叶罐后拿出酒杯，草草倒满。喝完后，她将空酒杯放在桌上，静静聆听周围的动静。屋外不再是万籁俱寂，而是响着阵阵风声，是持续的东风。清晨的阳光早已消失，掐灭了所有的期待和可能。取而代之的是再普通不过的灰色日光。一个已经磨损的新的一天，充斥着错误的念头和漫无目的的行动。和松鼠有关的一切显得突兀且尴尬。她必须割离开来。她站在房间中央，感受着马德拉酒暖热的后劲，心里很清楚，也就这一小会儿，很快就会过去的。在暖意消退殆尽前，她必须充分体验。大大小小的锅仔炉灶上一字排开；书一本贴一本地立在书架上；墙上挂着航海工具，在冬日的茫茫大海之中，那些奇奇怪怪的装饰品很可能是她的救命稻草。她从没遇上过暴风雨。不然的话，倒是可以这么写信，向别人吹嘘：我们起了床，外面刮着八级大风。我开始了一天的劳作。海上漂来的东西撞击着房子的外墙，窗户上溅满了浪花。咸湿的海水不断侵袭，我什么都看不见……全是泡沫。泛着泡沫的海浪掀翻了……亲爱的 K 先生。外面刮着八级大风……

那不是暴风雨，只是刮风而已，凛冽而顽固，海面鼓胀起来，以汹涌的姿态舔舐过船滩。如果风势越发迅猛的话，或许我应该去检查一下船的情况。当然了，那样的话就应该再喝一杯马德拉酒。

松鼠来了。一阵轻微的窸窸窣窣，沿着外墙蹿来蹿去，爪子刮擦过窗框。她看见这个小家伙警惕的面孔，鼻子不时抽动着，显得傻里傻气，两只眼珠就像玻璃球一样。这样的咫尺相对仅仅维持了几秒，很快，玻璃窗外面又是空空如也。她忍不住笑起来。你这个小浑蛋，原来你没走啊……现在她需要的是风，只要是从大陆和岛那边刮来的，什么风都行。她敲了敲气压计，看看水银柱是否在下沉。眼镜又不在老地方，它在哪儿，总是没个准儿。接下来的天气会怎样，她得听听天气预报是怎么说的——这时她才想起，收音机的电池没电了。不要紧。事实上，什么都不要紧。松鼠还在呢。她走到门柱旁边，在购物清单里加上一条：松鼠食。松鼠吃什么？燕麦粥、通心粉、豆子？燕麦粥，她是会煮的。松鼠应该也喜欢。

但它不该被驯养，不管怎么说，它都不能变得过于温顺。比如训练它吃手里的食物，家里家外来去自如，或是一叫名字它就过来，这些行为她永远都不会尝试。松鼠不应该成为宠物，不应该成为责任和良知的代名词，而是应该保持野性。她和松鼠应该各过各的，他们可以相互打量，承认彼此的存在，容忍和尊重对方的习惯。除此之外，她和松鼠是各自独立、自由自在的两个个体，拥有自己的生活。

她不会在乎那条狗了。狗是危险的动物，能够瞬间洞悉一切，让人心生怜悯。松鼠则要好得多。

为了在岛上安度冬天，她和松鼠开始进行各种准备。他俩已经彼此熟悉，并且养成了共同的习惯。早上喝完咖啡后，她会将面包放在山坡上，然后坐在窗边看着松鼠大吃大嚼。她已经意识到，这个小家伙似乎无法透过窗玻璃看见自己，它显然也不算很机灵。可她的动作仍然慢腾腾的，也习惯了静静坐着，一坐就是几个小时。她注视着松鼠的一举一动，也不会去琢磨其他事情。有时，她也会和松鼠说话，只不过从不直接说给松鼠听。她会把对松鼠的猜测和观察写下来，有时相互佐证和比较。偶尔，她也会写一些侮辱性的话语，比如对松鼠粗鲁的指责，但事后她又会后悔，然后画掉删去。

天气很不稳定，而且越来越冷。每天，她一测量完水位，就上山去锯木劈柴。她会挑选出几块木板锯成小块，然后再选择一根原木劈成柴火。然后，她就回到日出时坐在炉灶前的状态，穿戴整齐，一动不动地坐着，什么都不想，仿佛一座石碑。木柴处理妥当后，她将它们搬运回家，整整齐齐地摆放在炉灶旁边。木柴的堆叠显然是经过深思熟虑的，不仅紧凑，而且美观，三角形、正方形、长方形、半圆形的截面完美交织在一起，简直就像一幅拼图。她就这样，凭借自己的力量，一点一点地积攒起过冬所需的木材。

风向变幻莫测，她不得不重新调整缆绳的长度，将船只捆绑牢固。半夜醒来的时候，她恍惚间听见船在不断撞击着岩石，发出砰砰的响声。最后，她还是把船拉上了岸。可她还是睡不着，忐忑不安地为涨潮和风暴忧心。她必须将船拖到更高的地方。一天早上，她找到柴堆，用绳子拴住一块光滑的木板，用力一拽。一块原木应声滚落下来，接着是一阵急促的脚步声，一个小家伙钻了出来，只那么一闪就消失了。她扔下绳子，不由向后退了一步。很显然，这就是它生活的地方。它给自己做了个窝，现在，这个窝被她给毁了。可我不知道啊，她努力为自己辩解。我怎么可能知道呢！她丢下绳子，回屋寻找补救的办法。她推开通往地窖的暗门，一头扎进黑暗中，这才想起自己没打手电筒。她总是忘带手电。罐子、纸箱、盒子，她家里有刨花吗？玻璃棉可能是有的，不过玻璃纤维对松鼠不好，现在的玻璃棉都是用玻璃纤维做的吧……她在架子上摸索着，突然有种熟悉的感觉：从前的不确定性又回来了：所有的一切，都可能以多样的方式出现，她在遗忘和记忆、知识和想象之间不断徘徊，架子上堆着一排又一排的盒子，你永远也不知道哪些是空的……现在我得自己收拾了。有一箱里面全是棉絮纸屑什么的，原本是装发动机的，应该是放在楼梯旁边的一只纸箱。她找到了那只纸箱，将缠结在一起的棉絮纸屑用力撕扯开来。黑暗和阻力构成黑夜梦境的图景，她来不及仔细回味，只顾着匆忙撕扯那坚韧的一团。她心想，现在不是松鼠的问题，是我没时间了，一切都要晚了。最后，她将整只纸箱抱在怀里，试着从地窖搬上去。箱子实在太大，卡在了地板的暗门那里。她用肩膀用力往上一顶，纸箱破了，缠绕在一起的棉絮纸屑乱七八糟散了一地。就快要来不及了，她跑上山坡，找了个遮风蔽雨的地方，把棉絮和纸屑全都堆成一团。来，给你做个窝！当一切完成后，她才感到筋疲力尽。她壮硕的身躯从未如此沉重过。她依偎在山坡上一个隐蔽的缝隙里，蜷缩成一团沉沉睡去，把松鼠的事忘了个干干净净。在毛衣、靴子和雨衣的包裹下，她获得了绝对的私密和安全感。

午后渐渐下起雨来。在她熟睡的时候，意识已经在她脑海中成形，伴随着雨声将她唤醒：这是松鼠过冬的小屋，整个冬天，它都离不开它。因为泥泞而形成的沟壑在山坡上越陷越深，仿佛顽固而无情的敌人，步步逼近，在寒冷和微光中打开新的缺口，团团包围住惊恐的松鼠，傲视蜷缩在棉絮和纸屑里的它。

很显然，他们必须相依为命，才能度过这个冬天。她有了过冬的柴堆，而松鼠也必须有自己的柴堆。她的身体因为睡眠而略显僵硬，但她内心是镇定的，因为眼前要做的只有一件事。她径直走向堆放木料的地方，找出一块原木，踉跄着脚步下了山。山坡湿漉漉的，苔藓在她靴子底下直打滑，可她还是坚持往下走，将原木靠在外墙旁边，转身又上了山。她只能把这些木料扛下山，如果用滚的话，散落四处不说，还会碾轧出新的泥泞沟壑。她必须小心翼翼地将木料运往目的地，而搬运者本身也要像原木一样，厚重而沉实，充满无限力量和可能。她必须将一切准备妥当，设想到所有的可能……我的脚步越发沉稳，我的呼吸也在调整，连汗滴都是咸的。

天色已近黄昏，雨仍然下个不停。沿山坡上上下下渐渐成为一种平静的虚幻状态，抬举、扛起、保持平衡，仿佛一种自动模式，她在轻微的眩晕中，卸下木材，堆在外墙边，旋即再次上路。她越发坚强而自信，所有的词汇都分崩离析，支离破碎。木块、木板、原木，她不厌其烦地拣选、搬运，索性脱掉毛衣，丢在雨中。我的所作所为成了我的所思所想。原本放置错误的一切，被我挪移到了正确的地方。我的双腿被靴子紧紧包裹，肌肉不断紧绷。现在就连石头，我也能搬得动。只要利用杠杆，我就能移动一块块巨石，在我周围筑起一堵高墙。当然了，在小岛周围筑墙，或许并没有必要。

天色越来越暗，她感到疲惫不堪。她的双腿忍不住颤抖，只得将原木丢在一旁，改为搬运木板。最后，她只能把小块小块的木头堆在墙边。她的脑海里突然浮现出一些可怕的念头：万一，松鼠并不住在柴堆下面，而是住在柴堆中央，那她岂不是犯了一个可怕的错误。因为每抬起一块木板，都可能拆掉松鼠巢穴的一片屋顶。她的每一个动作都会造成无可弥补的干扰和破坏。就像她在炉灶旁堆的柴火，若想移动一丝一毫，必须仔细计算过原先摆放的思路，横截面各异的各种木料是如何实现相互平衡的。要冷静而理性地思考，才知道所使用力道孰轻孰重，是干脆利落地整体搬走，还是耐心迂回地一点点挪移。

她聆听着岛上呓语般的静谧，倾听着雨声和黑夜。她想，这么做是无望的。我再也不会回去了。她回到自己的小屋，脱掉衣服上床睡觉。今晚她并没有亮灯。对，她破坏了原有的仪式感，可她也想让松鼠知道，自己对岛上发生的一切多么漠然。

第二天清早，松鼠没有来吃东西。她等了许久，始终不见松鼠来。这没道理啊，松鼠不会受伤，也不应该起疑。她所做的一切光明磊落，简单直接。她将柴堆一分为二，就这么简单。要说公平的话，论个头来说，她给松鼠分的那一堆，比自己的大了好几倍。如果这小家伙对自己有一丝一毫的信任，如果它知道她的好心肠，那一定会明白，从头到尾，她都在全心全意帮它的忙。

她在桌边坐了下来，握紧了铅笔，在面前铺开白纸，纸的边缘和桌边平行。这样，她或许能够更好地理解松鼠。

毕竟，如果松鼠将她看作一个物体，一个不重要、不值得关心的东西，或许就不再采取敌视的态度。她努力集中精神，认真琢磨着松鼠究竟是如何看待自己的，而柴堆旁的惊吓又让松鼠发生了怎样的改变。也不排除一种可能：松鼠本已经对她近乎亲昵，可在关键时刻，这种亲密却被不信任全盘取代。如果松鼠觉得她微不足道，不过只是这座小岛的一部分，算是万物凋零、季节交替的产物，那就不会将柴堆上发生的事视为对地盘的侵犯，充其量，不过是一场暴风雨导致的流离失所……她感到疲倦，开始在纸上画起正方形和三角形，可越画，就越来越不理解松鼠。她在正方形和三角形之间画了蜿蜒的曲线，在曲线两侧添上了小小的叶片。雨停了。海面格外饱满，亮闪闪的，不断提醒着她大海是多么美丽。接着，她就看见了船。

船距离她还很远，但确确实实在移动。船黑黢黢的，形状实在难以形容，既不像海鸥，也不像石头。船径直朝小岛驶来，毕竟除了小岛，海上再没有别的目标。海上纵横的航道很多，如果只是从小岛旁边经过，那倒也没什么。不过这艘船却直直地冲着小岛而来，黑黢黢的像粒苍蝇屎。

她一把抓起桌上的纸，匆忙中，有些飘到了地上。她努力想将它们塞进抽屉，可它们皱成一团，怎么都进不去。况且，这种做法也非常错误。它们应该被展示出来，发挥驱赶和保护的作用。于是她又将纸拿了出来，用力抚平皱褶。来的人是谁？是谁有胆量过来？是他们，现在他们找到她了。她在房间里来回奔忙，又是搬椅子，又是挪东西，然后又作罢，原样放了回去，毕竟房间是变不了的。那个黑点越来越近，她用手紧紧扣住桌边，一动不动地站着，竖起耳朵捕捉发动机的声响。他们来了，是冲她来的，她无力阻止这一切。

发动机的声音已经近在咫尺，她打开房子背面的窗户，跳了出去，然后开始狂奔起来。开船已经来不及了，她猫着腰，一直跑到小岛的最远处，然后钻进水边的一处石头缝里。从这里，已经听不见发动机的声响，只有海水拍打岩石的撞击声。如果他们现在上了岸，看见了船，还有空荡荡的房子。他们肯定会好奇，把整座岛搜个底朝天，将我找出来。不行，绝对不行，我得回去。她开始匍匐着爬向山顶。发动机已经熄了火，他们想必上了岸。她趴在湿漉漉的草地上，艰难地往前挪了几米，然后用胳膊肘撑起身子，朝下面看去。

船就停在岛外的一处浅滩上，船上几个人正在钓鱼。是三个老头，下巴棱角分明，一边用保温瓶喝着咖啡，一边钓鱼。或许还聊了几句。偶尔他们会拉一拉鱼线，可能是有所斩获。她的脖子好酸，只能将脑袋倚在胳膊肘上。她并不关心松鼠，也不关心钓鱼客，她什么人都不在乎，她只觉得失望。她承认，自己陷入了巨大的沮丧和失望之中。怎么会变成这样呢？她发自内心地拷问自己，为什么他们来了，我觉得心烦意乱，可他们没有上岸，我又失望透顶？

第二天，她决定不起床了。这是一个充满了优越感，却阴郁消极的决定。她想，不如就这样，我从此就赖在床上。这是一个雨天，外面的绵绵细雨似乎下个没完，或许就这么永远下下去。很好，我喜欢下雨。窗玻璃、窗帘、没完没了的雨，还有雨点噼里啪啦拍打在屋顶上的声音。幸好没有出太阳，那暗淡的阳光，随着时间的流逝在房间内穿梭，在窗台上、地毯上、摇椅上留下午后的印记，又从炉灶上倏忽消失，那转瞬即逝的一抹红光仿佛犯罪的指控。而今天，是诚实而简单的灰色，是失去时间概念的无名之日，不能算数。

她沉重的身体在床上压出一只暖暖和和的浅坑，她拉过毯子，蒙在头上。鼻孔呼出的热气幻化出两朵粉色的玫瑰。任何人都无法触及她的身体。渐渐地，她进入了梦乡。她已经学会频繁地、长时间地睡过去。她爱上了睡觉的感觉。

傍晚时分，雨势越发滂沱起来。她被饿醒了，房间里冷冰冰的。她用被子裹住身体，顺着楼梯下到冷窖里找罐头吃。她又忘了带手电筒，只好摸黑随手拿了一罐。然后，她就拿着罐头一动不动地站着，在黑暗中全神贯注地聆听。松鼠就在地下室的某个地方。她听见了细微的吱吱声，但随即就没了动静。但她知道，松鼠就在那里。整个冬天，松鼠说不定都会待在地窖里，它可能会在任何角落里搭窝。所以她必须把通往地窖的暗门留一条缝。但愿外面别再下雪了。所有的食品罐头，还有她所需要的东西，都必须搬到楼上来。不过松鼠究竟睡在地窖，还是柴堆里，她也不能肯定。

她沿着楼梯走了上去。她拿到的是莳萝腌鱼罐头。她不喜欢吃莳萝腌鱼。地平线上出现了一条明亮的光带，一条狭长的霞光。一座座岛屿仿佛煤黑色的条块，漂浮在燃烧的海面上。那股炙热一直蔓延到海岸边，及至被海浪吞噬。海浪绕着岬角，以同样的弧度一次又一次冲刷着山坡，冲刷出属于十一月的黏稠和潮湿。她慢慢吃着罐头，望着天空和海面上的红色一点点加深，变成难以想象的烈焰绯红，然后猛地一下褪去，换成紫色，然后又渐渐蜕变成灰色，宣告夜幕正式拉开。

她已经醒得十分透彻，干脆穿好衣服，把所有的灯，还有所有能找到的蜡烛都点亮了。她还点燃了炉灶里的柴火,拧亮了手电筒,搁在窗台上。最后，她把纸灯笼挂在门外，看着它静止在安宁的夜晚，闪闪发光。现在，她拿出最后一瓶马德拉酒，放在桌子上，就挨着酒杯。然后，她往山上走去，大门就那么敞着。回头望去，她的房子熠熠闪烁，仿佛一艘陌生小船上亮着灯的窗户，美丽而神秘。她一直走到岬角的远端，然后绕着小岛，以非常慢非常慢的速度往前走，她的脚始终贴着水边，脸庞始终面向黑暗而广阔的大海。直到完完整整地绕完小岛一周，再次回到岬角，她才能侧过脸，望向自己灯火通明的房子。然后，她会径直走进那片温暖之中，关上门，回到家的怀抱。

她走进屋子的时候，松鼠正蹲在桌上。这小家伙明显被吓了一跳，身体一震，酒瓶被晃倒在桌上，骨碌碌直往前滚。她向前扑救的时候已经来不及了。酒瓶啪嗒一声砸碎在地板上。几片碎片溅到了她手指间。泼洒一地的酒迅速将地毯染成了黑色。

她抬起头，盯着那只松鼠。松鼠被卡在靠墙的书本之间，叉开双腿，动弹不得。她站起身，朝着松鼠迈了一步，又一步。松鼠一动不动。她冲松鼠伸出手去，近些，再近些，动作很慢很慢，可还是被松鼠咬了一口。她尖叫起来，尖叫声在空荡荡的房间内回响着。她跨过一地的玻璃碎片，跌跌撞撞地往山上爬去，站在山顶发出愤怒的咆哮。还从没有谁像松鼠这样，轻而易举地撕毁了信任，滥用他们之间达成的默契。至于她当初为何要伸出手去，是想要抚摸还是为了控制，她自己也说不清，但这不重要，重要的是她的手确确实实伸了过去。她回了家，将碎玻璃打扫干净，吹熄了所有的蜡烛，又往炉灶里添了些柴火。然后，她收拢起关于松鼠所写的一切，烧了个干干净净。

在接下来的一段时间内，他们依旧遵循原来的模式和规律。她将食物放在山坡上，松鼠总会过来吃的。至于松鼠住在哪里，她不知道，也不想知道。她不再去地窖打探，也懒得去山上的柴堆那里等待，由此表现出对松鼠的蔑视——一种不屑于报复的冷漠。但不可否认，她在岛上的一举一动已经起了变化。她的动作和态度变得粗暴起来。现在，她常常会跺着脚冲出小屋，将门重重地一摔，然后迈开大步奔跑起来。有时她会冷不丁停下脚步，一动不动地在原地站上许久，然后沿着山坡上上下下，或是绕着小岛来回奔忙，跑得气喘吁吁，大汗淋漓，她会挥舞手臂，大喊大叫。至于松鼠能不能看见自己，她才不在乎。

一天早晨，岛上下了第一场雪，落在地上薄薄一层，却丝毫没有融化的迹象。寒流来了，她得去城里买点东西，把发动机修好。她去看了看发动机，拿起来打量了一番，又放回墙边。或许再过几天，就会起风的。她开始在雪地上寻找松鼠的脚印。柴堆周围洁白无瑕，完全没有被破坏的迹象。她绕着船滩走了一圈，仔仔细细搜寻过整座小岛，但所到之处都只有她自己的足迹，清晰的黑色脚印将小岛切割成长方形、三角形和弯弯绕绕的弧线。到了午后，她又开始起了疑心，在家具下面四处寻找，打开橱柜和抽屉，最后干脆爬上屋顶，透过烟囱往里看。她在心里默默对松鼠说：你这个小浑蛋，耍我呢。之后她走到岬角那里，数了数木板——那是她在下风处为松鼠搭的船，以表示自己有多无所谓。木板都还在，一共六块。她一时间也有些恍惚，不记得自己放了六块还是七块。她应该记下来的。不做记录是不负责任的行为。她回到家，抖了抖地毯，又扫了扫地。如今，一切都乱了套。甚至有时，她晚上刷牙时都懒得开灯。造成这种混乱的原因是，她没有了划分时间段的马德拉酒。马德拉酒会让生活变得清晰而规律。

她仔仔细细擦洗了每一扇窗户，整理了书架——这回，她并没有按照作者姓名归类，而是按照字母顺序排列。等到全部整理完毕后，她又想到一种更个性化的归纳方式，于是她干脆重新来过，将自己最喜欢的书放在书架最上面，最不喜欢的放在最下面。然而她惊讶地发现，其中居然没有一本是自己喜欢的。她悻悻然将书原封不动地放回原位，坐在窗边等待着又一场降雪。南方的天空云层密布，看样子，随时会变成雪落下来。

到了晚上，她突然很渴望能有个伴，于是她带着对讲机上了山。她拉开天线，打开开关，聆听着。

对讲机内传来遥远的刮擦声和窸窸窣窣的响动。曾经有几次，她曾经误打误撞听见了两艘船之间的对话，说不准还会碰上这种情况。她等了许久。墨黑的夜色中，万籁俱寂。她闭上了眼睛，耐心地继续等待。现在，她听见了什么，似乎遥不可及，应该是彼此交谈的两个声音，却听不见言语。他们的语速缓慢，语调镇定而平静，而且越发迫近。可她实在听不懂他们在说些什么。然后，她意识到这场对话即将结束，因为语气变得急促，对白也短了许多。他们在互道再见，太迟了？她开始大叫："喂，是我，你们能听见我的声音吗——"其实她也知道，这么做完全是徒劳，对讲机里又只剩下遥远的嘶嘶声。她索性关掉开关，收回天线。真傻。她自言自语。她突然想到，对讲机的电池说不定可以装进收音机里。她下山回家试了试，不行，电池太小了。

她得进趟城。马德拉酒，电池。她在电池下面写了坚果两个字，然后又画掉了。松鼠应该是走了。她之前放了七块木板在那儿，而不是六块。而且所有木板都排成一排放在水边，不多不少都是六十五厘米的距离。她又过了一遍购物清单，这才突然意识到，这些语言有多么陌生，仿佛和自己毫无关系。断路器、牛奶、电池……多么虚幻，多么充满敌意的物品。唯一重要的就是那些木板，原本是六块还是七块来着？她拿着米尺和手电筒，再次来到船滩。船滩上空空如也，干干净净。没有木板了，一块也没有了。海水涨了潮，将它们统统带走了。

她内心一阵惊讶。她站在船滩边，将手电筒对准了大海。光束刺破海面，照亮出一个灰绿色的水洞，越往下，水洞的颜色越发幽暗，里面充斥着让人捉摸不定的细小颗粒，那些，她之前从未留意过。她晃了晃手电筒，将光束投向更远处的幽暗。微弱的光亮被一个颜色紧紧攫住，那是一种明亮的黄色，一艘涂了清漆、随风漂流的小船。

她并没有立刻就意识到，那是她自己的船。她只是愣愣地看着，生平第一次意识到，一只漂流的小船居然能呈现出如此戏剧性的无助姿态。然后，她发现那并非一只空船。松鼠就蹲在船尾，直勾勾盯着灯光，看起来仿佛一个毫无生命的玩具。

她蹲下身，想要脱掉靴子，但动作做到一半就停了下来。她将手电筒搁在山坡上，光束斜斜地照向海面，映照着海草被涨潮的潮水冲刷成一道道堤坝，此外便是漆黑一片。太远了，也太冷了，一切都太迟了。她一不小心滑了一步，手电筒滚落进了海里，尚未熄灭的灯光照亮了棕色幽灵般的景色，还有游移晃动的影子，那光亮越来越小，越来越弱，最终只剩黑暗。

“你这可恶的松鼠。”她不无钦佩地缓缓吐出一句话。她站在黑暗之中，内心的惊讶之情仍然汹涌澎湃。过了好一会儿，她才觉得双腿有些发软，随即意识到，现在的一切都发生了翻天覆地的变化。

她摸黑穿过小岛，缓缓往回走去，走了很久很久。直到她走进房间，关上了门，这才如释重负，感到令人兴奋的巨大解脱。所有的决定都已经从手中消失。她不必再记恨那只松鼠，也无须为它忧心忐忑。关于松鼠，她不用再写下任何文字，开列任何清单。一切都已尘埃落定，所有潜在的问题和麻烦，都以简单明快的方式得到了解决。

外面又开始下雪了。雪花无声无息，密密匝匝地飘落下来。冬天到了。她往炉灶里添了一些柴火，点亮了灯。然后坐在餐桌边，开始记录这一切：十一月的一个清晨，太阳就快要升起来了，天上一丝风也没有，她在船滩上看见了一个人……

漫画家

阿灵顿辞职的时候，“布鲁比”系列漫画已经在报纸上连载了近二十年。为了能继续出版下去，报社编辑不得不另聘漫画家。当时他们手头库存的素材，只够再维持几个星期，而且时间紧迫，牵涉到和其他国家的版权协议，至少还要留出两个月的富余时间。“布鲁比”是节奏明快的系列漫画，透着一股机灵劲儿，所以绝不能随随便便挑选继任者。报社试用了几名漫画家，给了他们同样的职位，这样一来就避免了上下级的麻烦。当然，所有漫画家都接到了同样的任务。几天后，其中两名就因为无法胜任而遭到解聘，报社继而招了新人。监督指导每天都要去他们的工位上巡视好几次，帮他们设法弄清工作中的症结所在。监督指导是一个名叫弗里德的男人，身材高大，或许因为总要弯腰趴在工位上，他总是腰酸背痛的。新来的漫画家相当年轻，似乎很有抱负。或许他算是其中最优秀的一个，但还是不能满足报社的要求。

“你必须记住一点，”弗里德说，“紧张感必须逐级递增，这一点你必须牢牢记住。你可以画三到四格漫画，必要时画五格也行，但最好不要。在第一格里，你应该尽量消解掉前一天营造出的紧张氛围。大家放松下来，才能让游戏继续。在第二格里，应该创建出新的紧张感，然后利用第三格进行强化，以此类推。这一点我已经强调过了。你做得不错，不过你过于注重细枝末节以及读者的观感，从而影响了主线的凸显。总体而言，这些漫画应该直截了当，简单明了，推动情节走向高潮。明白吧。”

“我知道，”塞缪尔·斯泰恩说，“我明白。我正在努力。”

“让我们想象一下，一位读者拿起报纸，”弗里德继续说道，“他很累，没什么心情，着急去上班。他快速浏览了一下头版头条，然后一头扎进漫画里。这种时候，他根本察觉不出细微的差别，当然我们也不指望他能关注到细节。但他的好奇心需要一些紧张感和刺激感，他想要笑出来，至少能享受短暂的愉悦。当然他也知道这些都是逢场作戏。反正他想获得什么，我们就给他什么。这很重要。你明白我的意思吗？”

“明白，”斯泰恩答道，“您的意思，我一直都很清楚，只是一切都进行得太快了，我还来不及把所有情节都安排好，同时兼顾其他的要求。是真的。”

“没事，会好起来的，”弗里德说，“别紧张。我可以很笃定地告诉你，你是这些人里最棒的一个。你的线条画得很好，背景处理得也很到位。好了，现在我要去忙别的事了。”

这是一个有棕色墙壁的小房间，老实说，也就是一个塞满了架子和柜子的窄仄空间。桌子款式已经很老旧了，又大又笨重，抽屉从桌板一直延伸到地板。墙上钉满了一捆捆的纸、旧的日历和广告、古里古怪的海报和张贴告示，所有这些都给人以恍若隔世的感觉，显然谁也没空来收拾整理。塞缪尔·斯泰恩倒挺喜欢，这房间给了他一种工作的隐蔽感和安全感。如果说，这家久负盛名的报社是一台高效运转的机器，他也想要成为机器的一部分，获得认可和尊重。

房间里很冷。他站起身，寒流迫不及待地立刻逼近。他一直都能听见远处印刷机持续的嗡嗡声，还有大街上的车流声。他不由得打了个寒战。门边挂着一件工作服和一件毛衣。他套上毛衣，将手插进兜里。他在右边口袋里摸到了一张纸，那是一张清单，他掏出来，站在窗边读了起来。上面用蝇头小楷写着：二手冰鞋雪鞋；拿政府和现代艺术开涮；参加舞会：1. 化装舞会，2. 鸡尾酒会；黑帮；宇航员；爱和吸血鬼；肉末；调亮背景；肥皂；戒指。

肯定曾有位漫画家在这儿工作过，这件毛衣就是他的。出于好奇，斯泰恩拉开一只抽屉。里面都是些寻常玩意儿：铅笔头、胶带、空墨水瓶、回形针，还有各种杂七杂八的东西。要说不寻常的一点，就是这些东西全都混在了一起，仿佛被愤怒冲昏头脑后的杰作。他打开下一只抽屉，空空如也，什么都没有。剩下的抽屉，他决定暂时不动，然后站起身，给自己煮热水泡茶。窗户下面的地板上有只电磁炉。这个房间很可能是阿灵顿曾经的办公室。或许他从不在家工作，或许他在这里一坐就是二十年，专心于布鲁比的创作。他的辞职非常突然，故事才写到一半。按说，无论是辞职还是解聘，都应该提前六个月知会对方。一般来说，完整的一季应该有八十格的漫画，但是到了第五十三格就戛然而止。斯泰恩问过，能不能让阿灵顿重新创作一个故事。答案是否定的。斯泰恩又问，是他不愿意，还是他忘了原本的构思？

“我也不知道，”弗里德说，“不过这件事归另一个部门分管。你不用操心，从他画完的地方接手过来就行，按照你的意思来，衔接不要太突兀。签名这部分暂时可以省略。”

水沸腾起来，斯泰恩拎起水壶，拔掉电插头。他从架子上拿了茶杯和方糖。勺子暂时没找到。至于茶包，他自己随身备着。

六天后，弗里德来了，说报社已经决定，鉴于斯泰恩的工作非常出色，所以随时可以签合同。合同期暂定七年。报社高层很满意，不过进一步强调了紧张氛围递进的必要。弗里德满是疲态地站在那里，勉强挤出一个微笑，表情柔和却难以捉摸。他走上前，和塞缪尔·斯泰恩握了握手，然后以鼓励的姿态，轻轻拍了拍他的肩膀。

“这工作很有意思，”斯泰恩说，“真的很有意思。你们是直接用我画好的素材，还是我需要另起炉灶，重画一批？”

“重画当然是不用的，我们也没时间。已经画好的素材都可以放进去，你再加把劲，争取提前两个月完成。”

“我想问您一件事，”斯泰恩说，“他之前是在这里工作吗？”

“阿灵顿吗？”

“对，阿灵顿。”

“是的，这就是他工作的地方。你就在这儿接手他的工作，应该再合适不过吧？”

“这里还有他的好多东西。当然，我肯定不会乱翻乱动。他会来拿吗？”

“我保证会清空的，”弗里德说，“这儿确实挺挤的。我会让人过来，把他的东西都搬走。”

塞缪尔·斯泰恩问：“阿灵顿死了吗？”

“没有没有，当然没有。”

“那他是病了？”

“亲爱的，你就别担心了，”弗里德答道，“他没事，好得很。现在，就祝你工作一切顺利吧。”

一开始，斯泰恩在工作的时候，完全没有触碰房间里的任何东西。他的第一部系列漫画顺利出版，而且省略了签名，不过根本没人注意到区别。况且，阿灵顿最后三年的合约也都没有签名，某种程度上这也给了他些信心。塞缪尔·斯泰恩越画越快，每天都能画出好几格。他掌握的知识也越来越多。他渐渐学会，在上午的时候，用铅笔和墨水先画好六七张草图，同时涂出纯黑的区域，等到了下午，他的手感成熟的时候，再绘制那些流畅的长线条和棘手的细节。如此往复。距离截稿日期越来越近。第一批作品出版时，在读者中完全没有激起任何反响，报社因此向他表示祝贺。那天，他有些沮丧，但很快就调整了情绪，以平静而喜悦的状态，重新投入这份报酬不错的工作中。他内心有一种安全感。从此以后，他不必带着插图四处奔波；不必和那些自命不凡的作者软磨硬泡；不必为推荐语和腰封上的文字反复求人；不必陷入接订单、交稿、忐忑不安等待的循环；不必催收稿费；也不必亲自去印刷厂确保图案颜色无误。现在，一切似乎都水到渠成。他甚至都不用亲自送稿，只需要把当天的成品放在桌上，晚上自然会有人来取。每两周，他会去银行柜台领取自己的报酬。弗里德再也没有专程拜访过，只在楼梯上和他有过一次偶遇。

“您再也不来看我了。”斯泰恩说。

“孩子，是没必要了，”弗里德半开玩笑地说，“你做得很棒。不过，如果你卡在哪个环节，或是茫然没有头绪的话，一定不用担心。我会第一时间赶到的！”

“上帝保佑，还是别见你的好！”斯泰恩说完，笑了起来。他给加热器买了块电池，费用是报社报销的。现在他们对他敬畏有加，当然这不无道理，“布鲁比”系列的版权卖出了三四十个国家。偶尔，斯泰恩也会去报社所在街道的拐角小酌一杯。他很喜欢这间灯光昏暗、略显脏乱的酒吧，里面常常坐满了报社的同行，大家聊聊生意，喝喝酒，再回到各自的岗位上继续埋头工作。在酒吧里，斯泰恩还结识了其他的漫画家。大家对他态度和蔼友善，将他看作一个新人、一个初出茅庐但颇有前途的大男孩。那些漫画家前辈从来都是温柔可亲的态度，从不居高临下。斯泰恩和他们的交情也仅限于点点头、碰碰杯之类，还不至于到请对方喝酒那一步。

在这群人里面，有一个令斯泰恩相当佩服。那是一位名叫卡特的漫画家，技巧手法相当娴熟。卡特从不用铅笔打底稿，他的画风相当自然，还总喜欢描绘历史上的恐怖主题。卡特本人胖胖的，相貌丑陋，一头红发，行动也很迟缓。他总是不苟言笑，但对于周围发生的事情，似乎充满兴趣。

“实话实说，”一次闲聊时，卡特主动问道，“有些人因为种种原因，无法实现创作伟大艺术的梦想，不得已才去画漫画的，你是不是那种人？”

“不是。”斯泰恩答道，“完全不是。”

“那你还算走运，”卡特说，“那种人太惹人烦了，非黑即白，而且啰里啰唆的。”

“你认识阿灵顿吗？”斯泰恩问。

“认识，但不算很熟。”

“他是你说的那种人吗，惹人烦的那种？”

“不算。”

“那他怎么辞职不干了？”

“他累了。”卡特说完，喝光了杯子里的酒，回去干活儿了。

报社似乎把打扫阿灵顿办公室的事彻底忘了，这样也好，斯泰恩很喜欢这种感觉，置身于一堆日积月累、被人遗忘的小玩意儿之中。这些小玩意儿仿佛一张温暖厚实的毯子，将他紧紧包裹其中。又像是那种褪色的塑料墙纸，让他感觉安心。渐渐地，他开始整理抽屉和盒子，就好像小孩子在圣诞前夕拿到倒数计时历一样，每天拆开一扇小纸窗。他找到了过去好多个月里，布鲁比的粉丝寄来的信。那些信用橡皮筋绑在一起，有已经回复过的，有待定的，还有标记重要、需要回寄一张布鲁比插图的那种。他还找到一只盒子，里面都是布鲁比的周边创意作品，包括印有布鲁比的精致工艺品，还有给儿童的卡通布鲁比图片。其他的盒子和抽屉里塞满了各种纸张、剪报、账单、袜子、孩子们的照片、收据、香烟、瓶塞、绳子，以及那些琐碎的生活必需品，无不暗示着一个不被瞩目的人死气沉沉的生活点滴。没有一丝一毫关于漫画灵感的痕迹。除了在毛衣右侧口袋里找到的那张清单外，塞缪尔·斯泰恩再找不到阿灵顿关于工作的任何记录。

随着斯泰恩继续“布鲁比”系列漫画的推进，阿灵顿在他心目中的形象也越发真实清晰。在灵感枯竭时，阿灵顿会站在窗边，透过灰蒙蒙的窗玻璃凝望着下面的街道；阿灵顿烧水泡茶、翻找抽屉、接听电话，或是忘我地投入创作之中；阿灵顿出了名，身心俱疲……他是备感孤独，还是恐惧人群？他属于早起型的人物，还是个夜猫子，当万籁俱寂时灵感泉涌？当情况陷入僵局时，他会如何应付？是咬牙坚持，一做就是一二十年？现在我必须谨慎行事，塞缪尔·斯泰恩心想，不能因为我的出现，衬托出他的可悲可怜。如果阿灵顿在这台机器中高效运转了二十年，那么大家也应该对他的角色习以为常。既然阿灵顿能领取丰厚的薪水，并且讨人喜爱，那我也可以。

一个周末，卡特问斯泰恩是否有兴趣去他乡下的家里做客。卡特几乎对谁都不喜欢，总是一个人待着，所以这样的邀约无异于莫大的荣幸。当时正值初春时节，乡下一片宁静而祥和的光景。卡特带着他四处走了走，还给他看了自己养的猪和鸡。他小心翼翼地抬起草坪上的一块石头，指着盘成一圈的蛇说：“看，这儿有蛇。冬眠应该是结束了，但它们还没完全醒透。”

斯泰恩好奇地问：“你喂它们吃东西吗？”

“什么都不喂。它们自己会找东西吃。这儿有很多青蛙，还有别的动物，它们也爱吃。”

斯泰恩听说，对于收到的读者来信，卡特从不回复，甚至连信封都不拆。他对信的内容完全不好奇，对自己的行为也不觉得内疚。

“你不应该这么做，”斯泰恩说，“你出了名，得到别人的崇拜。写信给你的那些孩子，都眼巴巴盼着你的回复。”

“为什么？”卡特说。

当时他俩坐在屋外，每人拿着一只酒杯，周围静静的，天气不冷也不热。

“他们很信这个。”斯泰恩继续道，“小时候，我还给法国总统写过信呢，我在信中恳求他停止招募外国的雇佣军。”

“这样啊，你收到回信了吗？”

“收到了啊。我妈妈以法国总统的名义给我回了封信，说他们会采纳我的建议，还贴了张法国邮票。”

“你太幼稚了，”卡特说，“这种事最好打一开始就适应。我是说，事情的发展往往并不会如人所愿，而且事情的结果往往也并不那么重要。”说完，卡特起身去喂猪。他离开了好一会儿。等他回来的时候，斯泰恩换了个话题，主动聊起阿灵顿。阿灵顿在报社做了二十年，突然就辞职不干了，就连手头的故事也只写到一半。

“他累了。”卡特说。

“他和你聊过这件事吗？”

“没有。他几乎什么都没说。突然有一天，他就跑了，就在桌上留了张字条，对了，还有画了一半的漫画。字条上写的是：‘现在我累了。’就连还没结的薪水，他都没回来领过。”

“那他们试着找过他吗？”

“我的老天，”卡特说，“我和你这么说吧，何止是试着找过。他们简直要翻个底朝天。所有人都变得歇斯底里，整个警察局都出动了。那可是布鲁比的灵魂人物啊。制作人一听到风声，就发了疯似的冲进报社兴师问罪。”

“制作人？”

“看来你什么都不知道。”卡特说完，慢悠悠点起烟斗，“制作人，就是那些依靠布鲁比为生的人。你难道从没见过吗？用塑料或杏仁糖做的卡通布鲁比？”他站起身，在草地上慢慢踱着步，嘴里哼着小调：“布鲁比窗帘，布鲁比人造黄油，洋娃娃和长筒袜，尿不湿和小零食……还想听下去吗？”

“算了吧。”塞缪尔·斯泰恩说。

“就这些，我可以讲一个小时。阿灵顿都画了草图。他对‘布鲁比’系列非常谨慎，一丝不苟，从不出差错。要知道，每件事他都亲力亲为，精准到每一处细节。纺织和金属工业、纸制品、橡胶、木材……应有尽有。还有布鲁比电影、布鲁比周、儿童剧院、采访记者、所有关于布鲁比的论文、慈善机构，甚至还有一个用布鲁比冠名的酿造果酱活动……反正不管怎么说吧，他属于来者不拒的那种。结果给累坏了。”

斯泰恩一声不吭，但表情明显凝重起来。

“别紧张，”卡特继续说道，“这些都不关你的事。你只管画画就行，剩下的就交给报社处理。”

“可你是怎么知道那些事的，”斯泰恩问，“阿灵顿从没和人提起过。”

“我自己长了眼睛，也会动脑筋，”卡特说，“我也画系列漫画，但你看，我就懂得拒绝。就算他们拿我画的东西做文章，我也装作没看见。你收到过很多读者来信吗？”

“是啊，”斯泰恩答道。“不过都是写给他的。弗里德让我把信交给他们，报社专门有人负责回信，还有阿灵顿签名的印章。换作是我的话，”斯泰恩有些气愤地说，“我肯定用自己的名字，才不会替谁回信。”

“看来你很爱惜你的名字，对吧。”卡特微微一笑。

他们没有就阿灵顿的话题继续下去。斯泰恩本想问，最后他们到底有没有找到阿灵顿，但突然觉得胸闷，于是作罢。

后来，他们在酒吧里碰到过一次。

当时，塞缪尔·斯泰恩带着第三稿的故事大纲。他通常会将剧本啦、对白啦，还有铅笔画的草稿一股脑都交给弗里德，等过个五六天，修改好的大纲就会出现在他的桌子上。还会加上批注：情节更紧凑些，删去厕纸和墓地的内容，第 65—70 格太过注重细节，不要拿政府和工厂开玩笑，诸如此类。

同事们渐渐能认得出斯泰恩的面孔了，知道他也在报社上班。在酒吧的时候，斯泰恩经常和约翰逊聊天。约翰逊在广告部门工作，他有空的时候，偶尔也会帮忙回信给阿灵顿的拥趸。

“哦哦，卡特啊，”约翰逊说，“我知道那个人。他只关心自己的猪啊、蛇啊，还有钱。他很有天赋，可以说才华横溢，画画那速度，就和拉肚子一样快。不过他完全没有野心。不过也是，他干吗要有野心呢？对了，他还自己种菜，然后让表兄拿去市场上卖掉。”

“卡特从不回信，”斯泰恩说，“他对读者来信不屑一顾。唉，这些画漫画的。要么过于敏感，总觉得良心上过不去，要么盛气凌人，谁都看不上。我说得对吗？”

“你说的可能是对的，也可能是错的。说真的，我也不知道，他们是一开始就这德行，还是画漫画养成的脾气。怎么样，再来一杯？反正现在回去也晚了。”

“关于阿灵顿，”斯泰恩说，“感觉那个人无处不在，我想甩也甩不掉。他后来究竟出了什么事？”

“他疯了。”约翰逊说。

“你讲真的吗？”

“呃，半真半假吧。”

塞缪尔·斯泰恩靠在吧台上，看向酒瓶后的镜子，心里琢磨着：我这模样可真够憔悴的。好在再过一个星期，我就可以稍微轻松点。其实也可以设计布鲁比到酒吧的桥段。他上一次出现在酒吧，已经是好久之前的故事。阿灵顿这四年画的漫画，他统统都翻看过一遍。读者估计都没这么好的记性。

他说：“有人知道他在哪里吗？我想见见他。”

“为什么？你画得很好啊。”

“不是因为这个。我只想知道他为什么没坚持下去。”

“原因你应该知道啊，”约翰逊和蔼地说，“你也应该能理解。就好像在爵士乐队里的鼓手，干了这么多年总会干不动的。怎么样，要不要再喝一杯？”

“不用了，”斯泰恩说，“我还是早点回去吧。晚上还要洗衣服。”

次日一早，塞缪尔·斯泰恩就来到阿灵顿的办公室，打开后面的壁橱，从架子上逐一取下纸箱、装满信的盒子、袋子等等，在地板上一字排开，将里面的物件都过了一遍。读者来信一共有四盒加一小袋，其中三盒上写着“已回复”，另一盒上写着“礼物已寄出”，一小袋上写着“抱歉”。在另一只小盒子上，阿灵顿标记了“文字优美”的字样，另一只小盒子上标记着“匿名”。还有样品：材料和包装各式各样的布鲁比，都瞪着一双圆溜溜的蓝色眼睛，瞳孔黑漆漆的。用签字笔画掉的故事梗概，就留了一个，以荒蛮西部为背景的，旁边注明了：未使用。塞缪尔·斯泰恩将阿灵顿皱成一团的手稿压了压平，放在了桌子上。或许还能派得上用场。下一只是“未分类”的纸箱。他往外一拉，纸箱就整个散了架，雪花般的纸片落了一地。可怜的家伙，斯泰恩心里嘀咕着，他肯定很讨厌这些纸。便笺、问询、索赔、规劝、祷告、控诉、爱的宣言……还有一本地址簿，里面工工整整地写着名字，括号里还有配偶的名字、孩子的名字、狗或猫的名字……或许礼貌性地记住名字，就有理由将信写得更短些，他也因此觉得轻松。

斯泰恩突然间没了窥探的兴致。他唯一想做的就是找到阿灵顿。他要设法搞清事情的原委。他身负一份长达七年的合同，他必须抚平心情，缓解焦虑。无论如何，他一定要知道真相。

第二天，斯泰恩试图向同事打听阿灵顿的家庭住址，可谁都帮不上忙。

“我的傻孩子，”弗里德说，“你这纯属浪费时间。阿灵顿根本就没有地址。他名义上的公寓连动都没动过，他也再没回来过。”

“可警察那边呢，”斯泰恩说，“他们找过他吧。

而且显然很敷衍。我这儿有一本他的地址簿，上面记了上千个名字。警察知道吗？”

“当然知道。他们按照上面的名字，打过几通电话，可没有任何线索。你为什么想要找他？”

“确切原因，我也说不清楚。我就是想找他聊聊。”

“抱歉，”弗里德说，“可我们还有自己的工作要处理。当时他留了个烂摊子下来，我们好容易才解决掉麻烦。现在，我劝你还是别琢磨阿灵顿的事了。”

就在当天傍晚，办公室门外突然来了个男孩，大概六七岁的模样。

斯泰恩已经收拾好东西，准备回家了。

男孩说：“找到你可真不容易。我准备了一份礼物。”

那是一只又扁又平的大包裹，上面缠了好多绳子。斯泰恩好容易拆了开来，发现里面又是一只包裹，用胶带裹得严严实实的。他又是剪又是拆，忙了好半天，结果里面又是一个包裹，这次是用塑料条捆起来的。在他拆礼物的过程中，男孩始终静静站在一旁。

“越来越紧张了，”斯泰恩说，“感觉就像在寻宝一样！”男孩板着脸，一声不吭。包裹越来越小，但每一层包装纸都很难拆。塞缪尔·斯泰恩有些紧张，他还不习惯和小孩子打交道，再说假扮阿灵顿这事也令他备受折磨。最后，他打开了一张银色画纸——上面是个穿着宇航服的布鲁比。斯泰恩说了一通近乎夸张的溢美之词。男孩始终面无表情。

“你叫什么名字？”话刚问出口，斯泰恩就意识到不对，这么问简直就是大错特错。

男孩沉默了片刻，然后充满敌意地反问道：“你去哪儿了？”

“我去旅行了，”斯泰恩低着头答道，“长途旅行，我去了国外。”

“听起来真够蠢的。”男孩迅速扫了他一眼，又移开了目光。

“你经常画画吗？”斯泰恩问。

“不画。”

太可怕了。他彻底束手无策。斯泰恩只能任由自己的目光在窄仄的房间内游移，寻求一丝丝的帮助，面对这个崇拜阿灵顿的男孩，他总要说点什么才好。他拿起桌上写有荒蛮西部背景的那张纸，说道：“这篇还没画完。要怎么往下画，我自己都有点糊涂了。过来帮我看看吧。”

男孩凑近了些。

“故事是这样的，”斯泰恩稍稍松了口气，“布鲁比正身处荒蛮的西部世界。一些坏蛋想要抢占他的泉眼，那是淡水的唯一来源。坏蛋们找来一名律师，律师想出了一个无耻的诡计，谎称泉水根本不属于布鲁比，而是国家所有。”

“一枪崩了那个律师。”男孩冷静地说。

“你说得没错。开枪地点应该设在酒吧里，还是放在大街上？”

“不行，这些都太俗套了。他们应该骑在马上，来一场追逐战。由律师先开枪。”

“很好，”斯泰恩说，“律师先开枪很重要，说明他不是没有过机会。而且死了也不冤枉。”

男孩看着他，最后问了一句：“你什么时候会来？我给你做了个神坛，上面还贴了你画的漫画。”

“你真贴心，”斯泰恩说，“以后吧，现在我手头实在太忙了。你用墨水笔画过画吗？”

“没有。”

“有机会试试吧。来，把你的地址和我的地址写下来。写在一起就行。”

“可你是知道的。”男孩说。

“那也可以再写一遍嘛。别忘了加上名字之类的。”

男孩慢慢写了下来，字迹工整又漂亮。

男孩走后，塞缪尔·斯泰恩将约翰·阿灵顿所有的东西都放回了壁橱。他已经不用费心研究这些遗产了。他现在有了地址，属于现实生活中真实存在的阿灵顿。

阿灵顿住在郊区的一家旅馆。他穿着灰褐色的衣服，是个普普通通的中年人，属于在公交车上都没人会注意到的那种。斯泰恩做了自我介绍，解释说，自己接手了该系列漫画的创作工作。

“进来吧，”阿灵顿说，“我们可以喝一杯。”房间打扫得干干净净，看着空荡荡的，没什么东西。

“还顺利吗？”阿灵顿问。

“挺顺利的。我在写第四个故事。”

“弗里德还好吧？”

“除了腰背上的老毛病，其他都挺好。”

“说来也怪，”阿灵顿说，“这些事感觉都很重要。对了，你的合同签了多久？”

“七年。”

“差也差不多。这事拖了这么久，他们也不敢一下子加太多码。反正人们渐渐总会厌倦的。”他们喝完了酒，阿灵顿走进厨房。回来的时候，他问起斯泰恩是如何找到地址的。

“多亏了一个叫比尔·哈维的男孩。他画了张画给你，所以找到办公室来了。就是这张。”

阿灵顿看了看宇航员版的布鲁比，说道：“我知道，他算是难应付的那种，写个不停，画个不停。你说的话，他信吗？”

“不知道。我当时乱了阵脚，说话颠三倒四的。”

“信是直接寄给你的，还是寄到约翰逊那里的？”

“是寄到约翰逊那里的。”

“那还好点。”

“就有一点，”塞缪尔·斯泰恩说，“每次想到不能做回自己，感觉还是有点毛骨悚然的。我还不太习惯。”

“我懂，”阿灵顿答道，“一旦卷入其中，就只能继续下去。你输出得越来越快，越来越快，他们也就接受得越快。你预测他们的反应，接受他们毫无底线的愚蠢。同样的主题重复了一遍又一遍。其中那些变化和区别也蠢得要命。”

“但无论如何，”斯泰恩谨慎地说，“说到底，这还是一个责任问题，对吧。我是说，这些人翻开报纸，看漫画，然后产生各种反应，也确确实实受到了影响。或许他们浑然不觉，但深陷其中根本没有选择……你可以在其中夹带很多私货。”他犹豫了一下，然后继续说道：“当然是以积极的方式。比如教他们一些知识，或是给他们一些安慰。甚至可以吓唬他们一下，让他们被迫思考。你明白我的意思吧？”

“我明白，”阿灵顿说，“我在上面花了四五年呢。”

他们陷入了片刻的沉默。

“我一直没找到你最后的故事梗概。”斯泰恩说，“是丢了吗？”

“可能吧。”

“但我找到了关于荒蛮西部的故事大纲。我打算继续往下写。就这么没头没尾地搁着太可惜了。”

“故事还是写那么长？”

“差不多吧。就画六十格。可能再长点。”

“哦哦，”阿灵顿说，“我以为他们否定了这个想法。荒蛮西部这种背景，一年只能用一次。不过你往下写好了，也没什么差别。对了，你平时都在哪儿干活呢？”

“在你的房间。”

“那儿还是那么冷吗？”

“我给加热器换了电池。”斯泰恩沉默了片刻，然后问他，壁橱和书桌抽屉里的东西该如何处理。

“让人把它们搬到院子里去。”

“这我办不到，”塞缪尔·斯泰恩答道，“那代表着你的生活，不能随随便便搬来搬去。”

阿灵顿大笑起来，表情突然变得投入起来。“斯泰恩，”他说，“那不能代表我的生活，顶多只能代表一小部分吧。你看，我的生活还没结束呢。你在担心什么？我就这么不告而别，彻底消失？你只签了七年的合同，总能熬过去的。这活儿不至于让你上吊自杀。”他给自己和斯泰恩的杯子里倒满了酒，然后继续说道：“不过倒还真有这么一个人。他在里维埃拉住别墅、开游艇，各种奢侈享乐，突然有一天就上吊自杀了。这事或许没那么稀奇，不过他的确给其他画系列连载漫画的漫画家写过一封信，警告他们不要签过长的合同。这信大家私下交流时都看过。你还要来点冰块吗？”

“不用了，谢谢。”斯泰恩说，“现在这样就很好。那我要怎么应付那个男孩呢？那个比尔。”

“什么都不用做。等他长大了，自然会开始崇拜别的东西。相信我，这种事情上，你一定不要心软。”

“如果我说，”斯泰恩说，“我看过你的抽屉，会怎样？”

“那你有什么想法呢？”

斯泰恩犹豫了片刻，然后说道：“我觉得你很累。”

阿灵顿站起身，走到窗前。外面的天色渐渐暗了下来。他伸手做了个拉窗帘的动作，但做到一半就停了下来，静静站着，俯瞰下面的街道。

“我该走了，”斯泰恩说，“我要回去再干点活儿。”

“就好比他们的眼睛，”阿灵顿仍然直视着街道，说道，“总是睁得溜圆，蠢得要死。惊讶、愕然、喜悦，诸如此类。只要稍微转一转瞳孔，挑一挑眉毛，人们就会觉得聪明又机灵。就这么一丁点儿变化，他们就能解读出这么多的东西，简直匪夷所思。其实呢，他们看起来一模一样。可他们必须不断推陈出新，时时刻刻保持新鲜感。你知道吧？其实这一招，你已经学会了，不是吗？”他的声音和之前一样低沉，但听起来多了种咬牙切齿的意味，不等斯泰恩回答，他自顾自继续道：“新鲜感！总要追求新鲜感！你只能拼命寻找主题。在你认识的人里面、在你朋友身上，不断挖掘。你自己早就被掏空了，你只能从别人身上找寻灵感，不惜一切代价地去利用、去榨取。无论别人和你说什么，你脑子里想的都是，这故事能派上用场吗……”阿灵顿猛地转过身，突然闭了嘴，沉默地盯着斯泰恩。他的手颤抖起来，冰块在杯子里剧烈地碰撞着，然后他缓缓地说：“你明白吗，你根本没时间着急，没精力着急。”

塞缪尔·斯泰恩已经从椅子上站了起来。

“每一天，”阿灵顿继续说道，“每个星期、每个月、每一年、每一个新年，永远没有结束的时候，这些生物瞪着眼睛，在你身边爬来爬去……”阿灵顿的表情变了，涨红了脸，嘴角的肌肉不住抽搐着。斯泰恩不由得避开他的目光。

“抱歉，”约翰·阿灵顿说，“我不是故意的。其实大多数时候都还不错，事实上，情况正在好转。最近这段时间，我的情绪都很稳定，他们也说我比过去好多了。坐吧，我们再坐会儿好了。你喜欢黄昏吗？”

“不，”斯泰恩说，“我不喜欢。”

“你偶尔会见到约翰逊吧？”

“对，在酒吧里碰到过几次。他人很好。”

“他喜欢集邮。不过只收集船只的图案。我听说过另一个集邮的人，只收集乐器的图案。收藏家都挺有意思的。我自己没准儿对苔藓感兴趣。你知道苔藓吧？不过那得住到乡下去。”

“苔藓都要好多年才能长成，”斯泰恩说，“那样的话，你必须搬到乡下住才行。要是赶上庄稼歉收，它们八成就被鸟儿给毁了……”

斯泰恩陷入了沉默。他想要走了。这次造访让他备感沮丧。

阿灵顿坐在一旁玩着铅笔，推着笔杆在桌上滚来滚去。

他画得可真美，斯泰恩想。我从没见过那么完美的线条。笔触那么轻盈，那么干净，都可以想象得出，他画的时候有多开心。

阿灵顿冷不丁问了一句：“这么多，你是怎么画得完的？”

“我是怎么画得完的？顺其自然吧。反正就是画嘛。”

“我在想，”阿灵顿说，“我就是在想，如果你觉得时间紧迫，没准儿我能帮你画几格。真的，如果哪天你需要的话……”

狼

如今，这沉默的时间未免也太久了。她稍稍振作了下精神，打算主动传递出信息，至少礼貌地表示出好奇心，希望能够在未来的十几分钟内缓和气氛。她转向客人，询问下村先生是否也为学龄前的幼儿写作。翻译认真地听着，微微鞠了一躬，下村先生也跟着鞠了一躬。他们低声地交谈了几句，语速很快，差不多是窃窃私语了，几乎都看不见嘴唇的翕动。她打量着他们的手，对方的手指纤细而精致。与他相比，自己简直像一匹大洋马。

“很抱歉，”翻译说，“下村先生不写东西。他从来没写过。没有，没有。”他连声用英语解释道。他们两个都抱歉地笑起来，不无遗憾地微微低了低头，然后毫无征兆地看着她，两双眼睛黑漆漆的。

“下村先生画画，”翻译补充道，“下村先生很想要见一见危险的动物。如果可以的话，越野生的越好。”

“我明白了，”她说，“给孩子们画动物。可我们这儿没有什么危险的动物。野生的那些都生活在北部。”

翻译微笑着点点头。“是的，是的，”他说，“你太客气了。下村先生很高兴。”

“我们这儿有熊。”她有些犹豫地说，因为突然间记不起狼的英语怎么说了。“就像狗一样，”她补充道，“大大的，灰色的那种，老家在北方。”

下村先生和翻译专注地盯着她，等待着。她试着发出狼一样的嚎叫。客人们礼貌地笑了笑，继续盯着她。

她只好又嚎叫了几声，然后解释道：“南方没什么动物。动物都在北方。”

“是的，是的。”翻译答道。然后他们又窃窃私语起来。她突然冒出一句：“蛇。我们有蛇。”她突然觉得疲倦，于是提高了嗓门儿，又说了一遍“蛇”，同时用手模拟出蜿蜒游走的动作，又咝咝叫了两声。

下村先生转而开怀大笑起来，头向后仰着，先后用英语和德语重复了两遍“蛇”这个单词。接着，他脸上的笑容一瞬间收敛起来。那只肥胖的猫咪从椅子上跳了下来，慢吞吞走过地板。

“至于我，”她小心翼翼地说道，口吻中还带有一丝犹豫的惊恐，“我年纪太大了，无论对于孩子还是动物，都知之甚少。”

或许，如果有机会能问一问，甚至感受一下他所寻找和描摹的动物，她会拥有全新的、重要的领悟。甚至不排除这种可能，他们所追寻的目标并无二致：黑暗、野性、羞涩，以及因为渺小而丧失的安全感——可她又知道什么呢——她端起咖啡壶，问了一句：“要加点吗？”

两名客人都稍稍起身，然后优雅地鞠了一躬，不无感激地婉拒了她的好意。

翻译说：“下村先生认为您的文字很优美。他准备了一份礼物。”

她拆开丝带，透明而脆薄的宣纸下包着一只扁平的木盒。木盒的结构缜密而精致，盒盖下露出一把扇子，扇面上画着一位龇牙咧嘴的武士。

“太美了，”她惊叹道，“谢谢。太谢谢您了。我一直都很欣赏这些画……盒子本身也很漂亮……”

“她喜欢这只盒子。”翻译为下村先生解释道。

下村先生深深鞠了一躬。她挥起扇子，给猫扇了扇风。猫竖起耳朵，自顾自走开了。

“肥猫。”下村先生用英语说了一句，和善地笑了。

“是啊，”她附和道，“真的很肥。”

翻译站起身，说道："和您的对话很有意思。接下来，下村先生想看看野生动物。还麻烦您带路。我们知道，您一直都很帮忙。"

他为她打开车门，两个人走进寒冷的寂静之中，穿过一排带玻璃门的棕色柜子。一只小狐狸昂着头，盯着柜子里的天花板。

"野生的？"下村先生问。

她答道："不是的。"

下村先生对着狐狸打量许久，表情非常严肃。一个穿白大褂的男人从走廊那边匆匆走来，她拦下对方，说："不好意思打扰了，我这儿有个外国人，对动物很感兴趣……"

男人停下脚步，低头看着地板，说："哦，动物。我能帮到什么忙吗？"

"最好是野生动物，"她解释道，"不知道这儿有没有？"

男人说："我是负责昆虫馆的。"

"对对！"她连声感叹，"瞧我这脑子。昆虫太小了。"

男人看了看她，说："看情况吧。当然，我也不清楚你的要求是什么。"

“抱歉抱歉，”她急忙答道，“这完全是另一码事。”她微笑着，微微鞠了一躬，穿白大褂的男人继续朝走廊那头走去。下村先生打开素描本，睁大了一双黑眼睛，端详着那只狐狸。他的轮廓有些模糊，整个人似乎就是线条一笔勾勒而成，唯一突出的地方就是鼻梁了。不过头发倒是生机勃勃，仿佛蔓生的黑草一样张扬着。他转过身对她说：“不行，不行。”然后合上素描本，静待时机。

他们沿着螺旋楼梯一层层往上走，一直来到最顶层的大厅。那里到处都是骨架。其中一些体形庞大，悬挂在天花板上，恐怖地张大着嘴巴，露出黑色的牙齿。她头顶上方是一具大象的骨架，因为少了象鼻和象牙，看着仿佛一张硕大的人脸。

“不行。”下村先生说。

“对，这个不行！”她附和道，“真的很抱歉……”她走到一只陈列着亮黄色大螃蟹的玻璃盒前面，戴上眼镜，大声朗读起来，试图掩饰自己的困惑和他们之间尴尬的沉默。“甘氏巨螯蟹，又称杀人蟹，通常生活在很深的水域之中，这样一来，海浪就不会阻碍它们的行动。你看！”她说，“它的名字是日语！”

他微微一笑，鞠躬表示感谢。他们顺着楼梯往回走。她还在琢磨螃蟹的事，它生活的水域想必很深很深，深到感觉不到波浪的晃动。它就靠着十条长腿横行其中吧，而且它个头这么大，任何动物都无法构成威胁。

在下一层展厅，他们看到了数百只动物。科学家以高超的技艺和无敌的耐心，捕捉到它们最为典型的动作特征。虽然皮毛散发出死亡的气息，身上也有石膏的痕迹，但它们的形象仍然做到了最大程度的还原。这些动物或生活在苔藓中，或生活在沙地里，或栖居于高山之中。但没有一个属于野生物种。

"真是抱歉。"她说。

"我们继续。"下村先生像是下定了决心。他伸出手，摸了摸她的胳膊，以优美的姿态表达出宿命般的无可奈何。于是他们继续往前走。

就这样，他们来到了狼的面前。

狼和狐狸一样贪婪凶残，不过看起来更加愤怒。下村先生又一次打开素描本。她就站在立柱后面，以免打扰到他。

偌大的展厅里只有他们两个，外面的积雪反射出均匀的白光。这里似乎没有熊，只有几只胖乎乎的海豹，眼睛里还塞了棉球。更远处是几只玻璃箱，隐隐约约可以看见几条颀长的腿，可能是鹿吧。她思忖着：他似乎不喜欢特别假的标本。可惜，明天他就要上路了。要是今天我的膝盖不那么僵就好了。

不知不觉间，下村先生已经来到她的身边，他的步态和动作同样也是静悄悄的。他带着歉意将素描本递了过去。素描本上，他只用寥寥几笔就画出了狼的形象：敏感，凶残，极其警醒。画面栩栩如生。突然间，她很想让他看看活生生的狼。

他们在等待渡轮。她曾经非常害怕沉默，然而下村先生似乎不再介意她的存在了。他在码头旁边那片狭窄的沙滩上走来走去，时不时捡起小石子和煤块，仔细端详着。她思忖着，他穿那么一件薄薄的外套，也不觉得冷。况且他头上也没戴帽子。那幅狼的素描，令她对他产生了一丝怯生生的敬意，那不仅仅源于对陌生人的距离感。她总担心他会觉得冷，因此也就无暇顾及那么多的不确定感。

码头边停靠着一艘内燃机动力的汽艇，船舷上写着赫格霍尔蒙几个字。

“现在没有渡轮去那儿了吗？”她问。

“渡轮没有了，只有工作人员的船去，”驾驶员答道，“一天也就三班。”

她转向下村先生，说：“请吧。然后他们一起上了船。”

“他是外国人，”驾驶员说，“我们只带工作人员过去。那里整个冬天都不开放。”

她突然感到一阵失落，下村先生或许再也见不到他的狼了。于是她解释道：“可他明天就要走了。知道吗，他明天就要回日本了，时间已经来不及了，这件事对他来说非常重要。”

“好吧，好吧，”驾驶员说，“但我不提供船票啊。”说完，他走进驾驶室。

汽艇上只有他们两个。随着内燃机的轰鸣声，船朝着那座山顶覆盖着积雪、黑白相间的小岛驶去。她努力回想着笼子都放在了哪里，可记忆实在太过久远。她依稀记得有头羊驼朝自己吐口水，猴子活泼可爱，看起来无拘无束。

一路上，下村先生始终一言不发，直到上了岸，他的脸上才重新绽放出笑容，主动让到一旁给她腾位置，然后说：“请，请。”那意思是，等着她带自己去看野生动物。

她走在前面，领着下村先生上了岛。积雪又厚又松，很少见到足迹和脚印。到处都是木板房和空笼子，几乎所有的指示牌都被拆掉了。

一直走到岛的中心区域，她才找到了熟悉的感觉。这里坐落着一座式样老旧的大凉亭，有着锯齿状的屋檐，窗玻璃很小，镶嵌着错综复杂的花纹图案。人们喜欢坐在这儿，边喝汽水，边欣赏弦乐队的演奏。透过窗户，她瞥见横七竖八的一大堆椅子，台阶上的积雪则完全没有踩踏过的痕迹。当然，在这个季节里，岛上显然没有地方可以喝咖啡，也没有长凳可以歇歇脚，更没有房子取暖。她突然有些恼火，猛地转身走到鸟笼前。鸟儿们就站在屋顶下面，仿佛树上结了一串黑压压的果实。她想，熊想必在冬眠吧，再过几个小时，我们就能回家了。

下村先生跟着她的鞋印往前走，他的脚明显要小一圈。他们穿过小岛时，成群的山羊始终在打量着他们。这些动物并没有跟随他们的脚步掉转脑袋，而是以令人惊叹的准确度，同步挪移着身体，丛林般密密麻麻的犄角始终保持相对的静止。整个地区一片静谧，笼子之间没有丝毫的动静，只能听见积雪消融的滴答声。她停下脚步，默读一块牌子上的文字："1970 年 5 月 4 日，从罗斯托克引进一群野雁，随同引进的还有一头上了年纪的家驴恺撒（灰色）。"她觉得很有趣。再说了，现在这里连一头驴子都没有。她很好奇，北极熊都住在哪儿。

他们来到海边的沙滩旁，这一带被称为猫科动物之谷。一头灰黄色、长尾巴的雪豹从她身边走了过去，连看都不看他们一眼。她转头看了看下村先生，他径直走到水边，似乎对猫科动物提不起兴趣。白桦树之间隐约可见他的黑色大衣。下村先生的脚步很快，一眨眼就移动到了黄色的芦苇丛中。或许他需要方便一下，她这么想着，又回头看了看雪豹。过了一会儿，她继续慢慢往前走，不时停下来等一等，但下村先生始终没有回来。她于是费劲地往岸边走去。她不敢大声喊叫。岛上实在太安静了。她要是一嚷嚷，没准儿所有动物都会跟着嚷嚷起来。况且，她本就不应该来这儿的。

下村先生正沿着海边散步，脚下是冲刷上岸的塑料、废纸和果皮。他一边走，一边收集着碎木块。不奇怪，她如释重负地安慰自己，他本就喜欢收集奇形怪状的树枝。对，没错，我在报纸上读到过。

他们已经很久没有讲过话，这也算是一种休息。他并没有给她展示自己收集的木块，她当然也没有发表任何评论。他们就这样，各顾各地在封闭的风景中漫步，事情似乎变得简单起来。渐渐地，他们又走回空荡荡的笼子前面。

这时，熊来了。她迅速扫了他一眼，嗯，他来了兴趣。不是对棕熊，而是对北极熊。北极熊仰面朝天地躺着，爪子举在半空中，在雪地的映衬下变成脏脏的黄色一团，身形硕大，却看不出轮廓。它的鼻子和眼睛都是黑漆漆的。意识到下村先生的出现，它扭了扭脖子，站起身来，那姿态，仿佛一个疲惫至极的人从床上挣扎着爬起来。然后它又重重地坐在地上，盯着熊掌上的积雪。下村先生并未掏出素描本，只是直勾勾地看着。

一股潮湿的寒气顺着她的双腿慢慢往上蔓延。这座小岛令她感到恐惧，她内心油然生起一股说不出的悲伤。在这里，一切真实的、有生命的物体从此被隔绝开来，这种感觉令人不寒而栗。他为什么不动笔开始画画？他是在等待北极熊有进一步的动作吗？她什么都没问，只是裹紧了围巾，耐心等待着。

下村先生终于转过身来，鞠了一躬，微笑着告诉她，自己已经看到熊了。他们经过一头野牛和一只水貂身旁。后院的雪地上，散落着水桶和铲子，还插着一双滑雪板。很显然，还有人在这里工作和生活。但自始至终，他们一个人都没看见。

等她终于找到狼的时候,天色已经渐渐暗了下来。

“下村先生。”她慢慢喊出他的名字，然后近乎羞涩地笑了笑，指引他往狼的方向看去。前方总共有三只大的铁笼，每一只里面都关着一只狼。三只狼沿着铁丝网，低着脑袋，以近似小跑的方式逡巡着。下村先生凑近了些，想要看得真切一点。

在她看来，狼不间断的持续移动似乎是一幅可怕的光景。它们就这样沿着铁丝网跑来跑去，简直没完没了。就这么日复一日，年复一年。她想，如果它们对我们怀有恨意，那一定也是周而复始、无边无际的仇恨！她不禁开始颤抖起来，整个人突然有种冻僵的错觉。她忍不住哭了起来。她的腿疼得厉害，一心只想回家。无论是和狼，还是和下村先生之间，她都没有任何瓜葛。

她也不知道，面对这三只狼，下村先生究竟观察了多久。但他离开的时候，暮色已经很深了。她用手套擦了擦脸上的泪痕，快步跟了上去。他们经过空荡荡的猴笼时，下村先生转过身来，试图向她解释这一切。他将手放在素描本上，微笑着摇了摇头。接着又将手放在额头上做了个手势，意思是他抓住了狼，他已经捕捉到了精髓。她完全不必担心。

他们继续往山上走去，他走在前面，她跟在后面。哭过之后，她有种无所顾忌、近乎自暴自弃的平静。她在雪地里走着，对她而言，一切都已经不值得期待。

通往瞭望塔的楼梯已经被木板封住，底部是一个圆形的露台，上面用铅笔和墨水留下了各种名字。下村先生拂去长凳上的积雪，坐了下来，将奇形怪状的树枝放在一旁，然后就这么陷入了几乎静止的状态。黄昏已经降临，他们脚下的小岛一片昏暗，但弧形的地平线上，灯光一盏盏亮了起来，越来越密。她甚至能听见城市的喧嚣和救护车的汽笛声。汽笛声越来越远,越来越弱,最后消失了。她想，或许冬天的狮子并不愿发出声响。它们坐在没有窗的房舍里，享受着宜人的温度。或许在冬天，笼子内的所有动物都是沉默的。她的思绪变得飘忽起来，又一次联想到生活在海底深处的甘氏巨螯蟹，它们安然挪动着十条蟹腿，完全不受海风和波浪的影响。想着想着，她沉沉睡了过去。

下村先生摸了摸她的手，将她从睡梦中唤醒。该动身离开了。她觉得浑身冷得厉害。他们走下山，经过凉亭。她并没有朝笼子看过一眼，也没有试着用英语说些什么。不管怎么说，至少他还有狼。在未来的某天，不知道什么时候，下村先生会端坐下来，在经过漫长的深思熟虑后，用自信而简洁的线条画出一只狼的轮廓。一只残忍而敏感的狼，一只最为栩栩如生的狼。

停在码头的小汽艇接上了他们，驾驶员什么话都没说。

她的脑海里有一个声音：我唯一想知道的是，他画的究竟是哪一只狼。是他亲眼所见的那只，还是他想象中的那头。

卡琳，我的朋友

1

有一年，我和妈妈去瑞典旅行，就住在外公外婆家。他们的房子是一座牧师宅邸，坐落于海边的山谷之中，又宽敞又气派，舅舅、姨妈还有他们的孩子都住在里面。

卡琳比我大七个月，人长得很漂亮。她是从德国过来的。我很喜欢她。

一天，我们在干草堆上为上帝建了座宝座，我要说的事，就是从这里开始的。上帝的宝座完工后，我们摘了雏菊装饰了一番，然后围着宝座载歌载舞。事实上，这一切都是卡琳的主意。

接着，可怕的事情发生了。事后回想起来，我也记不清具体过程了，反正我跑到了宝座前面，一屁股坐了上去。卡琳立刻不跳了，整个人吓坏了。

我也吓傻了。我猜，当时我俩都在等闪电从天空劈下来。

我在宝座上也就坐了几秒钟，但就在那短暂的时间里，我已经开始想象无所不能的感觉。当然，我还没来得及真正体验，就从宝座上下来了。

昨天这事发生后，卡琳就说了一句："我会原谅你的。"但从第二天起，她就不再搭理我了。她是上帝的好朋友，这话我已经听了无数遍。她提到耶稣的时候不多，但耶稣和上帝一样，都能创造出许多奇迹。

我一个人的时候，思考了一些关于耶稣和犹大的问题。耶稣很清楚自己会遭到犹大的背叛，犹大的行为早有征兆。况且就犹大来说，他早已打定主意，而且他也必须这么做，一切都是上天的旨意。当然，犹大事后上吊自杀，成为背叛者的代名词，这一切也是命中注定的。唉，我不禁自问，这一切公平吗？再然后，在经历了无限的沮丧和可怕的悔恨后，犹大最终还是得到了宽恕，因为哪怕在最后一刻才有所悔悟，人们也能获得上帝和耶稣的宽恕。

奥洛夫舅舅曾说过，他们是宽恕的版权所有者。这话的意思是，任何宽恕都不能当真。他对我妈妈说："他们宣称人生来有罪，让你良心不安，然后摆出高尚的姿态宽恕你。这都算什么事？”

不过，奥洛夫舅舅其实并不相信上帝，这件事才叫可怕。撇开这一点不谈，他人很好，也有亲和力。

我自己也思考了很多。有一点他没说错，宽恕别人的人，总是一副高高在上的态度，而被宽恕的人却总觉得痛苦。我不知道自己要去宽恕谁，才能获得这种居高临下的优越感。奥洛夫舅舅说，上帝总让你良心不安，这话千真万确。我的意思是，无论你做什么，从一开始你就落在了道德的下风，因为人生来就是有罪的，这辈子都要请求上帝的宽恕。想到这里，我觉得有点累。

不过现在，我要换个轻松的话题，聊点别的。我发现外婆留下的一本书，书的内容是关于传教士改变了异教徒的信仰。外婆的其他书乏善可陈，这本却颇为犀利，一语中的。这些异教徒里，有些崇拜太阳神，有些则相信一个什么潘神，他只知道在森林里吹着笛子四处闲逛，从来不干正经事。他们还有图腾柱之类的，但他们对自己的信仰深信不疑，直到最后被传教士说服，皈依了基督教。那真是一本好书。那段时间卡琳不愿意和我说话，于是晚上等她睡觉了，我就一个人在被窝里偷偷读。白天，我躺在草地上阅读《摩西五经》。诚然，《摩西五经》

里的故事更为精彩，写得也更好。其中让我备感欣慰的一点是，上帝的行为并非都尽善尽美。他经常受到伤害，也会嫉妒其他神灵，并且耗神耗力施行报复。当然，这并未减少我对他的敬意，但我在晨祷和诵经时的确有点心不在焉，这的确是种罪过。我说的罪过，更多的是指伤害。但愿你能明白我的意思。

2

那年夏天，外公忙于撰写他堪称长篇巨著的论文，所以必须集中一切精力。外公知道卡琳的爸爸，也就是雨果姨父很喜欢布道，于是就指派了他负责当天的宣讲和晚餐前的餐前祷告。不过雨果姨父非常积极，除了外公布置的任务外，他还特意安排了几次《圣经》的讨论，以及几首赞美诗的合唱。他要求所有亲戚必须悉数到场，每一次，他都会认真留意有谁缺席。当然了，对于奥洛夫舅舅，他从一开始就没抱希望。

雨果姨父总是身穿一件棕色的天鹅绒大衣，头戴一顶白色的小礼帽，还会拉大提琴。

偶尔我也会想，对于优秀而又走运的雨果姨父，上帝是如何看待的。我的外公是一名宫廷传教士，而雨果姨父不过是娶了他女儿的一名普通牧师。对雨果姨父而言，这一切无异于莫大的荣幸。他非常善良，对所有人都关心备至。

特别值得注意的是，雨果姨父非常喜欢他的大提琴。大提琴是棕色的，像成熟的栗子一样闪闪发亮。有一次大提琴的表面出现了裂纹，可把他急得团团转。唯一会修理大提琴的是奥洛夫舅舅，他对木匠手工活很在行。但倒霉就倒霉在，外公外婆所有的孩子里，就只有奥洛夫舅舅一丁点儿都不相信上帝。其他舅舅可能会大声嚷嚷说自己不信上帝，但他们的反应非常激烈，感觉在内心深处，他们其实还是信的。不过奥洛夫舅舅只是沉默不语，尴尬地独自去了木匠铺。对雨果姨父来说，带着大提琴跟过去也的确不是件容易的事。好在大提琴修得不错，和从前一样漂亮。

一次，妈妈在晨祷后非常生气。雨果姨父照例为所有人祷告，感谢我们所拥有的丰富的精神世界，接着，他又特别感谢了妈妈，在世俗生活中所获得的一切。

我对卡琳说：“关于我妈妈的事，你爸爸懂个屁！”

可卡琳只是用那她双美丽的眼睛看着我，微笑着，就好像为我说的蠢话感到真心的抱歉。

我太佩服卡琳了，真的。当她唱起赞美诗的时候，听众会被圣洁的喜悦和悲伤所深深打动。她就好像一只翱翔于所有人之上的天堂之鸟，那么潇洒自在。但她很害怕黄蜂。一天晨祷的时候，一只黄蜂飞了进来，在她身边绕来绕去。卡琳根本顾不上唱歌，手忙脚乱，十分失态。我还记得，那天的内容是《旧约·约伯记》。那只黄蜂根本没打算攻击卡琳，它绕来绕去，无非是想找到出去的路。可卡琳双脚直跳，四下逃窜，肃穆庄严的气氛整个被她破坏了。看见卡琳这副模样，表姐妹们也开始大声尖叫。我笑得眼泪都出来了，不得不提前离席。现在想起来，我还觉得很好玩。

一天傍晚的日落时分，雨果姨父拉起我的手，提议说去草地上散散步。我们走到草地中央，找到外公几十年前种下的那棵粗壮的白桦树，然后坐在树下。雨果姨父说，这静谧多么美好。咱俩可以好好聊聊。他先是提到了恩典，然后开始谈论魔鬼，他说他替我感到难过，因为我没有意识到魔鬼的信众无处不在——哪怕一个渺小的丑陋念头，都能让他们团结在一起。“他们距离我们越来越近，”雨果姨父说，“晚上睡觉前，他们就在你的周围，尽管你看不见，可他们仍然存在。你能做的就只有祈祷。而我很想帮助你。你想和我说说自己的感受吗？”

可我不知道该说什么。

夜晚来临时，我钻在被窝里，朝他们说：“滚开！滚开！”

雨果姨父说得没错，他们果然无处不在。

3

许多年后，我第一次出国旅行，就住在德国的雨果姨父和艾尔莎姨妈家。卡琳出落得越发美丽动人，表情也越发严肃。不知道从什么时候起，我们之间的交流变得困难重重，我知道，这让艾尔莎姨妈很是难过。

雨果姨父和艾尔莎姨妈一家住在莱茵河谷的一座小城里。城市周围是广袤的田野和草地，到处可见一片片的金合欢树林。一条窄仄的棕色河流蜿蜒流向远方的地平线。我们每天都要去教区礼堂听雨果姨父布道，而每一次礼堂里都座无虚席。有一次，在结束例行的布道之后，他说：“现在，请允许我们为一位远道而来的客人祈祷。她还没有得到上帝的恩典和宽恕，让我们为她祈祷。”所有人都低下头，虔诚地祷告，然后齐刷刷地将目光投在我身上。事后，我去找艾尔莎姨妈诉苦，她劝我说：“别太计较，他纯粹是出于好心。他是一个那么博爱的人。”

为了不招惹非议，犯烟瘾的时候，我宁愿走很远的路出城。我担心被教区里那些信徒看见，然后和雨果姨父说闲话。我坐在金合欢的树荫下，第一次意识到这凌乱而荒凉的景色有着多么特别的美感。我在想，雨果姨父是一个非常单纯的人，他只是想遵照上帝的旨意，帮助人们过一种更为纯粹的生活。只是不知道，大家是否都知晓他的本意。

回去的时候，我在门口停住脚步，忍不住脱口而出：“什么味道这么香——感觉就像回到家一样！”

艾尔莎姨妈解释说：“是变性酒精的气味，我们正在擦洗窗户。”

城郊有一片公园般的小树林，非常漂亮，那里的树都上了年纪，高耸入云。雨果姨父和我一起，走在阳光斑驳的绿荫之中，他还是那身打扮：棕色的天鹅绒大衣，头戴白色的礼帽。

“我深爱这片树林，”他说，“它让我感到如此平静。这里长满了山毛榉。每当布道遇到阻碍时，我都会来这里走走。”他顿了顿，又补充道，“对于我说的话，他们深信不疑。但偶尔，他们也会来问我，为何上帝无法阻止某个巨大的灾难或不公。他们说，以上帝的力量，想要消灾避难、维持正义，实在是轻而易举的事。”

“那你是怎么回答他们的呢？上帝的行事风格神秘莫测？”

“差不多吧，”雨果姨父无奈地说，“这种事解释起来，有时候挺难的。”

还有些时候，我们会在他家后面的花园里聊天。那座花园真挺让人羡慕的，虽然地方不大，却饱含着对花卉的热爱，体现出持久耐心、精心打理的成果。

雨果姨父说：“这些手艺，都是我从你外公那里传承的。或者说，是从日本人那里学来的。计划很重要。花朵一旦凋谢，就必须有后继绽放的花朵接替上来。花朵的颜色也很重要，同一时期，开出两朵颜色相冲的花，绝对是大错特错。”

“可还是会出现这种情况，”我说，“就好比一个大草坪，上面什么花都有。”

雨果姨父解释说：“在上帝的花园里，彼此之间不应该存在竞争关系，那里是诞育奇迹的地方。但如果我们随心所欲，哪怕只是一瞬间的疏忽，收获的大多都只是杂草。”

雨果姨父经常翻来覆去地提及一个主题——智慧的圣女和愚蠢的圣女。一天，我们在花园里除草时，他问我能不能画出她们的形象，最好是和基督一起。

我选用的纸张很大，画的过程也很费劲。雨果姨父有时会过来看看进度，然后评价说，我画的圣女很美也很真实，但基督的形象，他确实没能认出来。

在我的构思里，基督不再像人们心目中那样温文尔雅，而是蕴含着批判的力量，隐隐透出一种克制的暴力——那也是我对他的期许。不过效果并不好。我将基督的位置挪得越来越远，越来越远，最后，他几乎就剩下一个光晕的轮廓。在我的反复涂抹修改下，他的面孔变得模糊而粗糙。

雨果姨父摇了摇头，说：“我觉得，你距离他越来越遥远了，你不是上帝的孩子。如果不能真心和基督做朋友，也就无法描绘出他的形象。”话虽这么说，他们还是把我的画挂了起来。

卡琳的房间是一个典型的女孩的闺房，墙壁刷成了白色，或许还保持着她童年时的样子。我们的床分别挨着两侧的墙壁，中间是挂着白色窗帘的窗户，望出去，可以直接看见雨果姨父的花园。不知为什么，卡琳的严肃，以及她忧郁的眼神，和她的房间总显得格格不入。每天晚上，临睡觉前，她都会阅读《圣经》。一天她问我，是否相信彻头彻尾的绝对。

“什么意思？”我问。

“也就是相信唯一的救赎之路，但凡对你形成阻碍的一切，你都会全部放弃。全部。”

我不知该如何作答。

她走过来，褪下金手镯，放在我的手心。“这是我外婆留下来的，”她说，“我实在太喜欢它了，所以必须割舍放弃。相信我，这是我心甘情愿的，这么做，我感到很轻松、很释然。”她打量着我，目光中流露出严厉的温柔。然后，她继续阅读手中的《圣经》。

对于我和卡琳之间的关系，艾尔莎姨妈很失望。或许她以为，自己能从我们之间的友谊中获得力量，让她更有激情给妹妹写长长的家书。

一次，艾尔莎姨妈说天气很好，所以想和我们出去走走。她径直穿过草地，穿过盛放的野罂粟。那天很热，一丝风也没有。艾尔莎姨妈戴着黑框眼镜，一言不发地向前走。

直到出了城很远，她才开口问我，是否听说过秘密麦克风和监听装置。我回答说听说过，但一般的教区里肯定没有这些玩意儿。

艾尔莎姨妈笑着对我说：“他不相信这些东西。他总觉得自己的国家什么都好。但魔鬼的信众无处不在。”

艾尔莎姨妈絮絮叨叨说了好久，感觉整个人就快要崩溃了。最后她说了一句：“帮我向姐姐问好。有些话，我在信里不敢说，还麻烦你婉转地转告她。现在我得回家准备吃的去了。雨果对教区的工作太认真了，都顾不上吃饭。”

我问：“可对于正在发生的这些事，他难道不知道吗？”

艾尔莎姨妈没有回答。天气实在太过炎热，我还不太适应和郁郁寡欢的人打交道，但我想，她必须保护雨果姨父，包括缓解他的思乡之情。在宗教范畴内，至于他所无法理解的危险边缘，她则在尽力不让他知晓。

最后她问我：“你和卡琳聊过吗？你们会谈心吗？你们两个能彼此理解吗？”

“嗯，当然了。我爱她。”

“她快乐吗？她内心感到平和吗？”

我说：“她当然快乐。她的内心非常平和。”

我留宿牧师宅邸的最后一晚，艾尔莎姨妈上楼来到我们的房间，在桌上放了一瓶红酒，然后说："这事别告诉他，他不会懂的。"然后她笑了笑，就回去了。

"她真好，"卡琳说，"她总希望我们开开心心的。"卡琳给我俩的酒杯里斟满了酒，然后继续说道，"你不知道，真的不知道，那感觉就像瀑布，像音乐。那种彻头彻尾的绝对离你非常之近，然后突然消失。别说你了，妈妈也不知道。没人知道。一切都变得多余和虚无，让人害怕。"

我试探地问："那你是怎么想的呢？我指的是对生活本身。"

卡琳回避开我的目光，说道："这是一个关于爱的问题。首先要爱上帝，然后是你的邻居、你的敌人，甚至小到麻雀和草叶。""所以我说，"她补充道，"对于那些期待从我这里得到爱的人，我既没有时间，也没有能力去爱他们。我能做的只有割舍和放弃。"

我说："你不必对自己这么严苛。我们都是普通人，我们也都会爱你。我说的我们，包括你的家人、亲戚、朋友，等等。"

卡琳微微一笑，解释道："你不懂——我尊重他们，也尊重你。你是一份礼物，我心怀感激，却不能占为己有。”

我不理解，至少当时我整个人是蒙的。我对卡琳的钦佩之情丝毫没有减少，只是觉得困惑而已。

第二天一早，我陪雨果姨父和艾尔莎姨妈去瑞士度假。目的地是他们钟爱的格林德瓦。之后我会直接返回芬兰。卡琳留下来看家，她站在台阶上目送我们离开，神情一如既往地严肃。

格林德瓦，这个看似满是田园风光，实则危机四伏的可怕景区，一早就投下大片大片的阴影，让人看不清地平线……

我们一行人在美丽的花海中往山上攀登，越走越高。雨果姨父带着登山杖和相机，时不时停下来拍照、换胶卷，然后看看景色——然后突然之间，他就不见了。大家到处找他，焦急地讨论着各种可能。时间就这么一分一秒地过去。艾尔莎姨妈坐在一块石头上，一动不动，沉默不语，藏在黑框眼镜后的目光中写满了焦虑。我这才意识到，她对雨果姨父爱得多么深沉。

最后，当大家终于找到雨果姨父的时候，他甚至连一丝愧疚都没有，还是像平常一样开开心心的，一笑就露出一口洁白的牙齿——“一场小小的冒险！”他说，“现在，让我们在这个自由的世界里继续穿行。”

我们来到一小片潟湖旁。湖面倒映出天空的色彩，仿佛一颗湛蓝的宝石，镶嵌在陡峭的悬崖峭壁之间。艾尔莎姨妈转向我，沉默许久，最后才冒出一句：“你看，那汪湖水就好像他一样。他就是那种人，纯粹、干净、不掺杂一丝杂质。”

早些年在旅行的时候，我曾暗暗和自己较劲，每到一处新的水域，我都要跳进去游泳，河流、海洋、湖泊——可是高山之间的潟湖，水温实在太冷了些。

4

过了许多年，战争结束后，卡琳过来投奔我，就暂住在我家。她见到了我在这里的朋友，大家都很喜欢她，几乎被她给迷住了。所有人都反复问我：“你们真的是亲戚吗？她太优秀了，如此平和、如此冷静！”

卡琳没有过多解释什么。大家都不知道，他们所见到的是一位圣人。

现在，我对卡琳的爱没有任何嫉妒的成分。我想要送她礼物，将她需要和喜欢的一切都赠予她。可她每次都要进浴室问问上帝的意思，决定自己是否能接受礼物。有一些她欣然接受，但大部分都只能扔进大海。确切说，卡琳最喜欢的礼物，绝大多数都进了大海。

我问起雨果姨父和艾尔莎姨妈的近况，卡琳回答说，因为太爱他们，自己已经选择主动疏远，切割和他们的联系。她说：“总有一天，我也会离开你的。”

那时我就明白了，她也爱我，那是透着悲伤的喜悦。

当时，正值电子乐的兴起，以皮埃尔·舍费尔、克劳斯·舒尔茨为代表的音乐人红得发紫，有如银河系般荒凉而抽象的音乐旋律令我深深痴迷，我迫不及待想和卡琳分享。现在想来，我千不该万不该播放那张唱片。我解释说：“那是他们进行的一个新的实验，你听听，感觉就好像来自外太空的球体震荡，对吧？”

“别说话，”卡琳说，“我在听。”

我们一起聆听着。整个房间因为电子乐而颤抖起来。卡琳脸色苍白，一动不动地坐着。

我赶紧跑过去关掉音乐，可卡琳喊了起来：“别动！这对我很重要！”

我应该记得的，就在那一刻，但丁的脚步踏入了冥界，迎接他的是恶人的哭号。

“我知道，”卡琳说，“事情就是这样。听，那是上帝的声音。”

果然。可她是如何得知的？！深远哀伤的低音弥漫在房间里，那些含混不清的歌词，随着颤动的节奏，渐渐消失在银河系之中，最终一切归于静默。

我说：“对不起……要知道，这种音乐，也是他们刚刚创造出来的……”

“不，”卡琳平静地说，“它一直都在。我能感觉到，那些罪恶无时无刻不围绕在我们身边。它们就好像灰色的浪潮，随时随地向我们涌来，在大街上，在火车上——一切被夷为平地，人们沉沦在罪恶之中，自己的罪恶也好，他人的罪恶也罢。你就不能再放一遍吗？”

可我不想。

我将她拥入怀中，她也紧紧抱着我，仿佛在保护和安慰一个受伤或犯错的陌生人。

卡琳离开后的很长一段时间里，浴室于我而言都是一个神圣的地方。碰到无法解决的问题时，我会去那里寻找答案。

信件往来

亲爱的扬松女士：

我是一个日本女孩。

我现在十三岁零两个月大。明年的1月8号，我就满十四岁了。

我家有妈妈和两个妹妹。您写的书，我全都读过。

读完之后，我又读了一遍。

然后我会想到雪，想到了人的孤独。

东京是一座很大的城市。

我学习英语，而且学得很刻苦、很认真。

我很喜欢您。

我梦想着，到您这个年纪的时候，和您一样有智慧。

我有很多的梦想。

日本有一种诗歌叫作俳句。我给您寄了一首日语的俳句。是关于樱花的。

您住在一座大森林里吗?

冒昧去信，还望您原谅。

真诚祝福您健康长寿。

渥美民子

亲爱的扬松女士:

今天我又长了一岁,这个生日对我而言非常重要。

您的礼物对我而言既重要又珍贵。

您寄来的图画上，画着您所居住的小岛，这份礼物得到了全家人的赞赏。

现在，这幅画就挂在我的床头。

芬兰一共有多少座小岛呢?

谁想住在上面都可以吗?

我也想住在一座小岛上。

我喜欢孤零零的小岛，我也喜欢花、喜欢雪。

可我还形容不出它们的模样。

我非常认真地学习英语。

您的书，我阅读的都是英文版。

翻译成日文后，感觉很不一样。

为什么会这样呢?

我猜，您很幸福。

请一定照顾好您的身体。

祝您健康长寿。

渥美民子

亲爱的扬松女士：

好久没和您联系了。您已经有五个月零九天没给我写信了。

您收到我的信了吗？

您收到礼物了吗？

我很想念您。

您一定要知道，我在非常认真地学习英语。

现在，我要告诉您我的梦想。

我的梦想就是能去世界各地旅游，学习新的语言，能听得懂，也能说。

我想要和您说说话。

我想要您和我说说话。

您一定要告诉我，在没看见其他房子、没看见其他人的时候，您是怎么用语言描述出来的。

我想要知道，该怎么形容雪。

我想要坐在您的脚边，向您学习。

我正在为旅游存钱。

我给您寄一首新的俳句。

说的是一个上了年纪的老妇人看见远方的蓝山。

年轻的时候，她看不见。

现在，她能看见了，却去不了。

这是一首美丽的俳句。

请您一定要保重身体。

民子

亲爱的扬松女士：

您踏上了一场漫长的旅途，

已经离开了六个多月。

我猜，您应该已经回来了。

您去了哪里，我亲爱的扬松女士？

旅途中，您又有什么收获？

或许，您带上了您的和服。

它和秋天一个颜色，秋天也是适合旅行的季节。

可您常说，时间太短了。

想到您的时候，我的时间变长了。

我希望和您一样成熟，头脑中充满智慧。

您寄来的信，我都放在一个非常漂亮的盒子里，藏在了秘密的地方。

等到日落时分，我会再读一遍。

民子

亲爱的扬松女士：

一次您写信给我的时候，正值芬兰的夏天，当时您住在一个孤零零的小岛上。

您告诉我，邮递员几乎都不怎么上岛。

这么说来，您一次可以收到我的好多信吗？

您说，有好多船经过小岛，但都没有停留，那种感觉很好。

但现在，芬兰已经是冬天了。

您写了一本关于冬天的书，您用语言描述出我的梦想。

我也想要写个故事，让每个人都能了解自己的梦想。

要长到多少岁，才能开始写故事呢？

可如果没有您的话，我是写不出故事的。

对我来说，每天都是充满期待的一天。

您说过，您觉得太累了。

您一直都在工作，周围的人也太多了。

如果能够安慰您，保护您的孤独，我愿意成为那个人。

这是一首悲伤的俳句，写的是一个人等待自己的心爱之人，等了太久太久。

您可以看看这首写得怎么样！

但翻译得不够好。

我的英语有进步吗？

您的，民子

亲爱的扬松女士，谢谢！

对，您说得没错，

一个人未必非要到一定年纪，才能写故事。

如果知道自己想写什么，或是憧憬什么，

无论是梦想还是未知的一切，都应该写下来。

亲爱的扬松女士，我们不必在意他人的看法，

别人喜不喜欢，理不理解都无所谓，

因为在讲述的时候，故事本身是最重要的。

写故事的时候，才能体验到真正的孤独。

喜欢身在远方的一个人，究竟是什么感觉，

现在我已经有了真真切切的体验。

趁着我们的距离还未拉近，我要赶紧写下来。

我又给您寄了一首俳句，

它写的是春天里，一条小溪快乐地流淌，

人们听见了都觉得高兴。

我还没来得及翻译。

等我去的时候，您一定要听一听我的翻译。

我已经存了不少钱，

说不定我还能得到一笔游学的奖学金。

如果我们见面的话，

您觉得哪个月最美、最合适呢？

民子

亲爱的扬松女士：

谢谢您充满智慧的回信。

现在我知道了，芬兰的森林很大，海也很大，但您住的房子都很小。

只在书中和作者相遇，这个想法实在很美好。

我一直都在学习。

祝愿您身体健康、长寿。

您的，渥美民子

我的扬松女士：

雪已经下了一整天。

我很快就能用语言描述出雪的样子了。

今天，我的母亲去世了。

在日本，当你变成全家年纪最长的那一个，你就不能离开家，也不想离开。

希望您能理解我。

谢谢您。

这是一首郎士元的诗，他是中国古代一位伟大的诗人。

黄祖瑜和阿尔夫·亨里克松将它翻译成了你们的语言。

“曙雪苍苍兼曙云，朔风烟雁不堪闻。

贫交此别无他赠，唯有青山送远君。”

民子

索借记忆的女人

镶嵌着彩色玻璃窗的楼梯间，和十五年前一样昏暗、一样阴冷。装饰在天花板上的部分石膏已经脱落。隆德布拉德夫人也和十五年前一样，正低头忙着擦洗楼梯。门开了，她抬起头，欢喜地叫起来：“天哪，这不是小姐吗！你这一走，可有好长时间了！还是老样子——披件风衣，不戴帽子！”

斯黛拉跑上楼梯，在隆德布拉德夫人面前怯生生地停下脚步。她俩算是老相识了，可要说相互拥抱一下，或是握握手什么的，两个人都不太习惯。

“这里也是老样子。”斯黛拉说，“亲爱的隆德布拉德夫人，您家人都还好吗？夏洛特、埃德温，他们都还好吗？”

隆德布拉德夫人将水桶和抹布放在一旁，兴致勃勃地说起近况：夏洛特还很喜欢骑着斯黛拉的自行车兜风，不过只能在乡下骑个痛快。自从上次度假后，他们就在乡下租了个度假木屋。埃德温在保险公司找了份不错的差事。

“那隆德布拉德先生呢？”

“他六年前去世了，”隆德布拉德夫人答道，“他走得很安详，没受什么罪。我看到小姐带了花，我猜是送给她的吧。她就在楼上，小姐以前的工作室里。小姐有时间抽根烟吗？”说完，她在楼梯上坐下来：“看起来，我们还是和从前一样，抽一个牌子的烟嘛。挺好挺好。小姐搬出去了，画的画也出了名。我们在报纸上读到你的报道了，请允许我代表全家向小姐表示祝贺。对了，你现在画的，还和以前一样吗？”

斯黛拉笑了：“完全不一样，现在的画都很大，连楼上的门都进不去！有这么大！”她张开双臂比画着。

突然间，楼梯间响起一支高亢的舞曲，然后立刻没了声音。斯黛拉一下就听出来了，那是《雾夜布鲁斯》，我和塞巴斯蒂安的旋律。这么看来，她应该还留在陈年岁月之中……

“她一直都是这样，怀旧的人哪。”隆德布拉德夫人一边说，一边捻灭了烟头丢进水桶，“她比小姐大五岁，至今还过着醉生梦死的日子，脑子里净琢磨些不切实际的事。可根本没人来找她，现在这里空荡荡的，已经不是小姐住这儿的旧日光景了。那时候，所有艺术家都往楼上跑，想起来真是有意思啊。他们忙活了一整天，晚上到这里弹弹琴、唱唱歌，小姐会给大家做意大利面。她总是跟在里面，想要像你一样。后来呢……”隆德布拉德夫人压低了嗓门儿，继续说道：“……要是出去找单间的话，她根本付不出房租，索性长年累月地赖住在里面，再后来，小姐拿到奖学金，出了国，她就占了整个房间，这一住就是十五年！不，不，你别替她解释，我知道是怎么回事。我们以前管工作室叫什么，小姐猜得到吗？燕子窝！可是燕子飞走了。老一辈不是会说吗，燕子离了窝，幸福离了我。当然了，独木难支，孤掌难鸣。算了，不说了，就当我什么都没说过，我继续打扫楼梯去了。对了，后面装了部电梯，你要试试吗？”

“改天吧。”斯黛拉说，“隆德布拉德夫人，您能告诉我，以前我真的都是顺着楼梯，一路跑上去的吗？”

“是啊是啊，小姐。您都是跑上去的。不过那都是从前的事了，现在不同了。”

门牌上印着许多新的名字。

对，我当然是跑上去的。或许纯粹因为我喜欢跑，忍都忍不住。

工作室的门已经重新刷过，但黄铜小狮子装饰的门环还在。那是塞巴斯蒂安送她的礼物。里面传来旺达的喊声："是谁？斯黛拉，是你吗？"

"是我，我是斯黛拉。"

过了好一会儿，门开了。

"亲爱的，太好了，"旺达脱口而出，"没想到你终于来了！光开门，我就得开好一会儿，你懂的，现在这光景，凡事都得千万小心……防盗锁、链条锁，什么都用上……这都是没办法的事，没办法的办法——怎么都拦不住他们偷啊！白天黑夜的，都悬着心，他们开着面包车，成群结队地过来，把所有东西洗劫一空，然后开车就跑……真的就是洗劫一空，你知道吧，什么都不留下！不过我这儿还好，你放心，这儿都结结实实上了锁。跨进来看看！你还带了花，真贴心……"她将包好的花束搁在一旁，上上下下打量着斯黛拉。旺达的眼神还是那么暗淡，样子没怎么变，只是面色似乎更显沉重了些。她的声音也还是那么执着。在这个小小房间内，除了四面白墙，其他的一切都是全新而陌生的：满屋的家具、灯具、饰物、窗帘……屋内实在太热了，斯黛拉脱下外套。这改头换面的房间令她感到害怕，它仿佛野生灌木一样，萎缩成一团，又蔓生开来，覆盖住整个地盘。

“随便坐吧，”旺达说，“你想喝点什么？苦艾酒怎么样，还是红酒？以前我常准备的那种搭配，红酒配意大利面！对，红酒配意大利面，一直都是这样！现在你总算回来了。都多少年了——算了，别管了。总之，你现在坐在了这儿。我给你写了那么多明信片，可你就这么消失了。伟大的画家无声无息地消失了踪影。这都算哪门子事！”

“我当然也给你写过信，”斯黛拉辩解道，“还写了挺长一段时间。可我一直没收到回信，所以……”

“我亲爱的小斯黛拉，别多想啦，别纠结这些，我们就都忘了吧。现在你又回来了。你觉得我的小窝怎么样？虽然地方小，又简陋，但很温馨，对吧？特别有感觉。”

“很不错。家具也很搭。”斯黛拉闭上眼睛，试图回忆工作室旧日的模样：长凳搁在那儿，画架支在那儿，还有各种箱子……对了，可以看见后院的那扇窗，当时还是光秃秃的。

“你累了吗？”旺达问，“你看着很疲倦的样子。

眼圈都是黑的。在大世界里闯荡不容易吧，你可以歇会儿，放松一下。”

斯黛拉说:“我只是在回忆工作室的模样。当时，我们在这儿曾那么快乐。想想看,七年的青春岁月！旺达，你说一个人能年轻多久？”

旺达的回答透着刻薄:“你已经年轻太久太久了，星星眼女孩。对，我们都管你叫星星眼女孩，听着很动人吧？你那么天真，别人说什么你都信。任何人、任何事，你都深信不疑。”

斯黛拉站起身，走到窗前。她拉开窗帘，透过窗户望着后院：它灰蒙蒙的，再普通不过，但仍然令人着迷，然后陷入了回忆——当时，我和塞巴斯蒂安就站在这儿，望着远方。我们的目光掠过这城市所有的屋顶，穿过港口，越过大海，拥抱我们即将拥有的整个世界，拥抱我们为之奋斗并终将战胜的一切。就是这扇窗！她转过身面向旺达:“你说，对于任何人、任何事，我都深信不疑。可世界上的确有那么多可以相信的，不是吗？而且它们值得我们相信，不是吗？”

黄昏已经悄然降临，旺达拧开丝绸屏风后的灯。她说:“你在这个房间里度过了快乐的岁月，是吧？那七年里，你一直开开心心的，直到最后一次派对，我的告别晚宴。还记得吗？”

“那还用问！那场伟大的演讲，值得我们自豪和骄傲！当时应该是六月吧，凌晨两点，太阳就升起来了。我就站在桌子上，高喊：为太阳干杯！那个苏联人就坐在桌肚下面唱歌。他到底是打哪儿来的？”

“苏联人？他应该是那群人中间的一个吧。因为大家都挺同情他们的，所以经常叫他们来参加派对。他们有好多人呢，真的太多了！不过我总是让他们来。我总说，把他们叫上吧，叫上他们好了。派对嘛，人多了才热闹，这是我的原则！里面一共挤了二十二个人，二十二个！我记得清清楚楚。我为朋友们办了那么多场派对，这是最棒的之一。”

斯黛拉说：“你这话什么意思？这不是我的派对吗？”

“好，好，你愿意这么认为就这么认为好了。反正我为你举办了一场告别派对，所以从某种意义上说，这的确是你的派对。然后第二天一早，你就搭早班火车走了。”

对，早班火车，斯黛拉想。塞巴斯蒂安和我一起去的火车站。那是一个明媚的夏日早晨……他答应说，只要一申请到奖学金，他就立刻过来和我会合，我只要尽快为我们找到一间新的工作室就行，或是一个房间，哪怕廉价旅馆的房间也行，只要有个地方给我们画画……他几乎没有固定住址，所以我只能把新地址寄给旺达……再见了，亲爱的，保重！火车呼啸着，驶向新的世界。

“斯黛拉？别琢磨我的派对啦。你应该没忘了吧，住在这儿的人是我。我住在这里。你老实说，这儿难道不是我住的吗？看见了吧，这你不想承认也不行。”旺达将手放在斯黛拉的手背上，用亲切的口吻继续说道，“记忆当然会和我们开玩笑，不过别在意，这种情况太自然不过。这里欢迎你的到来，就像从前一样。你是那么的热心，总是想方设法地帮忙，切洋葱、倒垃圾……这儿发生的一切，你都有参与，你是我们最可爱的星星眼女孩嘛……等等，是电梯的声音……”

从房间里，可以清楚听见电梯的响动。

“是去三楼的，”旺达说，“电梯总是停三楼，挺逗的。是啊，想想曾经发生的一切，所有的事。而现在，你就坐在你的老位置，两旁是英格吉德和汤米，我和本努坐你对面的沙发上。塞巴斯蒂安通常坐窗口。你们总是在聊艺术，聊个不停，完全沉浸在自己的世界里。你能告诉我，其中有几个后来出名了吗？”

斯黛拉说：“朋友之间的联系渐渐就淡了，后来他们过得怎么样，我也不知道。”

“你不知道？他们一个都没给你写过信吗？唉，我可怜的斯黛拉！”

斯黛拉点起一根烟，说道：“我给你寄过信，告诉过你我的新地址。还让你转告我的那些朋友。”

“是吗？等一下，你的火还没点着。给，这个打火机不错。你应该用打火机的，你的手都开始发抖了，就一点点，一点点，没事的，你不用太担心。话说回来，从某种程度上说，塞巴斯蒂安还挺出名的。不过那些大明星嘛，你知道的，出名前的那些值得信任的朋友，他们早就忘得一干二净。怎么，剩下的红酒，你不打算喝完吗？”

斯黛拉问：“你知道他过得怎么样吗？他现在在哪儿，你知道吗？”

电梯又开始轰隆隆响了。她们静静坐着。

“四楼，”旺达说道，“意大利面差不多该好了。还有黄油，现在流行加帕玛森奶酪！你应该不反感帕玛森奶酪吧？”

“当然不。多谢。你还在市政府办公室上班吗？”

“当然在。我还等着熬到退休领退休金呢。对了，我现在升部门主管了。”

“真的吗？除了上班，你平时还做什么？还和以前一样的爱好吗，每天晚上都出去练体操？”

“晚上出去？你疯了吗！在这座城市里，晚上六点以后，谁都不敢上街！”旺达走到角落里的灶台前，把水烧上。然后开始布置餐桌。

“你想看看加斯卡斯的照片吗？”

相册很精致，可里面的照片拍得不怎么样，一群年轻人凑在一起哈哈大笑，有参加化装舞会的，有在海滩上吹风的，还有背着画架走在路上的，对于不曾亲历过那些的人，这些照片显得乏善可陈。

斯黛拉说：“这张是在哈姆霍尔姆拍的。我就站在塞巴斯蒂安旁边，穿着白色连衣裙。这条裙子我还留着。”

旺达凑近看了一眼，说：“这里面不是你，是其他人。照片有点曝光过度，我只能裁掉一个角。你要加番茄酱吗？”

“不了，我不加。你知道塞巴斯蒂安住哪儿吗？”

“我可能知道吧。不过我亲爱的朋友，那可是一个秘密地址。我答应过不说出去的。随你怎么说我，可我这个人一向守口如瓶。还有，这张不是在哈姆霍尔姆拍的，是在埃格斯卡拍的。那次你都没去。我说了，记忆会和我们开玩笑，对吧？有些记忆就那么消失了，有些永远都忘不了。记忆对你来说很重要吗？你认真想想，别回避这个问题。在这个房间里，你过得那么轻松惬意的那段时光，你想要回去，对吗？”

“现在不想了，”斯黛拉说，“水好像开了。”但水其实没烧开，煤气用完了。

“真抱歉，”旺达说，“你能原谅我吗？！我可以下楼，去隆德布拉德夫人那里借点开水，不过她那个人不怎么好说话……”

“算了吧。她估计正忙着擦洗楼梯呢。”

“你见过她了？她说什么了？”

“没什么，我们就是有一搭没一搭地聊了两句。”

“她说我什么了吗？”

“没有。”

“你确定吗？”

“确定，她什么都没说。旺达，这房间也太热了，你能稍微开点窗吗？”

春日夜晚的凉意顺着缝隙钻进房间，让人感觉自由而舒爽。

“关于这扇窗，”旺达说，“你和塞巴斯蒂安，你俩就站在这儿咯咯直笑。当然，你们也笑话我们其他人，真的。到底有什么值得这么好笑？你们在笑谁？”旺达的声音平淡却急切，有种黏稠的纠缠意味，斯黛拉突然冒出一股无名火，答道：“我们没在笑谁！要么这么说吧，任何人、任何事都很好笑，因为我们觉得快乐，所以看什么都想笑！我和他你看看我，我看看你，忍不住就会笑。这很难理解吗？”

“你干吗发这么大火？”旺达沮丧地问。

“我累了。你话太多了。”

“是吗？我真蠢，脑子总少根筋。我能看出来，你身体不舒服。你和以前完全不一样了。有哪儿不对劲儿吗？告诉我，斯黛拉。来，你坐沙发上好了。是那些照片惹你烦心了吗？可它们纯粹是陈年往事的片段，我们都该珍惜才是！”

“对，你说得对，那些纯粹就是回忆的片段。这间工作室也一样。这里的一切都曾那么亲切而坦率，我们勤奋工作，彼此信任，你知道吧，那种氛围是多么难能可贵。每当我失眠时，都会想到这间工作室。”

“你会失眠吗？那可不太好。太不好了。斯黛拉，听我一句劝，你已经不再像你自己了。你找医生聊过吗？关于你的健忘……不过这大概也不要紧，算了，别想了。”

“电梯！”斯黛拉喊道，“电梯又来了。你听出它停在哪儿了吗？”

“四楼。”

旺达关了窗户，给她俩的酒杯又倒满了酒，接着继续说道：“他给我买了张唱片，价格可真是够贵的。其他大艺术家也是，时不时带唱片过来，甚至还会送给我……我们彻夜跳舞，一直跳到第二天日出，你知道当时做了什么吗？我爬到桌子上，一边和你们干杯，一边高呼：为太阳干杯！后来派对结束了，大家都回了家，就剩我俩，我和塞巴斯蒂安……斯黛拉？你想听点音乐吗？一首老歌，他送我的，《雾夜布鲁斯》。”

“不，现在不要。”斯黛拉的头痛又犯了，眼眶阵阵刺痛，老毛病了。电梯又爬上来了，几乎到了顶楼。在这个面目全非的房间里，她只认出了一样东西：书架。斯黛拉伸出手，触摸着它。

“我只用一个晚上就钉好了，”旺达说，“看着还挺精致，对吧？”

斯黛拉几乎咆哮着说：“不是这样的！这是我以前的书架，我亲手做的！”

旺达将身体向后倾，靠在椅背上。她微微一笑，开口说道：“至于吗，你以前的书架？喜欢就拿去好了，就当我送你的礼物。斯黛拉，我亲爱的朋友，我真替你感到担心。你的星星眼哪儿去了？出什么事了，你不能告诉我吗？唉，你又抽了支烟。你的烟抽太多了，看着就是一副亚健康的模样。求求你，放松点。别总纠缠以前的事了，你越是纠缠，就只会越来越迷惘，越来越痛苦。我是说真的，你现在就是一副痛苦迷惘的样子。你知道，那些事都过去很久了，这些年你想必过得不太顺。不过话说回来，一个书架能代表什么呢——什么都代表不了。你想想高兴的事。还记得汤米吗？他人很好，又喜欢你。他经常说，我们必须倍加呵护我们可爱的星星眼女孩，她这么乖，你说什么她都信。她是我们的垃圾桶，我们有什么苦水，都会往她那儿倒……”

斯黛拉打断旺达的话头：“过去的事，我们就不必再聊下去了吧。

“我们可以聊聊现在的事。房间外面的。”

“房间外面的——这话什么意思？”

“就是外面的大千世界。各处各地、每时每刻都在发生着变化，激烈暴力的也好，重要关键的也罢。我们可以聊聊那些。”见旺达没明白，她补充道：“就是我们在报纸上读到的那些。”

“我不看报纸，”旺达说，“真的，汤米喜欢你，我所有的朋友都喜欢你。这点你尽管放心——我们对你的喜欢，绝对没有同情怜悯的意思……”

“电梯！”斯黛拉突然喊了起来，“又来了！”

“怎么了？”

“你在等谁吗，还是你只是觉得害怕？”

“害怕什么？”

“小偷啊，旺达。小偷会过来偷你的东西的！”

旺达直勾勾盯着她的客人，然后一字一顿地说：“别孩子气了。这儿没人能进得来。”她停顿片刻，然后继续说道：“你让我想到一个人，那种值得同情的人，上这儿来就为了能填饱肚子。她只顾着吃，一句话都不说。还真挺有意思的——她和你很像。可怜的人儿。我走到哪儿，她就跟到哪儿。你知道她有次对我说了什么吗，她说，你太坚强了，就好像一股强电流……充满了生机活力，催促你不断往前跑，再跑快点！后来她就消失了。谁都不知道她去了哪儿，当然谁也都不在乎……斯黛拉？你怎么了，不舒服吗？”

“嗯，”斯黛拉答道，“我很不舒服。你有阿司匹林吗？”

“当然有，我马上去拿……小可怜，你先在沙发上躺一会儿。躺下，你一定要躺一会儿。你看着糟透了，必须得好好歇着。什么都别说。答应我，找机会你一定要去好好检查下身体，这你能做到吧？”

汹涌的睡意铺天盖地地袭来，房间消失了。旺达那无法摆脱的声音还在继续：“你舒服点了吗？你回到这里，就像回到家一样，过去的事情，就全都忘了吧，放下吧……他们来了，他们全都回到我的房间，就站在门后等着。我听见他们的动静，放他们进来，然后他们开始聊天，聊个不停……烦恼、担心、忧愁……然后轮到我来说。坦白、直率、诚实，人必须要诚实，不是吗？我没说错吧？没必要长篇大论、车轱辘话来回说，但必须经过深思熟虑、权衡再三才开口，不是吗？你怎么开始打冷战了！

“等等，我帮你掖一掖，你裹紧点……别动，让我来照顾你——我说得不对吗，难道不该实话实说吗？”

斯黛拉尖叫起来：“放开我！”毛毯盖过了她的脸，那声音还在继续：“我告诉过他我是怎么想的，我就是实话实说的，我说，她令你窒息，你必须甩掉她……”

“电梯！”斯黛拉又发出一声尖叫，有那么一瞬，紧张的气氛稍稍缓和了些。她从沙发上跳起来，在房间里狂奔。旺达仍然坐在沙发里。“斯黛拉？你在找什么？”

“包！我的包！”

旺达哈哈大笑起来，说道：“你的包可不是我偷的哦。放心吧，应该还在，我把门反锁了。来，坐下，冷静一下。我来告诉你事情的经过。再来点酒。不要吗？你看，你就在你的房间里，一切全都属于你自己。它们全都在，所有发生过的事、所有说过的话都还在，它们全都渗透进了墙壁，就在你的周围，好像一件暖和的大衣把你裹紧，越裹越紧……你不相信？我有证据！我都录了音的。耐心点，仔细听我说，你会明白的。”

房间里响起一阵嘈杂的人声，难以理解，其间夹杂着尖锐刺耳的音乐。旺达扯着嗓子喊道：“听见没？这就是证据，对吧？还有打碎酒杯的声音，听见了吗……”

斯黛拉将大衣搭在胳膊上，一手拿着包，站在门口。

“让我出去，旺达！让我走！”

“不，别走。求你了，现在先别走，再待一会儿，就一小会儿。那都是很久以前的事了，我们还有好多话可以说……你在害怕什么？现在还不晚，一点也不晚，街上没那么危险，等会儿你可以打辆车，我送你下楼，保证等你上了车再走……斯黛拉？你真没必要担心，我是说，如果你包里带了很多钱的话，如果你担心被偷的话……”

“我已经被偷了，”斯黛拉说，“放我出去。”

旺达走到门口，抚摸着她的胳膊。“斯黛拉，是关于书架的事吗？你拿去好了。我是说真的！书架又不大，你可以放在出租车后备厢带走的。别这么看我，别对我这么苛刻……”她的手还黏在斯黛拉的胳膊上，斯黛拉一言不发地挣脱开来，就这么沉默着等着对方平静下来。旺达打开门锁，让到一旁。斯黛拉匆忙下了楼，有一种汹涌而来的解脱的释然。走到楼梯拐角处时，她转过身，想要道声别，但旺达已经关上了房门。《雾夜布鲁斯》刚开了个头，旋即戛然而止。

浓雾笼罩住整座城市，这是春天的第一场雾。是个好兆头，大家都知道，冰雪即将一点一点开始消融。

蔚蓝海岸之行

妈妈即将迎来五十周岁生日，她明确表示自己什么礼物都不需要，只有一个简简单单的愿望，去巴塞罗那旅行，试着了解高迪的建筑。她还想体验一下蔚蓝海岸，确切说是海滨小镇胡安莱潘。当然是和女儿莉迪亚同行，毕竟她俩已经习惯了一起生活。不过，这次旅行的预算不能太高。

虽然大家都说，蔚蓝海岸的成本很高，但妈妈坚持说，梦想就是梦想，有了年头的梦想则变得老而弥坚。

旅行社的工作人员表示，很遗憾，他们合作伙伴的名录上，蔚蓝海岸一带并没有便宜的酒店，至少胡安莱潘附近没有，旅游旺季期间也没有。

妈妈把想法一说，朋友和熟人们立刻帮她打电话四处询问，最后辗转打听到，某人的表弟知道一家旅馆的地址，在旅游旺季的时候算是很便宜了。

旅馆主人是一个名叫博内尔的先生。

“莉迪亚，”妈妈说，“你给博内尔先生写封信，告诉他，我们考虑就住他的旅馆，不过我们一天只在旅馆里吃一餐饭。”妈妈计算了一下，如果来回船票都买三等舱，在巴塞罗那只逗留一天，节约一切不必要的开支，那么预算还是绰绰有余的。

“没问题，妈妈。”莉迪亚说完，开始在图书馆找代班的工作人员。

旅程从乘船开始。朋友们站在码头上向她们挥手道别，妈妈站在甲板上，头发花白，戴着一顶浅灰色的宽边大礼帽，帽檐压得低低的，据说是故意这么设计的。从1912年开始，妈妈帽子的款式就没变过。

岸上的人们欢呼起来，船渐渐驶离了港口。

过了好久好久，母女俩终于抵达巴塞罗那。妈妈花了整整一天的时间欣赏高迪的建筑。

“莉迪亚，”她说，“我对建筑一窍不通。不过在这里，我亲眼见到了任性自我，却令人惊叹的才华横溢。这就够了。至于其中的门道，我并不需要理解。不过这件事给了我启发，我在想，自己应该买一顶新的帽子，一顶斗牛士戴的帽子。”

帽子必须能将妈妈的发髻塞进去，要找到合适的尺寸颇为不易，但帽子好歹还是买回来了。这么折腾了一番，妈妈累得够呛，只想坐下来喝杯咖啡。母女俩走进一家小咖啡馆，里面只有几张咖啡桌和一个小小的吧台，墙上贴满了斗牛的海报。几位老人站在吧台前聊天，见到妈妈戴着斗牛士帽走进来，纷纷转过身来，低低地喝了声彩，表示仰慕之情。有人主动搬了把椅子过来，但妈妈还是坚持站着。又有人请母女俩一人喝了一杯雪莉酒。咖啡馆里安静了下来。然后，其中一位老人走到妈妈跟前，单膝跪地。妈妈解下自己的披肩，递给了他。

老人双眼直视着妈妈，展现出正式斗杀的一幕，也就是最终决定公牛死亡的仪式流程。他的朋友们神情严肃，一动不动地站着，不时发出几乎听不见的叫好声。一切结束后，妈妈将酒杯里的酒一饮而尽，向他们微微鞠了一躬表示感谢，然后有人开了门，目送母女俩走出酒吧。

“太酷了，”莉迪亚说，“你是怎么用披肩想到这一出的？要是爸爸在场的话，不知道他会怎么说。”

“我亲爱的孩子，”妈妈说，“他八成会留下来和大家打成一片，他根本就不懂什么叫逢场作戏。再说了，出门旅行的时候，你爸爸经常念叨想家什么的，净扫兴。”她又补充了一句：“雪莉酒真是一种可怕的饮料。”

巴塞罗那的旅程结束后，母女俩继续前往蔚蓝海岸的胡安莱潘，然后打了辆出租车去往博内尔先生的小旅馆。旅馆非常小，也不靠海。博内尔先生系了一条长长的绿围裙，走出来迎接了母女俩，瞥了一眼计价器说：“他骗你们的，在这儿打车不需要付小费。”说完，他拎过行李，去前台倒了一小杯雪莉酒。旅馆大堂光线昏暗，在大片棕榈树的掩映下显得格外阴郁。博内尔先生询问了旅途的大致情况，然后陷入了沉默。最后，他才为难地开口说道：“两位女士，我很抱歉，你们订的双人间的油漆还没干。肯定是刷错了颜色，它就从没干过。而且也看不到海。”

“真糟糕。”妈妈说。

“是，非常糟糕。好在我们现在没有其他客人，你们可以每人住一间单人间吗？我可以给你们打折。”

“不，我们习惯住一起了。”

“再来一杯吗？”

“不，谢谢，真的不要了。”

旅馆老板用手摸了摸一头灰色的板寸，叹了口气。

“那我们现在怎么办？”妈妈问。

“我们必须盘算一下，夫人。我在考虑另一种可能，一种不能成为可能的可能。我以我亡妻的名义发过誓，那个失踪的英国人的房子，我是永远不会租出去的。”

“我明白，”妈妈说，“这事至少还有一点商量的余地。你说的那个英国人，他是什么时候失踪的？”

“一年前。但他定期都会寄房租过来，一分钱不差。”

“他的地址呢？”

“他从来都没写过地址，”旅馆老板解释说，“说不定他一直都在旅行。信封上贴的也都是各个国家的邮票……”

“任性啊，”妈妈赞赏地说，“他年纪大吗？”

“不大。也就五十出头。”

“莉迪亚，”妈妈提议，“我觉得我们应该去看看他的房子。”

路程不算长。路尽头是一排白色的栅栏，里面就是那个英国人的野草蔓生的花园，花园正中坐落着一幢刷了白墙的小房子，周围长满了天竺葵。妈妈突然停下脚步，惊呼道：“这不就是《秘密花园》嘛！莉迪亚，那本书是谁写的来着？”

“霍奇森·伯内特。”莉迪亚答道。

这里的一切枝繁叶茂，欣欣向荣，尤其是杂草，简直有疯长的势头。到处散落着锈迹斑斑的空罐头，水井的井口已经被一丛玫瑰果灌木所覆盖。

博内尔先生表情凝重，脸上写满了绝望。他解释说：“房间太小了，自来水有时有，有时没有，水井也早已废弃。两位女士，我真希望你们双人房的油漆能尽快干透。”

“亲爱的先生，”妈妈用法语说，“我倒是希望它永远也别干。”妈妈在井边坐下，目光直视着他：“先生，或许我自己都浑然不觉，但这的确就是我一直梦寐以求的房子。”

“可是对两位孤身在外的女士而言，附近不太安全。”

妈妈一直用眼神打量着他，耐心等待着。

最后，博内尔先生有些突兀地冒出一句：“我可以给你们找条看家狗，别看它个头小，脾气可不小。我一会儿就去找邻居杜波依斯，把它借过来。对了，它叫米侬。”博内尔先生打开房子的门锁，将钥匙递给妈妈，又补充了一句：“两位女士稍等，我给你们去拿床上用品。”

妈妈将帽子挂在门后的衣帽钩上。

房间正中是一张宽大的双人床，除此之外，只有寥寥几件家具：一张桌子，一把椅子，一个柜子。

墙壁是雪白的，地板上铺着瓷砖。角落里还有一些东西：英国人用的电炉，还有一些贴着杜松子酒标签的木箱，里面装着厨房用品。

“柜子就不用打开看了，”妈妈说，“从某种程度上说，我们也算是住在袋子里的人，和他一样低调。从现在起，我们要尝试一种截然不同的生活，我是说……”

“任性，不按常理出牌。”莉迪亚说。

“怎么，你不喜欢吗？”

“没什么，妈妈，挺好的。”

第二天早上，母女俩来到花园里时，一条黑白相间的小狗冲了过来，发疯一样地吠叫着。它咬住妈妈的裙摆，兴奋得浑身颤抖。

“它明显不喜欢我！”妈妈脱口而出，莉迪亚辩解说，没准儿这条狗只见过穿牛仔裤或工装裤的女人。裙子对它来说，实在太具有挑战性了。

“好吧，”妈妈说，“那我也要挑战它一下！我要找旅馆老板，谈谈这条讨人厌的小动物。”

博内尔先生已经准备好了早餐，就摆在双人间专属的凉亭里，餐巾纸里还插着红玫瑰。

“一切都还顺利吗，你们见到米侬了吗？”

妈妈避而不谈，最后才提了一句说，她的玫瑰看上去蔫蔫的。她气鼓鼓的，态度也不太好。

“都挺好的，”莉迪亚急忙抢着答道，“现在我们打算去海滩看看。”

“嗯，海滩……”旅馆老板重复了一遍，双手一摊，做出一个无奈的手势。他太清楚不过了。每次都是这样：客人们兴致勃勃地跑过来，结果发现海滩都被豪华酒店修筑的围墙围了起来，美其名曰保护住店客人的隐私。反正在胡安莱潘一带，再也没有什么海滩了。

妈妈和女儿朝着大海的方向，走了很远的一段路，然后又沿着围墙一直往前走。天气开始变得炎热起来，一辆辆汽车呼啸而过，偶尔会在岗哨或大门口停下来。最后，城墙中间总算出现了一个窄窄的开口，一条浮桥直通到海面上。木板搭成的简易码头旁停泊着两艘划艇。

“妈妈，”莉迪亚说，“要么我们乘船兜一圈，欣赏一下胡安莱潘和摩纳哥的风光？”

“先别急，”妈妈说，“我突然有个想法。”

“你又要来任性那一套？”

“等着瞧吧。说话别这么尖酸刻薄。”

到了晚上，妈妈叫醒了女儿，说：“今天是满月，我们去海上兜兜风。不过出发之前，我想问你一件事:你有过那种经历吗,别人为你悬心、忧虑不安?”

“没有。其他人干吗要关心我的感受?”

“那我就告诉你,那种感觉非常不舒服,感觉就是种羞辱。别人就好像在说:我们应该让她好好歇着,怎么舒服怎么来。换句话说,只要甩掉了她,我们就可以随心所欲了!你明白吗?他们就是小心翼翼地,真的……算了,不说了。那次,你们借着月光,偷偷划船出去,你还记得吗?”

“不记得了,妈妈。”

“是真的,你们在海面上开了个什么月光派对,然后你说,我应该好好歇歇,就别跟着去了。我们走吧。我去找到那条浮桥,然后在地中海上兜一圈。”

两艘划艇还停在那里。

“我们就坐小的这条好了。”妈妈说。她们上了船。莉迪亚划起船桨,顺着风往前漂去,越划越远。渐渐地,她们可以看见海岸边豪华酒店的外墙轮廓,还能隐约听见泳池的音乐旋律。海面上漆黑一片,月光投射下来,璀璨地闪烁着。气温已经相当低了。

“你冷吗?”莉迪亚问。

“当然冷。海面上总是很冷。”

“我们当时不知道……”莉迪亚刚开了个话头,就被妈妈生生打断了。“你们当然知道,知道得很清楚。对，你们是想表示出尊重来着，可惜用错了方式。就因为你们什么都不懂，所以非要深更半夜来弥补过失、挽回颜面吗？算了，现在谈这事不合适。你可以往回划了。”

米依早早迎了出来，凶巴巴地一顿叫。妈妈快步走上前，用尽全身力气冲着狗大吼大嚷，米依这才安静下来。据莉迪亚所知，妈妈从没表现得这么失态过。不过那究竟是失望的呐喊，还是胜利的欢呼，谁都不知道。

自从那天晚上之后，米依和妈妈之间产生了一种极其罕见、有所克制的敌意。米依不再发疯似的狂吠，而只是呜呜咆哮着，露出尖尖的小牙。它的目光始终盯在妈妈身上。妈妈在花园里小憩的时候，米依会钻到她椅子下面，不让莉迪亚靠近半步。而每次妈妈醒来的时候，她和米依都会龇牙咧嘴，怒目而视。

对此，妈妈是这么解释的：“没准儿这对它来说也是好事呢？偶尔释放一下恨意也不错，你说呢？”

“是吧，”莉迪亚说，“你说的也许是对的。”

当然了，她们最终还是找到了海滩。虽然距离遥远，而且上面都是碎石和垃圾，但好歹也是片海滩。上面竖着一块大牌子：私人领地，有待开发。

她们每天早上都要去那片海滩，将浴巾铺在石头上，目送扬着红帆的小船一只只经过海边。妈妈把腿伸进海里，说了一句：“这儿没有贝壳。”

“好像是没有，”莉迪亚说，“我在报纸上读到过，贝壳都是趁着旺季来临之前进口的，酒店会把它们撒在沙滩上，等着住店客人来捡。”

“你怎么不游泳，”妈妈问，“你不是来游泳的吗？”

“我懒得动。”

一艘小帆船摇摇晃晃地驶过海滩附近，上面坐着一船的年轻人，看着兴致高昂的模样。

“快游过去，”妈妈说，“自己找点乐子！”说完，她摘下帽子，冲那群年轻人挥了挥。

“拜托妈妈，别想一出是一出。巴塞罗那……”

“哎，哎，我知道。巴塞罗那的规矩很多，可那都是过去！”

“那你现在又在琢磨什么？”莉迪亚问。

母女俩没有就这个话题继续下去。小帆船也悄然漂远了。

旅馆老板在凉亭里准备好了晚餐，照例为女士们采摘了新的玫瑰花。他喜欢在她们身边绕来绕去，有时干脆靠在花架旁白色的大冰箱上，听着她们用陌生的语言絮絮交谈着。一旦捕捉到需要调整或改动的迹象，他就会匆匆赶过来，低声询问酱汁的浓淡或葡萄酒的口味。因为她俩的缘故，博内尔先生将传统法式晚餐的时间推迟了好几个小时。他总担心她俩吃不饱，所以时不时地，他会将一些食品放在篮子里，盖上白色餐布，然后拎到她们的房门口，借口说都是些吃剩的东西，反正最后也是要扔掉的。他总是小心翼翼地将篮子放好，然后才回到自己住的地方。

一天晚餐后，旅馆老板将莉迪亚拉到一旁，请她去前台一趟，说有件小事想要麻烦她。博内尔先生递给莉迪亚一只装满贝壳的小盒子，急急地解释说，这是一些客人留在旅馆里的，那些客人之前去了希腊。“不过小姐，这些玩意儿要是一下子全都找到，是不是显得太假了？”

“是有点假，”莉迪亚说，“一次找到两三只贝壳最好了。”

“其他方面，都还好吧？”

“谢谢，先生，都挺好。”

莉迪亚将盒子塞进包里，想了想，然后从里面拿走了一只贝壳，那只上面印着“米科诺斯留念”的字样。

母女俩继续朝海滩走去，她们已经在蔚蓝海岸待了十天了，并且重复着相同的生活模式：和狗对吼、博内尔先生的早餐、海滩、在英国人的花园里休息、晚餐，还有漫漫长夜。

这天早上，来了份电报。旅馆老板将电报放在妈妈的咖啡杯旁。妈妈看完后，说："糟糕。他们想让我回去。"

他小声问："是谁去世了吗？"

"不是不是。我得了个奖，得回去领奖。"

"有奖金吗？"他满怀希望地问。

"没有，"莉迪亚说，"只有荣誉。她逐字逐句地翻译道，谨以此表彰其艺术上的贡献，使我们国家受到全世界的瞩目。"

"我不去了，"妈妈说，"但我们必须发封电报回去，措辞要做到优美。"

旅馆老板开面包车，将母女俩送到胡安莱潘，在电报局门口停了下来。

"非常感谢，亲爱的朋友，"妈妈说，"不用等我们了。等事情办完，我们自己回去。"

母女俩走了进去，领取了表格。

莉迪亚提议："要么就说你身体不舒服？"

"绝对不行。哪有从蔚蓝海岸发电报回去，推说身体不舒服的？那样的话就不该出门。”

“怎么不行？萨默塞特·毛姆的一篇小说里，就写到有人在卡普里的豪华酒店里生了病，客死他乡，棺材还……”

“文学嘛，都是虚构的。再拿张新的表格吧。先写感谢的话，自豪啦，高兴啦，惊讶啦，等等。要谦虚几句吗？比如有人更应该得这个奖？”

“不用了，太假了。他们没准儿还以为你在说反话呢。”

“我就是在说反话，”妈妈说，“的确没人比我更配拿这个奖。那就说我正在海上漂着呢。”

“不行，不行。”

妈妈突然不耐烦地吼了起来：“可我又不能明说，说我想一个人待着！这里也太热了！整件事我都烦透了，你呢，什么忙都帮不上。”

就在这时，一位举止优雅、头发灰白的先生走了过来，主动询问是否能为她们效力。“你们想必是新来的，”他说，“而我一直都住在这儿，对胡安莱潘非常了解。比如哪儿值得去、哪儿值得玩之类的，我很乐意给游客们提些小建议。对了，我叫安德松。”

“你人真好，”妈妈说，“稍等一下……莉迪亚，你就写点客套话发过去，说我希望回去后能举办一场庆功宴，私人的那种。”

“知道了。”莉迪亚说。

安德松先生陪她们来到一家酒吧，据说这是目前最热门的地点。现在正值旺季，这儿凑满了各色有趣的人，既有电影明星，也有百万富翁，甚至还有那些拿出多年积蓄，只为在蔚蓝海岸度假一周的穷人，他们那种孤注一掷的绝望感也很值得玩味。

“要来点雪莉酒吗？”

“不！”莉迪亚脱口而出，“妈妈讨厌雪莉酒！”

安德松先生看着她，一脸惊讶。

“很好，莉迪亚，”妈妈说，“你管你自己就好。”

酒吧里太热了，帽檐低低压在额头上，妈妈有一搭没一搭地听安德松先生在那里说，希望能带她们去摩纳哥的赌场逛逛，如果可以的话，对他而言将会是莫大的荣幸。妈妈感觉不太舒服。酒吧里不时有人走来走去，乐呵呵地和她打声招呼，然后消失不见。一个穿着邋遢的大块头女人冲她们走过来，说了声：“嗨，亲爱的，又找到新客户啦？女士，您的帽子挺别致啊！”

“谢谢，”妈妈气鼓鼓地说，“可就是太热了。我都快喘不过气来了！”

“亲爱的，”大块头女人说，“你需要的是一顶轻盈透气的遮阳帽，最好是粉红色的，和您的一头白发很搭。”

他们来到一家名为女士之梦的精品专卖店，妈妈买了一顶她一点儿也不喜欢的帽子。帽子实在太贵了，她们没法现场付全款，只能赊了账回头再补。安德松先生提出要送母女俩回旅馆，但妈妈解释说，她们打算找个安静的地方写两张明信片。等安德松先生和大块头女人消失在视野之中后，妈妈和莉迪亚叫了辆出租车，回了旅馆。

过了一会儿，莉迪亚开口说：“妈妈，你可真够虚荣的。”

“你也半斤八两，不过你这才算刚刚开了个头。我们住在哪儿，根本没必要让他们知道。再说了，我就是想要低调一些，保持距离，偶尔营造点神秘感。对了，千万别提帽子的事。”

博内尔先生出门迎接了她们。

“夫人，”他的口吻有些沮丧，“您买了顶帽子。该不是见到安德松先生了吧？”

“那条狗很烦人。”妈妈突兀地冒出来一句。

博内尔先生郁闷地答道：“它是觉得你们有意思，才表现得这么兴奋的。其实它是一条非常孤独的狗。”

第二天早上，海滩上到处都是男孩子。他们又是游泳，又是跳水，玩得不亦乐乎。当妈妈戴着新买的帽子出现时，他们明显更兴奋了。

“别理他们，”莉迪亚说，“我们往前走点。”

“可他们在笑话我！”妈妈吼道，“他们觉得这帽子很可笑！好，很好，确实可笑。我要买的时候，你本来可以阻止的，可你从来都想不清楚。她走过一片石头滩，背对着大海坐了下来。”又过了一会儿，她说：“你怎么都不吭声？出什么事了吗？”

“没有。”

“你不喜欢这儿吗？钱花完了？”

“不是。可我们不能无限期地一直待下去。”

“你是说你工作的事？”

“求你了，妈妈，”莉迪亚说，“这儿根本就不适合我们！”

妈妈摘下帽子，说道：“反正我是一个随遇而安的人。”

“你还是把帽子戴上吧，不然会中暑的。反正他们都看到了。我觉得我们玩得也差不多了，是时候回家了。”

“我有个想法。”妈妈说。

“我知道，你不是这个想法就是那个想法，这是你的自由。可我怎么知道，什么时候该帮你一把，什么时候该劝你不要继续？”

“你这是要和我吵架吗？！”妈妈惊讶地说。

几个男孩笑着从她们身边跑了过去，朝莉迪亚的方向扔着石头，喊道：“臭美的老姑娘！”

“我们走吧。”妈妈说。

回去的时候，旅馆老板早已等在房间里了，简短地宣布了一句：“英国人发电报来了。他要回来了。我也很无奈。”

“他什么时候回来？“

“今天。随时都有可能。我也很无奈。”

“嗯，这句话你刚才说过了。反正我们也准备走了。”

莉迪亚惊呼起来：“妈妈，别这么说！你想住多久就住多久！万一双人房的油漆干了呢？那你还是感兴趣的吧？”

“你自己做主好了。”妈妈说。现在，她真的感觉有些不舒服。

“要么给他办个欢迎派对？”莉迪亚提议，“这完全符合你的风格……如果我是你的话……”

妈妈打断了她的话头：“可你不是。你完全是另一个人。你让我意识到，我决定的事情太多了。好，这回你自己做主吧。”

博内尔先生耐心等待着，漫不经心地翻看手里的文件，时不时往窗外看两眼。最后他忧心忡忡地试探地说，外语这东西也挺奇怪的，大致语气能听得出，沉默的地方也能意识得到，但不管怎么说……唉，可怜的斯堪的纳维亚人，他想到她们生活的地方是那么寒冷黑暗，一切也就不难解释了……

莉迪亚突然站起身，说道：“博内尔先生，能不能麻烦您给航空公司打个电话，订两张机票？如果可以的话，明天的早班航班就行。我们得赶紧把行李搬过来，杜波依斯家的两个儿子可以把狗领回去，没准儿还能帮忙搭把手搬东西。今晚我们就睡双人房，油漆干不干的无所谓。”

“谢谢你，小姐。我这就打电话。”

“等一下，我妈妈好像有点中暑了。您有医疗方面的书籍吗？”

“只有一本小册子，给游客用的。”

莉迪亚翻了翻，说道：“冷敷。中暑的话，喝加盐的柠檬水。对了，我们在女士之梦那儿还有张账单没付……妈妈，你现在感觉怎么样？看样子应该不是大问题。”

“这谁说得准。那个死在卡普里的人叫什么来着？他们是怎么把他送回去的？当时就没人觉察出哪儿不对劲儿吗？”

“别多想了，妈妈，”莉迪亚说，“你睡一会儿吧。”

到了傍晚，妈妈感觉好多了，提出想要和她的花园告个别。去花园的路上，他们遇见了牵着米侬的杜波依斯家兄弟俩。米侬看见了妈妈，后腿一蹬，仰着脑袋吠叫起来。

旅馆老板解释说：“它这不是生气，而是伤心。它会想念您的，夫人。”

他们在井边坐下，旅馆老板掀开盖着篮子的餐布，给她们倒上酒。

“莉迪亚，”妈妈突然问，“那顶帽子呢？”

“钱已经付过了。”

“可帽子在哪儿？”

“亲爱的妈妈，”莉迪亚说，“你不需要再见到它了。”

博内尔先生说：“夫人，一切都安排妥当了。小姐考虑得很周到。”

“奇怪，莉迪亚。记得在我们的字典里查一下‘换防’这个词。博内尔先生没准儿会感兴趣。不过，那就是本旅游字典……”

黄昏时分，凉风习习，景色优美动人，花园也比平时增添了一分神秘的色彩。

“女士们，”旅馆老板说，“我有个消息。英国人又拍了份电报来。”他将电报递给莉迪亚，然后耸了耸肩：“情况是这样的，他压根儿不回来了，改道直接去埃及。”

“太任性了，”妈妈说，“可惜啊，我还挺期待和他打个照面的。”

第二天一早，博内尔先生开着面包车，送他的朋友去机场。

母女俩回到自己的国家时，正赶上今年的第一个春天。如果算上蔚蓝海岸的日子，她们已经度过了两个春天。

画

于特比坐落于平原的最远端。邮递员每周会过来三次，如果有寄给村民的挂号信，维克多的爸爸会进行记录，然后放在门廊的桌子上。村民们都会路过那里，对信件和报纸做分类和整理。其他的日子里，那张桌子倒也冷冷清清。

十一月第一个星期的星期二，邮递员送来了关于维克多奖学金的挂号信。

当天晚上，维克多的爸爸在手册上记录下挂号信的到达日期，以及关于信件的大致内容："我的儿子维克多在完成了函授课程后，得益于首都举办的'青年人'展览的评价和国家艺术委员会的推荐，他获得了公费出国进修的机会，并且可以在七周的时间内独自使用工作室。维克多先读了信，然后我也读了。"

爸爸合起小册子。过了一会儿，他又拿了出来，飞快地补写了几句："亲爱的儿子，遥远的、沉默的、亲爱的儿子，如你所见，自打你出生后的那一年起，所有发生在你身上的事情，在这本小册子里都有如实的记录。我想，如果你妈妈还健在的话（愿她安息），她一定也会将这一切记录下来。对于你或多或少起起伏伏的成长和发展（当然了，没人能够一帆风顺），我附加了自己的看法。不过现在，随着这封信的到来，我允许自己稍微放松一些。我的意思是：我爱你，但对于你的难以接近，对于你因为嫉妒而藏起的这些画，我实在感到倦烦了。而从你的沉默中，我看不出任何慷慨和宽容。”

爸爸犹豫了片刻，画掉了几行，又继续写道：“我从来不问，你也从来不问，可你为什么不问一句呢？是因为过多的言语反而令你失语吗？——无论如何，你至少可以说，比如，爸爸，你的担心和恐惧完全是多余的，这些都只是你的想象。而我可以平心静气地解释，为自己辩解说，相信我，它确实存在——难道你从没见过那个类似奇美拉般的怪物吗，镜子里你背后的另一张面孔，良心的恐怖放大？不，你当然没有……大家都觉得我在说笑，不把我说的当回事。他们从未听见那些紧追不舍的脚步声，一旦你稍作驻足，那些脚步也戛然而止，而当你重新起步时，它们又纷至沓来……你以我为耻吗？面对他们的黑暗的地下交易、愚蠢的阴谋诡计，你却欣欣然施以援手……等等！现在一切都不同了。我们必须解放自我。”

爸爸撕掉一整页纸，然后喊道：“维克多！过来！过来！我有话要和你谈。”

他打量着自己的儿子。没错，他俩长得很像，都有两条宽阔的眉毛、一双非常明亮的眼睛和一张欲言又止的嘴巴。不过儿子的头发遗传了妈妈，乌黑乌黑的。

爸爸开门见山地宣布：“回家的时候，它们一路都跟着我，但我假装没看见。它们因此大为光火。其中一只飞了起来，就是那种擦着地的低飞。”他仔细观察儿子的表情，心想：我这是在愚弄你，还是在愚弄自己？反正不管怎么说——什么都别说就是！你终究是会被赶出去的，但至少，对于我亲眼看见的一切，你可以提出反驳意见，或是表示同意，说它们是你的伙伴，你们都是认识的。没等儿子回答，爸爸继续说道：“我想看看你的画。我想再看一遍，花时间好好看。”

维克多说：“天马上就黑了，你什么都看不清。”

“黑，”爸爸说，“天黑、日落、黄昏，无论在什么地方，我们都会遭遇的黑暗总比光明要多，而这正是我想在你的画面里确认的，无论你画的对象是什么，平原也好，法棍面包或一堆土豆也罢，它们的背景设定都是该死的黄昏，还有，平原那么广阔，你干吗要用那么小的画幅去表现？当然了，你笔下的平原还是显得挺大的……喂，你怎么一声都不吭？恕我直言，你的面包画得太乏味了。当然了，要如何把一个面包画出栩栩如生的效果，我也不知道，但你肯定还没掌握技巧……别，别走啊，坐下，做好了……我之所以提出批评意见，是因为它们本可以呈现出更好的效果……比如你画的公鸡，为什么不涂成红黄相间的颜色呢？我们家附近一带有好多公鸡，一只只精神抖擞的，每天一大早就会引颈高歌，喔喔叫个不停。哈哈。不过你最好也把它们放到黄昏的背景下。好了，我要去睡了。”

他迟疑了片刻，什么都没问。最后还是维克多直接给出了答案：“嗯，各处的门，我都关好了。它们进不来。”

等一切安静下来后，维克多走进院子。此时的天空和平原一样黑黢黢的。夕阳在接近地平线的地方幻化出一条窄窄的黄色光带。他等待着，火车的灯光从夜幕中穿透出来，显得遥远而模糊。它被称为夜车，永不停歇的夜车。本地火车都会在黎明前抵达，在站台上停留不超过两分钟。

出发的前夜，维克多的爸爸十分疲倦，在床上勉强翻了个身，嘟囔了一句：“东西都带齐了吗？”然后倒头继续睡去。

风很大，像往常一样从平原上毫无遮拦地刮来。鸡舍里还没点上蜡烛。维克多将手提箱放在站台上。天气冷飕飕的，幽蓝色的夜幕渐渐蜕变成灰黑色。火车的班次总没个准点，有时候早早就到了，见站台上没人的话，火车司机就不停站地开走了。

第一声鸡鸣响了起来。他看见火车朝这里驶来，亮着长长的一串灯光，然后似乎停了下来。火车停得很远，距离站台还有一段距离。他拎起手提箱，沿着铁轨跑了过去。虽然看不真切，可他感觉火车又一次开始了移动。他赶上了第一节车厢，想要纵身跳上去，可一脚踩空，下巴直接磕在了铁踏板上。该死——他狼狈地爬上了车，车厢里空荡荡的。现在火车进了站，停在了该停的位置。火车在站台上停留了太久太久，所以就说嘛，火车总是不可信的。黎明的第一道曙光映照在河面上，大桥的轮廓清晰可见，上面还站着人。火车司机没有发出任何信号，就这么缓缓地往前开去。就在快要上桥的一刹那，维克多看见爸爸扬起双臂，打出隆重的告别手势，所有公鸡都在啼鸣着。

不知道开了多久，也不知道跨越了怎样漫长的旅程，维克多终于来到目的地。那是一幢大大的房子，其中，来自世界各地的艺术家都会拥有属于自己的工作室，根据才华和能力的差异，他们使用工作室的期限也有长有短。对维克多而言，这个期限是七个星期。房子足足有两个街区那么长，层高很高，门厅恢宏大气，整个由玻璃幕墙所包围。门外，一辆接一辆的汽车川流不息地行驶而过。门厅内摆放着几张圆形的玻璃桌，人们围坐在桌边黑色塑料扶手椅里，看样子似乎彼此并不认识。负责前台接待的是两名年轻女子，低着头忙着打字。维克多将手提箱放在一旁的地上，耐心等待着。在车流的喧嚣声中，他捕捉到一种奇怪的低语声，就好像下雨般淅淅沥沥，奇怪，也不知道是打哪儿冒出来的。他一边疑惑着，一边将文件在前台的柜子上一字排开，每一份都签了名、盖了章、做了公证，显得井然有序。她来了。维克多又递上一张纸，试着用外语表达自己的感激和自豪之情。她笑了笑，似乎有些疲倦，接着拿出一张表格递了回来。她的脸尖尖的，小小的，一双黑色的大眼睛格外醒目。她刻意打扮成时下流行的那种高冷风格。维克多倒觉得，她的穿着暴露了她的贫穷。他看不懂表格上的内容：连篇累牍的文字很可能暗示着某种匆忙而就的承诺。他将手放在纸上，然后看着她。她指了指最下面的空行，他顺从地写下了自己的名字，然后接过她递来的钥匙。低语声还是有着一样的力度和音调，仿佛激流一般，弥漫在整个房间。他忍不住问："那是什么？"年轻的女子详细地解释了一番，可他什么都没听懂。

电梯位于门厅的另一头。他跟着其他人一起进了电梯。电梯里塞得满满当当，悄无声息地快速向上爬升。谁都没有说话，大家都在尽可能地回避目光的接触。他所住的楼层到了。电梯门打开后，他推推搡搡地走了出去，这才意识到手提箱并不在身边。电梯门已经关了，他拼命按着按钮，可电梯丝毫没有停下的迹象。他本该把钱都藏在腰带里的，还有护照、所有的重要文件，就差那么一点儿，而且到的第一天就发生这种事，太可怕了……他冲上楼梯，想要赶上电梯的上行速度，可又一次遗憾错过。他只好回到门厅，冲着那个眼圈发黑的年轻女子喊道："手提箱！倒霉！"

她看了他一眼，肩膀微微耸了耸。事后回想

起来，他觉得她的姿态中，同情的成分远远多于冷漠——这时，电梯又来了，里面还是站满了人。他急忙挤了进去，毫不犹豫地将人群推搡开来，一眼就见到了自己的手提箱。它还在，就在那儿。他打开搭扣，找到了钱，立刻觉得羞愧起来。但其他人似乎都没在意，朝着各自的方向匆忙离去，电梯里又拥进了新的人。

维克多累了，觉得稍稍有些反胃。他拎着手提箱，顺着楼梯往上走。大房子里的走廊纵横交错，一层层地往上延伸，仿佛隧道一般。隧道尽头是一扇扇透着阳光的玻璃窗。每条走廊的两侧，隔上一段就有一扇标记着门牌号的黑色房门。三楼有人在弹钢琴，一遍又一遍重复着同样的旋律。

维克多找到了自己的房间，号码是一百三十一。他用前台给的钥匙开了门，然后在身后轻轻带上。这就算到家了。房间里很暖和，但遥远的激流声似乎更猛烈了。他静静伫立着，打量着四周：这就是他的工作室，一个四四方方的宽敞空间，浅灰色调。桌子、椅子、床——都是灰色、黑色或褐色的，属于他自己的颜色。窗户很大，用塑料纸蒙着。窗外是潺潺的流水声。维克多在房间里踱着步，聆听着，直到窗户下的暖气片蒸出的腾腾热气差点灼伤了他的手；氤氲的热气仿佛斗篷般将他藏匿其中，又像是看不见的一汪水，处于世界的边缘，难以接近。

又过了一会儿，管理员来了。他扛来了一只画架。画架很大，看着仿佛巨型的十字架，又像是断头台。维克多表示了感谢，又指了指窗户。他不记得“开窗”这个词怎么说了。好在管理员明白了他的意思，然后耸了耸肩，客气地表示了歉意。管理员离开后，维克多将画架挪到了墙边。在他看来，这个大家伙太碍眼，未免有些大材小用。

门厅里竖着一块告示牌，上面写着寄宿人的姓名、国家和房间号。维克多并没有找到同胞。架子上密密麻麻排列着很多小木格，里面放着寄来的信。写信的人里，自然也包括维克多的爸爸。

亲爱的儿子：

写信的感觉特别不同寻常。我向你保证，不会经常重复这种感觉。你的生活场景发生了变化，这一改变想必充满了力量，太好了。对于建议和安慰，你一定要谨慎听之。无论如何，关于我提到的红黄相间颜色的选择，你统统忘了吧，公鸡都是愚蠢的家伙。其实，我也没什么特别要说的，至少我不觉得有什么值得引起你的注意——或许对于我们之间新的距离（我指的是地理上的距离），是否能提供令人惊喜的新契机，我心中还是抱有一丝期待的。

大家已经开始互相寄送圣诞贺卡了，相信大多数人对贺卡图案的选择，会比平常来得更为平庸和俗气。

愿上帝与你同在。

爸爸

令维克多感到困惑的是，得以在这幢大房子里拥有一席之地的这些幸运儿，彼此之间似乎没有任何联系。无论在电梯还是走廊里，他们几乎都在互相躲闪。他们迅速闪进属于自己的那扇门，就好像被魔鬼追赶着。走廊里总是空无一人——可是，他们却又在做着同样的事情。他们自己的想法比其他一切都重要，而他们总有那么多时间独处——他们难道就不该尝试着，将更多的时间花在人际交往上吗？维克多给爸爸写了封信，措辞十分谨慎，没过多久，父亲的回信就来了：

亲爱的儿子：

你既想要一个人独处，又想要和大家打成

一片，这是做不到的。你只能选择其一。而无论你的选择是什么，你都会遇到麻烦，这点我很清楚。前几天晚上，一只狼坐在了我的椅子上。别以为我是多管闲事，无聊到要过问你的工作进展如何。顺便说一句，在我看来，忽略掉那些对成功无益的期待，倒是一种可接受的态度。如果你有钱有势的话，你当然可以要要别人，看看到底谁说了算——不知道你能不能明白你爸爸我说的意思——

愿上帝与你同在。

爸爸

在这幢大房子里，所有的窗户都被塑料布遮得严严实实，至少有工作室的一侧都是如此，因为大家不希望光线忽明忽暗，所以谁都看不见外面街道上发生了什么事。根据规定，每间工作室里都只能住一名艺术家。这样一来，他们更能集中精力，不会受到家人或朋友的影响。

一次，一个年轻人敲了维克多的门，进来坐了一会儿。由于语言不通，他们两个没法交流，对方似乎也没指望维克多会做什么，他只是静静坐着，有些害羞，或许还有些自尊心作祟的成分。维克多并没有展示自己的作品。以前在咖啡馆里，他可以开开心心地用肢体语言和别人交流，现在这一招似乎也失灵了。

维克多并不知道，一些寄宿此地的艺术家主动缩短了行程，放弃了宝贵的几个星期，甚至几个月，选择了逃离。他们无法忍受太过完美、太过温暖，或太过孤独的环境，满心羞愧地返回了自己的国家。

在如此不真实的状态下工作，对维克多而言还是头一遭。黎明时分，早在汽车川流不息地行驶在街道上之前，他的窗户就孤零零地亮起了灯。在他看来，工作室就好像一幅纯粹的几何图案一般美丽；光秃秃的窗户，没有任何色彩可言——一个抽象的空间、持续不断的低语、氤氲的热气，就好像防护墙一样，日夜包围着他。为了填补空虚，他将家乡带来的所有东西都藏在床下的手提箱里。至于在这座陌生的大城市里冒险，这种念头他一次都没动过。他不需要这些。有时，他会走去隔壁街区，在廉价酒吧里吃顿便饭，或是购买他的绘画材料。

随着这段忙碌的幸福时光不知不觉地流逝，维克多渐渐褪去了青涩的气息。当然，他还是会怀念一些熟悉的、常常会描摹的简单物品：一只水壶、一只棕色的碟子之类……他买来面包、根茎类水果、蔬菜，将它们陈列在工作室内。可它们仍显得陌生而空洞，没有任何意义。于是，他索性按照自己的记忆和感觉描绘冬日的平原。任何人，任何事都不会打扰到他。他作品的色调越来越暗，最后，只剩下夕阳投射在地平线附近的一条窄窄的黄色光带。

维克多借宿工作室的期限只剩下三周，他将自己画的画挂在墙上，端详着它们。他就这么坐着，欣赏了整整一个小时。他被一望无际的平原所包围，有些近，有些远。偶尔有人从雪地里走过，有些推着车，有些拉着货，但大多数时候，周围的景色都是空旷而寂寥的。至于那张摆着面包、根茎类水果和蔬菜的桌子，在死寂的光线下，仿佛商店的柜台一样死气沉沉。对他、对上帝、对整个世界都一副漠不关心的无谓模样！

维克多感到，自己的一颗心被无底的压抑牢牢攫住，全身都感到生疼。他意识到，在离开这里之前，自己的画画技巧已经取得了长足的进步。他一头倒在床上，睡了过去。

临近傍晚的时候，维克多醒了过来，回忆起之前发生的一切。房间完全变了样，充满了敌意，嗞嗞的热气声似乎提高了八度。他将浸湿的报纸塞进暖气片和墙之间的隙缝，可残酷的低语仍在继续。

他试着用刀子撬开窗户，可费劲努力只是徒劳。他愤怒地啜泣着，拿出字典查找他需要的词汇，然后顺着楼梯跑到门厅，将钥匙丢在前台的柜子上，以简单粗暴的方式引起对方的注意。当那位面孔尖尖的年轻女子穿着俗不可耐的衣服走过来时，他大声吼道："空气！热气！我讨厌！"

"谁都讨厌。"她平静地答道，然后递出一张投诉表和一封邮递员刚送来的信。

维克多跑到大街上，一头扎进这座陌生城市的怀抱。天气寒冷刺骨，他漫无目的地越走越远，街道变得越发窄仄。每绕过一个拐角，他都要选择更窄的那条街道。黄昏尚未到来，街上还残存着最后的热闹和喧嚣。买卖仍在继续。人流分分合合，推着他断断续续地往前走。人行道因为丢弃的蔬菜而变得湿滑黏腻，散发着食物的腐臭和人的气息。小贩在街旁支起各式各样的摊位，熠熠闪光的圣诞装饰、缀满金银花朵的香肠和熏肉，以及五彩缤纷的灯泡串起了整条街道，再往上，就是天幕下房屋外墙连起的黝黑轮廓。夕阳晕染出鲜艳的玫红，刹那间，为街道和房屋增添了一抹甜蜜的色彩，然而在转瞬即逝的绚烂之后，天空骤然暗沉下来，低低地笼罩在屋顶之上。

维克多边走边哭，但似乎并没有人注意到他的失态。街道变了：店铺纷纷合上百叶窗，灯光一盏盏熄灭，人们纷纷回家。

最后，只剩咖啡馆还透着光。维克多走进街角的一家咖啡馆，里面只有几张桌子。房间的一头烧着壁炉，另一头靠墙堆放着空木箱。柜台前站了几个人，彼此小声说着话。维克多取了咖啡，稍稍走远了些，这才拆了信。

亲爱的儿子：

或许你觉得，我并不了解大城市。其实不然。我对它们再了解不过。它们光彩夺目，令人心醉。现在你正身处其中，愿上帝与你同在。昨晚有野兽逡巡在我们房屋周围，不过别担心，只有我听见了它们的声音。没有人打听你的近况，倒也省了我不少麻烦。你或许以为，大家会很期待从大城市寄来的明信片吧。对不起，我没有贬损或鄙视的意思。偶尔我会想起你，但我对你的思念，绝不会超过必要的限度。

爸爸

又及：一天晚上，平原上空出现了猛烈的

雷暴。你能想象吗，那可是隆冬时节啊！要是你在就好了。我可能是太自信了，连门都没关。我看着雷电交加、暴雨如注的恢宏场面，想到那些受惊逃窜的公鸡和母鸡，那感觉太爽了！

再及：可到了第二天晚上，它们又回来了。具体是什么个情况，你就别管了，反正我只想说，它们又回来了。（它们才不在乎雷雨呢，哈哈。）

维克多每晚都会回到街角的那家咖啡馆。街上都是人，虽然不及第一次那么漂亮，但路上仍然熙熙攘攘，充斥着各种色彩和气味，还有嘈杂的说话声和神色各异的面孔。

在咖啡馆里，人们认出了他。他已经有了属于自己的桌子——一张小圆贴桌，斜对着壁炉。每天晚上，他都在一张大大的画板上描摹人脸，而且只用黑色。咖啡馆的人并不关心他在做什么。维克多笔下的面孔，包括黑眼圈的年轻女子、在走廊和电梯里偶遇的那些住客，还有街道上的行人，他在绝望中征服他们，迫使他们开口说话。

现在，维克多回到工作室只是为了睡觉，而每天晚上，他都会出现在咖啡馆。渐渐地，他笔下的面孔起了变化，再也不受他的控制。它们就这样不期然出现，而他也只能任由它们自由来去。他将它们困锁于自己虚幻的世界之中，对于这些游荡于爸爸房子周围的隐形之物，他逐一捕捉、圈禁，随心所欲地为它们添上犄角、翅膀和皇冠。但最难的是画出它们的眼睛。

这是我对它们的惩罚，他想。我给予它们无法挣脱的面孔，它们因此被牢牢锁住。从我童年时代开始，它们就紧紧尾随着我。爸爸椅子上的狼！但唯一重要的是：这些画都很惊艳。

一天晚上，咖啡馆老板走到维克多的桌前，说道："这儿有个流浪汉，没准儿和你说同一种语言。他只喝红酒。"说完，他冲着等在门口的一位老人打了个手势。

没错，那位老人的确和他说一样的语言，但并没有聊天的意思。他尽可能地往壁炉前凑，两个人一起喝了热红酒。维克多把自己的画拿给对方看，对方专心致志地端详了一番，但什么都没说。

老人并不想留在维克多那里过夜，但还是郑重地表示了感谢。他站起身，恭恭敬敬地鞠了一躬，然后走了。

咖啡馆老板问："你们听得懂对方说的话吗？"

“嗯，”维克多答道，“听得懂。”

将画展示出来是一个巨大的错误。他期待什么呢？崇拜？惊讶？厌恶？对，他期待除了沉默以外的一切。

维克多没有再去咖啡馆，而是留在房间里继续创作。他已经不再将其看作是工作室。他笔下的人物形象越发高大雄伟，更加无拘无束。他们彼此相爱相杀，甚至会濒临死亡，或因为闷热而窒息，或因为孤独，也可能是因为困惑。但他并无恶意，只是在寻求必要的解脱。到了晚上，他会进城肆无忌惮地游荡，直到天蒙蒙亮才回来。

他将自己的画寄给了爸爸。

最后一天，他将名为《黑眼圈的年轻女子》的画赠送给了前台的年轻女子。她有些惊讶，向他道过谢后，将一封信递了过去。

亲爱的儿子：

它们来了。你已经能够描摹出那些尾随者，另一个现实如今有了属于自己的脸。它们的畏惧令我心安。如今，我的椅子上再也没有狼。很好。不过，你至少可以给点建议，对于实际生活，哪怕丁点儿的常识，你从来都无知无觉。

当然，你也没有给出到达的确切日期，但我还是会去的。等合适的契机吧。

爸爸

还没进站，火车又一次莫名其妙地停了下来，在原地滞留了十几分钟，然后才又缓缓地再次启动。在站台上，维克多见到了爸爸，他们慢慢地走到了一起。

女儿

喂，妈妈，是我。信号不太好，听不清……我刚才打电话过去，不过你好像在上厕所？

（嘟囔）是啊，你上厕所没事的。我会再打过去的！

可是妈妈，听我说：这是我最不愿意看到的！一想到你坐在电话旁边苦等，我心里就觉得很难受，你千万别专门等我的电话！我有空的时候就会打过去的。你知道的。你现在怎么样？

那挺好啊，真不错。晚上的茶你煮好了吗？

求你了，妈妈，你一定要喝点茶！世界上一半的人都是自己住的，他们都会自己煮茶喝。这又不是什么难事，你只要……

（冷淡地）好吧，你没兴趣。对，你没兴趣。

不，我就是平常的口气。我就是说，你想做什么就做什么好了。偶尔没兴趣也很正常，也别勉强自己。你可以找点别的事做，对吧？

是的，妈妈，我知道，我知道。我有那么多事要做，而你完全就闲着没事。说得没错。我知道。

我当然很感激！

妈妈，听我说。你不是要看克拉克·盖博的电影吗，我在你的报纸上标出来了，歌舞片《旧金山》，二频道，9 点 20 开始。很期待吧？

好吧好吧，你不喜欢他。可《天堂的孩子》要到 11 点之后才会放。我也搞不懂，这么好的片子干吗要安排在深更半夜播放。要不你先睡一会儿？

到时间我会叫醒你的。我可以打电话过去。反正我也不睡。你知道，我还要忙明天的版面设计。

我的版面设计，非常重要。我和你说过的！

是啊，你当然什么都不记得。不提了……对了，大地震的片段很短，而且要到电影最后才出现——我说的是《旧金山》那部片子，不是《天堂的孩子》……对不起，我可能有点累了……（低沉，紧张）你知道，妈妈，偶尔我会觉得好累啊，累到崩溃，恨不得一屁股坐到地上，大吼大叫，说我筋疲力尽，工作的事，你的事，一堆狗屁烦心事，我快撑不下去了。所以呢，你现在想说什么？！

妈妈，你明白吗？

别说了！

喂？喂！

（急切地）哦，你还在。太好了！

不，我没生气……

是的。对，对……不，没什么要紧的。我明天一上班就给他们打电话，出这种事真不应该。对了，你的老闺密，她联系上你了吗？

你不是说，你们应该见一面的嘛。我说妈妈，那又没什么！是你和她说，你受不了啰里啰唆、老气横秋的老家伙，这话可是你说的！妈妈！你幽默着呢！知道吗，你那么精神抖擞、活力四射的样子，我打心底里崇拜……那她呢，她怎么说？

那这么说来，你们就彻底不见了？

你是说永远也不见了？

（失望地）不，不，我理解。当然。

在啊，我在啊。

不，我干吗要伤心啊……

（急切地）亲爱的妈妈，别告诉我你只想见年轻人，我上哪儿找那么多年轻人来见你呢，你不明白吗，他们也有自己的生活！（停顿）对不起，我话重了点。

嗯，我知道。已经六点了。现在正好是晚上六点。

可教堂不都是六点敲钟的吗？一直都是这样，职责使然嘛。

忧郁？那又怎样——随便什么东西都会让人感到忧郁，下雨啦，电梯上上下下啦，多了去了。

不，电梯没问题。你刚说什么来着？

我的老天，现在是晚上六点！哪里都是，我这儿也是。全世界——不，至少半个地球吧……那你打给我好了。

我知道，这通电话不是你打的，是你等着我打过去的！

我没听见。你说什么太迟了？

哦哦。对，没错，你不是故意的。妈妈。有的时候你说得有点过于直白了。对了，听我说一句，其实所有一切终究都会太迟了，无论在哪儿都一样。那又怎样？

不，我不觉得这是我们的错，这也不是任何人的错。事情就是这样！

不，我没有别的意思，我怎么想就怎么说……

嗯，妈妈，我吃饭很规律，每天都按时吃。出门的时候我都带着。你知道的。

现在我可不按常理出牌了哟，容我问一句（假装轻松，却郑重其事地）你——今天——吃药——

了吗？我这话很好笑吗？

不，不一定。不过你吃了吗？

你干吗要难过——别这样！千万别！我现在就过去……

我可以坐公交车。

你不想我过去？

你是不想我过去，还是不让我过去。

你说什么？

要是每天都差不多，那倒好了，至少不会比现在更糟……

你说什么？

亲爱的妈妈，我不是工作狂。一切都挺好的。

妈妈，你知道我是怎么想的吗？我们都惯着对方——一味顺着对方说话，对吧？真是的！

那好。亲亲。明天六点前，我再打给你。

来信

会准时赶到马里蒂姆。已经联系上古斯塔夫松，快递车八点到，已经更改为夏季地址。再见。亲亲。托蒂。

把最后一份从冰箱里拿出来。

你好！我叫奥拉维。你的小说写得很棒。可上一本并不是大团圆的结局。能告诉我为什么吗？

期待收到您的宝贵回复，请务必写在印有姆明图案的粉色图画纸上。

如果他们打电话来，千万别说太多，先别一口答应下来。再见。托蒂。

您好！我们是三个女孩，正在合作写一篇关

于您的文章。所以想问您能不能帮忙，简要地回答我们几个问题：您是如何开始写作的？为什么要写作？您对生命的理解是什么？还有，能不能给年轻人几句寄语，先谢谢了。

尊敬的扬松小姐，您一定要明白，在找到工作之前，我唯一的谋生手段就是自己画姆明贴纸——在厨房里画姆明图案，诸如此类。版税抽成的话，您看我们先从 6% 开始行吗？

你好。我想要成为一名作家，能帮忙提供些信息吗？比如，同时向几家出版社投稿是否合适？配上插图的效果好还是不好？还有关于合同的问题。

一个月光皎洁的夜晚，我悄悄起身，你知道我做了什么吗……我走到公园，穿着睡衣跳起舞来！或许谁都没看见，或许有人看见了……你明白我的意思吗？写吧。

有罪的人啊，或许你们现在高高在上，但别以为你们可以高枕无忧。每时每刻，都有无数双眼睛盯着你们。我们就在那儿，伺机等待着。

亲爱的朋友，我想念你已经太久太久了，现在，请允许我鼓起勇气小小地祈祷一下：您能把笔下可爱的小角色都涂成彩色的，送给我的孙女伊曼努埃拉吗？

在热汤，稍后回复。

亲亲，托蒂

我的两只仓鼠分别用了你和你哥哥的名字命名，四十岁生日那天，我举办了洗礼派对，可阿斯特丽德·林格伦没有来。

你们的腰部都扎着蝴蝶结，这个冬天寒冷异常，如果没人照顾的话，只能活活冻死。一天早上，你们两个都冻死在了阳台上。葬礼的话，我打算在骑士岛举办。致以亲切的问候。

我们之所以联系您，是因为今年的果酱评选比赛事宜。我们想问问，是否可以用果酱作为主题，出版之前从未面世的姆明系列漫画。

你画漫画时，用的都是哪种蘸水笔？我目前用过的似乎都太过时了，但新的用起来也不顺手。你能给我一份标准合同的复印件吗？我还想了解更多关于世界各国版权的信息。

亲爱的扬松夫人，我绘制了一些姆明的挂画，除了自己使用和欣赏外，还卖给了艺术沙龙和高速公路服务区的小卖部。有个朋友说，我应该向您申许可，是真的吗？如果五周内都没有收到您的答复，我就照常经营了。

地址错误。

姆明谷的圣诞老人。请填写您的姓名及目前的居住地。

我们知道，您为“姆明”系列甘草糖的广告构思了一个黑色精灵的形象，但由于技术原因，实现起来比较困难。

我的父母简直令人绝望，我该拿他们怎么办？请写信告诉我！

我们就不能见个面，聊聊学生时代的往事吗？

我是玛吉特，在学校操场上捶了你肚子一拳的那个。

针对上一份报告中，关于尚未履行协议的部分，我们接受您发表的任何意见。鉴于近期市场反馈可能引起的负面影响，我们恳请您务必加快这一进程。

请别过于紧张。但我想问问，对于报纸上刊登的系列漫画，可能会对准妈妈意味着什么，您是否完全了解？您是否清楚自己所承担的责任？！对于这些漫画长期以来，对准妈妈造成的潜移默化的影响，包括准妈妈们所受到的指责和讥讽，您是否认真反省过——您觉得这样下去，她们养育出的下一代又会变成什么样？

我的猫死了！请立刻回信！

未曾谋面的亲爱的童话阿姨，我们是一群有想法有抱负的年轻人！你觉得呢？你赞同我的说法吗？

爱你的，“现在或永远”项目组成员

亲爱的扬松女士，我已经存了好久的钱。我想要坐在您的脚边，向您学习。请告诉我，我该什么时候去？[*]

昨晚，它们又进来了。它们无处不在。能别来吗，我真诚地祈祷。

这一小片美丽的自然保护区的生态正受到威胁，您愿意成为它的保护者吗？

我们新推出了一款便携式卫生棉条——之前的外包装是由佩西科布鲁姆广告公司设计的——不过现在，我们的目标客户群要更年轻一些，广告词拟定为："别看我身材小，但保证让你大大地心安。"您在构图时，不妨予以参考。

你就不能画一个吸鼻烟的姆明形象，好让我文在手臂上，作为自由的象征吗？

我不知道为什么要写这封信，可我必须写，因为今夜，我太渴望自由。请把信扔了吧，忘了吧，别往下读，不然你会尴尬的。但如果有那么一丁点

---

* 原文为英语。

儿可能的话，请你一定要给我回信。

是您谋杀了卡琳·博耶。

嘿，我把信带来了。

亲亲。托蒂

您可以把我的奖章寄到斯里兰卡吗？我最新的世界语译本要到新年才会出版，希望您耐心等待。

在您的小说《猫》里，主人公家里养的猫换过两次。这太冷血了。作为动物福利协会的成员，我必须提出抗议。

我在想，如果您知道，有人得到了生命所能给予的一切，您或许也会感到高兴。而我就是那个幸运儿。在心怀感激的同时，我唯一的渴望就是创作。心理医生建议我创作一些水彩画，还建议我给您打电话，询问关于颜色和图案选择的问题。

可怜的朋友，您完全沉溺于罪恶之中。这是上天亲口告诉我的。现在，我每晚都为您祈祷，并且因此身心交瘁。我给您寄去了一些经文，请务必读一读，如果您感觉好些了，记得一定要告诉我。要坚持。一切罪恶都能找到解释，得到宽宥。

这是一封从澳大利亚发出的瓶中信。如果漂流瓶里的纸不慎弄湿了，你可以让你妈妈帮忙熨干。

你忘记宝贝儿的五十岁生日了吗？我写的信，你都读了吗？我寄的礼物，你都收到了吗？别再说你老了、累了之类的话，我会一直给你写信——我就是不撒手，就是不放你走！

我把干洗的衣服拿回家了。到了六点，你可以把土豆煮上。有个叫安提拉的来过电话。

亲爱的扬松女士：

在这个危险的世界里，多多保重，照顾好自己，

祝你长命百岁。

爱你。

明室
Lucida

照亮阅读的人

主　　编　陈希颖
副 主 编　赵　磊
策划编辑　赵　磊
特约编辑　闫　烁
营销编辑　崔晓敏　张晓恒　刘鼎钰
设计总监　山　川
装帧设计　山川制本 workshop
责任印制　耿云龙
内文制作　丝　工

版权咨询、商务合作：contact@lucidabooks.com

上海光之室文化传播有限公司　　Shanghai Lucidabooks Co., Ltd.

图书在版编目（CIP）数据

关于春天：托芙·扬松短篇自选集 / (芬) 托芙·扬松著；王梦达译. -- 北京：北京联合出版公司，2025. 5. -- ISBN 978-7-5596-8230-7

Ⅰ. I531.45

中国国家版本馆 CIP 数据核字第 20253NP608 号

FILI FINNISH LITERATURE EXCHANGE

本书由芬兰文学交流中心提供翻译资助

关于春天：托芙·扬松短篇自选集

作　　者：［芬］托芙·扬松

译　　者：王梦达

出 品 人：赵红仕

策划机构：明　室

策划编辑：赵　磊

特约编辑：闫　烁

责任编辑：牛炜征

装帧设计：山川制本 workshop

北京联合出版公司出版

（北京市西城区德外大街 83 号楼 9 层　100088）

北京联合天畅文化传播公司发行

北京市十月印刷有限公司印刷　新华书店经销

字数 182 千字　787 毫米 ×1092 毫米　1/32　12.25 印张

2025 年 5 月第 1 版　2025 年 5 月第 1 次印刷

ISBN 978-7-5596-8230-7

定价：65.00 元